塩見弘子

悠遠の人 高山右近

ドン・ボスコ社

悠遠の人　高山右近

目次

はじめに

これはおよそ四百年前に生きた、ある一人の武将の物語です。
血で血を洗うような戦国時代、生涯カトリックの信仰を貫き、晩年は国外追放されたひとりのキリシタン大名、高山右近――。六十三年間の生涯のうち、ほぼ半分は追放、および他の大名のもとへお預けの身となり、自分の城もなければ、これといった財産もない。
現代でいうなら一流企業に入社して順風満帆に出世街道を歩んでいたエリートサラリーマンが、自身の信念を曲げず社長の意向に従わなかったために三十五歳で失職。全財産を失い、その後、友人の経営する会社に引き取られたものの、その会社も前職の社長の配下にある。それでも黙々といのちをかけて使命をまっとうしていくと、そこにはいつも不思議な力が働き始める……。
そんな右近の本質や才覚を早くから見抜いていた、
信長は右近に一目おき、
秀吉は惜しみなく称賛し、
家康は恐れた。
ところが時代が下るにつれ、皮肉にもこの三人から、右近は人生の大きな選択を突きつけられることになります。

「信仰をとるか、大名の地位を守るか」

キリシタン研究家・結城了悟神父（イエズス会）は、亡くなられる前年、

「右近は生涯で三回、大きな選択に迫られました。ただ右近の場合、一回目より二回目、二回目より三回目とどんどん決断が早くなっていったのです」

と言われました。

何かを選びとるとは、同時に何かを捨てていくこと。年を重ねるごとに加速度をつけ迷いから解放されていく右近が、捨てて、捨てて、捨てきった先に見たものとは何だったのでしょうか？

その手がかりを求める旅にご一緒に出てみたいと思います。

第一章　人の心と天の心と

高山右近、誕生

右近の誕生

「おい、聞いたか。飛騨守《ひだのかみ》さまのところに男の子がお生まれになったそうだ。これで高山の地もますます繁栄していくばかりじゃ。めでたいのう」

天文二十一年（一五五二）、人口三百名ほどの摂津高山の山里は、喜びに湧き立っていた。村人たちの活気づいた声を聞きながら、高山飛騨守は生まれてまもない我が子を抱きあげながら、気がつけば何やかやと話しかけている自分がおかしくてたまらない。

「お前のためにも、わしは高山の地でくすぶって一生を終わるわけにはいかんのう。もっともっと力をつけて、強い武将にならねばならぬ。そのためなら、わしは何でもやってのける覚悟じゃ。のう彦五郎（後の高山右近）、お前もそう思うじゃろう？」

大阪府の地形は、裾の長い着物を羽織った人物が右上の空を見上げている横姿に似ている。その首もとにあたるところが高山右近の生地、摂津国高山（現・大阪府豊能郡豊能《とよの》町）だ。大阪と京都の中間点にある高槻からだと北西へ車を走らせること約四十分。走りだして十五分もすれば、高槻市内の喧騒が嘘のように木々の緑が深くなり、山に吸い込まれるように上へ上へと登っていく。あらためて右近は「山の人」だったと思う瞬間だ。豊能町に近づくにつれ、少しずつ道は下り始め、農家や棚田が点在する素朴な集落が顔をのぞかせてくる。周囲を山々に囲まれた静かな盆地は、四百六十年前とそう変わらないのではないかと錯覚を覚えるほどだ。

この地でこれほどまでに飛騨守が自身を奮い立たせる背景には、彼の出目も大きく影響していた。飛騨守の祖先・高山氏は、一説によると清和天皇、源親清の血をひくともいわれているが、時代が下り戦国時代までは武家というにはほど遠い存在だった。それまでは摂津高山より南に位置する「勝尾寺」の代官をやっていたという史実が今も残っている。当時の寺は、今よりずっと権力や財力があり、宗教的な行事はもとより、戸籍の管理や、荘園といったいわゆる土地経営も行っていた。その寺になりかわって年貢を集めたり、地元の祭りや寺の行事にも関与するのが代官という職業だった。

右近誕生の地の石碑（大阪府豊能町高山）

だが、代々この職を引き継いできた高山氏の、評判は今ひとつよくない。農民に過酷な夫役や軍役を課したり、農民の屋敷や田畑を横領・略奪するなど、かなり横暴なことを繰り返していたため、何度も村人たちから「代官をやめさせろ」と訴えられてきた。それでも天文十三年（一五四四）ごろ、勝尾寺から高山庄支配の権利を奪い取って領主におさまってしまうあたり、相当強気な血が流れているといってもいいだろう。

ところが右近の父・高山飛騨守の代になると、村の空気は一変する。快活で、武芸、戦術、馬術にもすぐれ、情にも篤い飛騨守は、治世にもたけ、村人たちからもたちまち信頼されるようになっていった。

戦国時代は少しでも弱みを見せれば、いつ敵の襲撃に遭うとも限らない。高山村も丹波国と摂津国が交差し、旧池田・亀岡街道や長尾街道など京都・大坂を結ぶ交通の要だったため油断はならなかった。

そのため飛騨守も高山村を守るため「高山城」での見張りを強化せざるをえなかった。戦国時代の城は敵からの侵入に備え、急な崖の上に築かれる山城が多く、あまりに険しい山城の場合は、領主はその山城の麓に館を建てて住むことが多かった。高山城もまさにそうした防御のための城だった。

高山コミュニティセンター（右近の郷）

標高五百メートルほどの字城山の稜線に添って山道を十五分ほど登ると、山上に辿り着くことができる。そこに広がるわずかな平坦地にかつて高山城が築かれていた。残念ながら今は井戸跡状の凹部以外、遺構らしきものは見当たらないが、山城というだけあって周囲は断崖絶壁、簡単には攻め入ることのできない要塞だ。いざ戦となればこの山城に籠もって戦略をたて、軍事行動の拠点となるわけだが、飛騨守の時代には幸いにも戦になることはなかった。

高山城の麓には、当時熱心な浄土真宗の信者だった飛驒守が大事にした西方寺をはじめ、家族が日常生活を送った殿所、武士や領民たちが弓や馬の練習に励むための的場が点在していた。西方寺の眼前に広がる石堂ヶ岡の小高い山の稜線は、四百年前、右近たちが見ていた風景とほとんど変わらないといわれる。六歳までこの地で過ごした右近も、弟たちや家臣の子らとともに、この山に抱かれながら、一日中駆けまわって遊んでいたのだろう。

こうして一見穏やかな日々が流れる高山の地で、着々と領主としての手腕を発揮しつつあった飛驒守だったが、まだまだ満足することはなかった。飛驒守もまた、他の戦国武将と同様、さらに大きな大名へと駆け登っていくことを夢みる武士のひとりだった。そうした飛驒守の野望を後押しするかのように、追い風が吹き始める。当時、室町幕府の権力に頼らない畿内政権をうちたてた三好長慶《みよしながよし》が、能力がある者なら家柄や地位など問わず、新たな人材を次々と登用し始めたのだ。うまくすれば中央政権に押し出ていく好機だ。野心に燃えた有象無象の人々が吸い寄せられるように三好長慶のもとへ集まってきては、いっせいに競い合い、実力ある者だけが上へのしあがっていく。この生き残りゲームに飛驒守も果敢に参戦していく。

こうした時代の変換期に誕生したのが、高山右近だった。おりしも一五五二年は、日本で初めてキリスト教の種を蒔いた宣教師ザビエルが亡くなった年でもある。イエズス会の強力な柱がこの地上から姿を消した年に、新たないのちが摂津高山に与えられた。

何か新しいことが始まりそうな予感がするなかで、時代はゆっくりと、だが確実に動き出そうとしていた。

いざ、沢城へ

「なぜに、お婆《ばば》さまは一緒に行かぬのだ。お婆さまが行かぬならわたくしも行きませぬ」

「彦五郎、その気持ちはありがたいがのう、婆は年をとり過ぎた。このたび出向く城は、ここ高山のようなわけにはいかん。婆が行けば足手まといになるだけじゃ」

高齢の右近の祖母が、高山の地にひとり残ることを決めたのも無理からぬことだった。

当時（十六世紀半ば）、飛ぶ鳥を落とす勢いの三好長慶は、将軍足利義輝を京より追い出し、完全実力主義の政策を打ち出した。右近の父・飛騨守も三好長慶の家臣として好機を狙っていた武将のひとりだけに、命令が下れば危険を厭《いと》わず出向かなければならない。

永禄元年（一五五八）ごろ、ついに待ちに待ったチャンスはやってくる。三好氏の武将・松永久秀に従い、大和国東部の最前線である沢城（現・奈良県宇陀市）の城主に抜擢されたのだ。

三百名ほどの家臣とその家族とともに高山の里から沢城へ向かう道中、三十代半ばの飛騨守の胸中にはどんな期待がみなぎっていただろう。その列に加わる六歳の右近少年の目には、自信にあふれるそんな父の姿がどんなに眩しく映っていたことだろう。沢城までは、高槻より南東へ直線距離にして約六〇キロ。だがその間、いくつも山を越えなくてはならず、想像以上に遠い気がする。

標高五二五メートルの沢山の山頂に築かれていた沢城の様子をフロイスは、「非常に高い山の上にあり、中空に浮かんでいるように思われました。周囲は、美しい樹木に取り囲まれていて、非常に快適な場所にあり、その眺望は大変美しく、遠方まで開けてそこからは家屋や村落が見られます」（フロイス著

『日本史』より要訳）と記す。

　この記述だけ読むとのどかな田園風景が目に浮かぶが、とんでもない、ここは戦場の最前線。「境目の城」といって、敵との国境近くに築かれた城だった。そこに最高の戦力として投入されたのが飛騨守というわけだ。

「飛騨守よ、ここを守れるか守れぬか、そちの実力をとくとみさせてもらおう」という力試しも兼ねた抜擢だった。

沢城、出の丸跡

　ところが、飛騨守がこの沢城にやってきて五年ほどたったころのこと。永禄六年（一五六三）春に、ひとつの事件が起きる。
　その三年前（一五六〇年）に時の実力者・三好長慶はキリスト教に深い理解を寄せ、彼の尽力によって、幕府はキリシタンの布教許可を下す。だが次第に三好長慶をしのいで天下の実力者にのしあがってきた松永久秀は、異国からやってきた人が広めているキリスト教というのがどうも気にくわない。延暦寺からも伴天連を追放してほしいという要求も日ごとに強くなってくる。さて、どうしたものか。そこでお互いの宗教観を論争させ、伴天連を論破し、追放しようという計画がもち上がった。
　そうして選ばれたのが、類《たぐい》まれな知恵者として知られ、法華宗の熱心な信者でもある結城《ゆうき》山城守忠正《やましろのかみただまさ》と、公卿の清原《きよはら》大外記《だいげき》枝《しげ》賢《かた》。そして日本の諸宗派に精通し、松永久秀のブレーン的存在でもある高山飛騨守だった。

この三人を相手に、キリスト教を説くために、最初に奈良に入ったのが日本人修道士・ロレンソ了斎《りょうさい》。いのちを狙われることも覚悟のうえでやってきた、目と足が不自由なこの元琵琶法師を見た瞬間、三人は思わずぎょっとした。

「これがキリシタン……、なんとみすぼらしい……」

ところがいったん論争が始まると、ロレンソは抜群の記憶力と知恵を駆使して、矢継ぎ早に投げかけられる質問にも屈せず、次から次へとなめらかに答えていく。言葉と言葉のぶつかり合いは、「いのち」と「いのち」のぶつかり合い。三人は三日三晩ロレンソへ、これでもかこれでもかと自分たちのいのちをぶつけていく。

するとこのわずかな期間に、パウロの回心のような奇跡が起きる。三人ともキリスト教に好意を寄せ、結城山城守と清原大外記に至っては、その場でキリシタンになることを決心したのだ。そして四十日後、奈良にガスパル・ヴィレラ神父を迎え、カテキズモ（教理）を授けてもらい、受洗。いったん所用のため沢城に戻っていた飛騨守はこの話を聞いてあわてた。

「こうなったら一刻の猶予もならぬ。わしもすぐさま奈良に出向いて、受洗を願わねば」

こうして二泊二晩、奈良市内のとある一軒家に隠れて教理を聞き、洗礼を受けることになる。

霊名は「ダリオ」。この年七月、飛騨守は新しい〝生〟を受けた。

当代切っての知恵者三人がキリスト教に改宗したという噂は、たちまち京の人々にも伝わり、みなをあっと驚かせることになる。なかでも飯盛山の麓に城を構える三好長慶の家臣たちは、新しく入ってきた南蛮文化にも触れ、柔軟な発想をもっていたのだろう。家臣七十三名が、次々とキリシタンに改宗。

ここに「河内キリシタン」が誕生する。その後もキリスト教は人から人へ人智を超えた勢いで普及していくが、常にその中心にいたのがダリオだった。

永禄六年（一五六四）六月、沢城はいつにも増して活気づいていた。

城内は、すでに丁寧に掃き清められている。家族と家臣の救霊をひたすら祈り続けてきたダリオ飛騨守は、今日という日をどれほど待ち望んできたことだろう。いよいよその日がやってきたのだ。戦乱のなかロレンソを沢城へ招いたダリオは、その日、自ら城を出て、山を下り、ロレンソの姿が見えると思わず駆け寄り手を取った。その姿は、まるで主に仕える僕《しもべ》のようだったという。

こうして丁重に迎え入れられたロレンソから数日にわたり教理を授かったダリオ夫人と子女たち、それに家臣たち約百五十名は、ともに洗礼を受ける決意をする。そのなかに、十二歳の右近もいた。

静まりかえった城内に、右近の霊名が響き渡る。

「ユスト」

〝正義の人〟という意味をもつこの霊名を、右近はどのように胸に刻んだのだろうか。まさかこの先、この霊名に促されるような人生が待ち受けていようとは、夢にも思わなかったに違いない。三好長慶がいなかったら、ダリオ飛騨守に大名への道は拓かれなかったし、当然、右近も歴史の表舞台に登場することはなかった。つまり三好長慶という人物がいて、ダリオがいて、第二世代の右近へとつながっていく。右近の信仰の種は、固い土壌に無残に落とされたのではない。さまざまな人の手を介して、少しずつ耕されたところへそっと置かれたのだった。

祖母もキリシタンに

ダリオ飛騨守の起きる時間はどんどん早くなっていた。まだ夜が明けきれぬうちから床を離れ、ロザリオを手にして、城内にある小さな礼拝堂へ赴く。そこで長時間ひざまずいて祈りをささげるのが彼の日課となっていた。そしてここ沢城では、毎日曜日、すべての主だったキリシタンとその夫人たちが城内に新たに建てられた教会に集い、連祷《れんとう》を歌い、説教に耳を傾ける。もちろんユスト右近もそのひとりだった。ダリオはそうしたキリシタンたちのために毎回、ご馳走を用意して、嬉々としてもてなすのが習わしになっていた。食べ終わると、再びデウスについて長い説教が始まる。常在の神父がいないため、この説教を担当したのもダリオだった。

当時は、聖書そのものを一般信者が読むことは禁じられていたため、聖書のごく一部が訳されたキリスト教の入門書『ドチリナ・キリシタン』が用いられていた。最初に印刷機を使ってこの書籍が出版されたのは一五九一年（天草）だったため、それ以前は、手書きのものが出回っていたのだろう。

そんなダリオにも、ひとつだけ気がかりなことがあった。それは仏教に帰依して、摂津高山の小さな寺で暮らしている母親のことだった。

「高齢の母上に、残された時間は少ない。デウスを知らぬまま亡くなったら、母上の魂はどこをさまようことになるのだろう」

そう思うだけで、ダリオはいてもたってもいられない。なんとしても母をキリシタンに導かねばと思い立ち、修道士ロレンソを伴って、沢城から故郷・摂津高山へ戻っていった。

「まあ、これはこれはお珍しい」

「母上、今日はどうしても聞いていただきたいことがあって、急ぎ沢城より戻ってまいりました」

挨拶もそこそこに、ダリオはロレンソを紹介し、できるだけわかりやすく自分たちの信じるデウスの話を説くよう促した。年老いたダリオの母は、時折頷《うなず》きながら、じっとロレンソの話に耳を傾けている。

「母上、わかってくださったか。全宇宙を支配される神がおられることを」

「すべてがわかったとは言えぬが……何やらすごい神さまがいらっしゃることだけはなんとのう……。そなたや孫たちもみな、その神さまについていくと決めたのなら、間違いはないはずじゃ。このばばも同じ信仰に生きたい」

こうしてダリオの母は、男女の召し使いたちと共に洗礼を受ける決心をする。霊名は、「ジョアン」。そしてそれまで住んでいた小さな寺は、後日、高山を訪れたガスパル・ヴィエラ神父によって「聖ジアン」と名づけられた。

洗礼を受けたあと、ダリオの母は、ここ「聖ジアン」で毎週ミサにあずかり、熱心なキリシタンになっていく。この「聖ジアン」こそ、現在の「西方寺」である。年老いたダリオの母の改心によって高山の地に繋がれた信仰のともしびは、やがて村全体に広がり、後に繰り広げられる厳しい弾圧にも耐え、二百年以上も続いていくことになる。

右近の生誕の地・豊能《とよの》町は、「隠れキリシタンの里」でもある。

西方寺

高山マリアの墓

一六一四年、徳川家康はすべてのキリシタンを絶滅しようとキリシタン禁教令を発布。豊能町も木の皮を剥ぎ、草の根を引き抜くことまでして、遺物を探し出そうとする徹底的な迫害にさらされた。ことに豊能のキリシタンを苦しめたのは、一五九七年に豊臣秀吉によって発令された「五人組」という制度だった。農家五軒を一組として、組内で互いに見張らせ、何か事が起きたら共同で責任を取らせる。豊能の地は特にこの制度がきつかったと言われている。キリシタン禁教令のもとでは、五人組の誰かひとりでもキリシタンだと見つかれば、連帯責任で酷《むご》い刑が待っている。それを恐れて、人々は日々互いの暮らしを監視し合うようになっていった。

その恐怖と、弾圧の厳しさに耐えかねて、長い年月の間には、仏教へ改宗していく人の数も増えていった。それでも禁教令から二百年あまり、信仰を守り続けた二家族がいた。その墓が、現在、高山集落の北に位置する小高い丘の一角に静かに佇んでいる。「高山マリアの墓」と呼ばれ、全部で四基。いずれも西（高槻城跡）を向いて立っている。この墓は、おそらく二組の夫婦のものだろうと伝えられている。

その墓石に浸みこんでいるのは、一日中、地べたを這いつくばるように働き、深夜、疲れきった体を引きずりながら、秘かに信仰を守り続けた人たちのささやかな声だった。

「私ら、これしか生きる道がありませんでしたから……」

勝てぬ神なら、いりませぬ

無事、母の受洗を見届け、高山の里から沢城に戻ってきたダリオは、ようやく安堵した。それから一年あまり、沢城での暮らしは穏やかに過ぎていく。ところがその平安は長くは続かなかった。まもなく三好三人衆の乱が勃発し、足利義輝が殺害されるという惨事が起きる。これに対して松永久秀は、三好長慶の養子・義継を表に立てて、三人衆と戦うのだが、日々形勢は悪くなっていくばかりだった。

松永氏の家臣として、ダリオ飛驒守も沢城を懸命に守るが、城は包囲され、今このとき脱出の機会を逃がしたら全滅はまぬがれぬところまで追い込まれてしまう。すでにこのとき、食料もほとんど尽きていた。ついにダリオは決意する。

「全員、山を下り、まずは故郷、摂津高山の地を目指す」

希望に胸をふくらませ高山から沢城へやって来た同じ道を、今度は落城の無念と、敵陣の中、落ち行く恐怖をつぶさに味わいながら逃れていかなければならない。三百人あまりの家臣や家族、誰もが空腹だった。ふと気がつくと、いつの間に来たのだろう。右近と肩を並べる父・ダリオの姿があった。

「彦五郎、何を考えておる」

「いえ、特には……」

「ならば、わしがかわりに言い当ててみよう。武士たるもの、最後の一兵までいのちをかけて戦うのが本分。にもかかわらず食料が尽き、敵に背中を見せて逃げるとはなんたる恥。どうじゃ、違うか？」

「はい、悔しゅうございます。ただ……それだけはございませぬ」

「ほう」

「父上をはじめ、みな心をひとつにしてデウスを信じ、祈りをささげてまいりました。なのに、どうしてこのようなみじめな負け方をしなければならなかったのでしょう」

仏教を信じていたころは、こんな苦しみには出合わなかった。高山にいたころは、誰もが穏やかに暮らしていた。ところがどうだ、キリシタンに改宗したとたん、大敗だ。

「それはわしにもわからん。だが、すべてはデウスの深いお考えがあってのこと。今はわからずとも、後に必ずわかるときがくるはずじゃ。それよりそんなしけた顔をしておったら、婆《ばば》さまが心配するわ。もっと元気ださんかい。高山までもう一息じゃ！」

そう言うと、ダリオは右近を残して、さっさと最前列を目指して歩き出していった。

そんな父の背中を右近はくいいるように見つめる。

「あの屈託のなさはどこからくるのか。父上と自分とでは見ているところが違うのだろうか……」

と、同時に思わず父にぶつけそうになった一言を右近はのみこんだ。

――勝てぬ神なら、いりませぬ。

高槻城主　高山右近

芥川城へ

「あれから、はや二年……」

高槻の三好山にそびえたつ芥川城本丸に立った青年は、眼下に広がる大坂平野を一望しながら、ふと不思議な思いに包まれていた。風を背に受けて立つその姿は、父・ダリオ飛驒守に似て、長身で堂々とした体格、品格のある容貌を一層際立たせてみせる。今でいうなら十七、八歳の高校生ぐらいだろうか。ユスト彦五郎は、武士の子として剣や弓の稽古を重ね、読み書きはもちろんのこと、異国の文化や言語も宣教師から自然に吸収し、ただそこにいるだけで周囲の目をひく青年に成長していた。

そうした高山家の期待を一身に受ける右近にとって、この二年あまりに起きた一連の出来事は、人の心の危うさ、敗北による屈辱感、先の見えぬ不安と戦うことの難しさをまざまざと見せつけられることとなった。

あの日、沢城を抜け出し、いのちからがら摂津高山に逃げ戻ってきたことを、右近は決して忘れることはないだろうと思う。その後、ダリオ率いる高山一族三百名を待っていたのは、まるで海図を失った難破船にしがみつくような日々だった。ただひとつ救いがあるとすれば、難破船の乗組員のほとんどがキリシタンということだった。高山の里では、連日、心をひとつに合わせて血の滲《にじ》むような祈りがささげられていく。この時代、主君に誰を選ぶかは、生き残りを賭けたくじを引くようなもの。ダリオも必要以上に慎重にならざるをえなかった。

そうしたなか、ダリオの前に近江国（滋賀県）甲賀郡の豪族・和田《わだ》惟政《これまさ》という一人の人物が急浮上してくる。ダリオと惟政はもともと兄弟と間違われるほど親しい間柄だった。ちょうど右近が受洗した同じ年の永禄七年（一五六四）には、ダリオは惟政を京都にできた南蛮寺に誘って、ヴィレラ神父と引き合わせ、親しく神について語りあったと言われる。この日をきっかけに和田惟政はキリシタンには改宗しなかったものの、その後、強力な保護者となっていく。

その惟政が、時の勢いに乗り、中央に踊り出てこようとしていた。そのいきさつは、こうだ。足利義輝が松永久秀に殺害されたとき、弟の義昭にも危険が迫った。このとき脱出を助け、近江の自身の親戚に匿《かくま》ったのが和田惟政だった。その後、惟政は、入洛の機会を狙っていた織田信長と、義昭との縁をとりもつことにもなる。

（……これはデウスの計らいかもしれぬ……）

和田惟政を主君にという思いは、ダリオのなかで次第に現実のものとなっていく。

芥川城本丸跡から大阪平野を臨む

永禄十一年（一五六八）、九月七日。

いよいよ信長は足利義昭を十五代将軍に就任させるため、義昭を擁して、岐阜を出発。といってものんきな旅ではなかった。途中、畿内を意のままにしていた三好三人衆を倒しながら、洛中へ辿りつかなければならないというサバイバルゲームが待ち受けていた。この戦いにはもちろん和田惟政も参戦、ダリオも和田氏の幕下に入り京都に入った。

まずは近江六角氏を破って、二十六日には京都・東寺に到着。その後、摂津方面へ進撃して、勝龍寺（長岡京）、池田城などを陥とし、信長は一気に畿内を平定した。信長と義昭は、このあと、すぐに洛中に入るかと思われたが、そうはせず、高槻の「芥川城」に向かい十月十四日まで約二週間滞在。この間、芥川城には信長に面会を求める公家や商人たちが殺到。各地からは人々が集まり「門前に市をなす」と『信長公記』にも記されているほどの賑わいぶりをみせた。

そして十月十八日、足利義昭はついに天皇から将軍を任じられることになる。和田惟政は今回の功績によって、摂津の守護となり、外国側資料では「都の国王」と呼ばれ、京都所司代として都の実権を握ったと記されている。だが、いくら位が高くなっても、和田氏の思慮深く、あたたかい心根は変わらない。

「のう、飛騨守殿、このたび信長殿から芥川城を賜わることになり申した」

「それはそれはめでたきこと。よろしゅうございましたな」

「まことに。ただ、わしは高槻城も賜っておる。二つの城を任されてもこの身はひとつ。そこでじゃ、飛騨守殿。芥川城に入ってもらうことはできぬかのう」

こうしてダリオは、二年あまりの城をもたない武将生活に終わりを告げ、再び一城主にかえり咲くことができた。すべてはデウスの計らいと痛いほど感じていたダリオは、その後、一層、教会のために働くようになっていく。

実際に芥川城に登ろうとすると片道四十分ほどの山道が待っている。高山一族がこの城を去ったあとは廃城になり、荒れるにまかされていたため、城までの道も整っているとは言い難い。だがそのおかげで、私たちは当時の武将たちの息づかいを、空気感を、肌で感じとることができる。道の両脇に迫る竹藪や切り立った崖、敵の襲撃を防ぐ堀切や土塁、壊れかけた石垣などを横目に、ひたすら山道を登っていくと、突然、それまでの閉塞感を打ち破るかのように本丸跡が顔をのぞかせる。ここにかつては芥川城が建っていた。天気が良い日なら、今も河内方面、大阪の市街地に隣立する高層ビルまで一望できる大パノラマが広がることになる。ここにかつて、信長も、ダリオも、右近も立ったことがあったのだ。

右近、ユスタと結婚

ダリオがまず最初にとりかかったのは、松永久秀によって都から追放された宣教者たちを再び都へ呼び戻し、自由に宣教できるようにすること、さらには京都の南蛮寺を回復することだった。そのためにも信長の許可をなんとしても取りつけたい。このとき、きめ細やかな配慮と助言で、信長や将軍・義昭にフロイスを引き合わせ、信長から「朱印状」、義昭からは「制札」を取り付けられるよう陰で支えたのが和田惟政だった。

そうした惟政を公私ともに身近で支える意味もあったのかもしれない。ダリオは和田惟政家臣の筆頭として、芥川城から高槻に移り住み、家中で重きをなすようになっていた。

そんなある日のこと――。ダリオの張りのある声が一層、大きく邸宅内に響き渡った。

「彦五郎、彦五郎はおらぬか！　めでたい話じゃ。早よう顔をみせんかい」

「どうされました。そんなに大きな声をだされて」

「デウスがそなたに助け手をお与えくださったのだ。これを喜ばずにおられるか」

「助け手？」

「ええい、じれったい。祝言よ」

「して、お相手は？」

「余野のクロダ殿のご息女、ユスタさまじゃ。年の頃は十三、四歳と聞き及ぶ。彦五郎、そなたとは六つほど違うかのう。似合いじゃ」

「余野の……ユスタさま……」

ダリオから結婚相手の名前を聞かされた右近は、かねがね噂で耳にしていたユスタの置かれた状況に思いを馳せていく。大阪府豊能郡豊能町の「余野」は、高山から北へ六キロ。車なら十分ほどの距離にある。この地にダリオの大の親友であり、遠縁でもあるクロダという人がいた。ダリオはキリシタンに改宗したとき、その喜びとともにキリシタンの教えの素晴らしさを綴った手紙をこのクロダ氏に送っている。

「自分はこの教え以外にはいかなる教えにも救済はないという確固とした間違いのない確信に達した」

（フロイス著『日本史』）

こうした強い薦めもあって、クロダ家の一族、五十三人が受洗。そのなかに、幼いクロダ氏の長女ユ

余野のユスタ・マリアの碑

スタの姿もあった。ところが間もなくユスタの父と祖父が病死。未亡人となったユスタの母は、周囲の強い薦めに抗うことができず、信仰を捨て、亡夫の弟と再婚することになる。心細い思いをしているユスタを、ダリオはふとどこかで目にしたのかもしれない。あるいは噂で耳にしたのかもしれない。ユスタさまをもう一度、信仰の世界に呼び戻すことはできないだろうか――。

「おっ、そうだ。彦五郎の嫁としてお迎えすれば、すべてが丸く収まるというもの。今は亡きクロダ殿にも顔向けができる」

こうしてユスタは、高山家に迎え入れられることになった。

ユスタは結婚して間もなく、夫となった右近からかけられた言葉を大事に胸の奥深くに刻んでいく。

「ユスタ、よう心に留めておいてほしい。私は、いかなることがあっても側室や妾をもつことはない。終生、私の妻はそなたひとりじゃ。よいな」

当時、名だたる武家や大名は、血筋を絶やさぬためという大義名分のもと、複数の妻や妾をもつことは当然のことだった。そのためプライドを傷つけられ、嫉妬で苦しむ妻たちも実に多かったという。豊臣秀吉の正妻・北政所《きたのまんどころ》も例外ではない。右近の母マリアは、北政所の友人だったが、やんわりとキリシタン信仰が真実のように思えると屋や伏し目がちに語った北政所の姿が、今も忘れられない。夫婦の貞潔を求めるキリスト教の掟が北政所の目にはどれほど眩《まぶ》しく映ったことか。一人の妻しかもたないダリオや右近の生き方が、どれほど輝いて見えたことか。

その右近の妻となったユスタは、四男二女の子どもをもうけ（そのうち三男一女は幼くして死亡）、右近の人生が良いときも悪いときも常にそばに寄り添っていく。右近がマニラに追放されるときもともに海を渡り、天に召されるまでの四十数年間、一番近くで見守ったのが、このユスタだった。

和田惟長を討つ

右近の結婚とともに、高山家はようやくひと息ついて、ゆったりと信仰生活や家庭生活を楽しむことができる、はずだった。だが、戦国の世は、そうたやすく安らかな日々をもたらしてはくれない。元亀二年（一五七一）、摂津の覇権をめぐって和田惟雅と荒木村重との対立は日ごと激しくなっていった。その火ぶたが切られたのは、双方の領土の境・郡山（大阪府茨木市）だった。ダリオもこの地に築かれた城塞の守備軍の指揮を主君・和田惟政から任され、右近もそれに従っている。だがこの「白井河原の合戦」で惟政は、鉄砲隊の襲撃を受けてあえなく死亡。惟政の息子・惟長は、父の戦死を知ると、踵《きびす》を返して城に逃げ帰ったという。

そこへいくと右近の働きは、周囲も目を見張るばかりの活躍ぶりだった。その後、二歳ほどしか違わない二人は何かにつけて比較され、「凡庸で小心者の惟長」と「敵前でもひるまず、果敢にぶつかっていく勇猛な右近」という図式が自ずと家中に広がっていった。

惟政の死後、父の跡を継いで高槻城主となったのが、この凡庸で小心者の惟長だった。十七歳の惟長には父のような胆力もなければ、いのちをかけて戦う度胸もない。惟長を立てて自分たちの思いどおりの支配を行おうとしていた側近たちにとっては、周囲から多大な支持をうけているこの高山父子がなんとも疎ましい。そこで惟長の耳元でこうささやく。

「高山父子にはくれぐれもお気をゆるされませぬように。惟長殿を殺害して、自分たちが高槻城主におさまろうと企んでいるという確かな情報がございます」

ダリオや右近を父とも兄とも慕っていた惟長は、最初のうちこそ単なる噂とはねつけていたが、下心をもった人々の巧妙な胸のうちを見とおすまでの才覚はなかった。天正元年（一五七三）三月。とうとう惟長は、会議にこと寄せて高山父子をおびき出し、暗殺する計画を実行に移すことになる。

ところが日ごろから人望のある高山父子に、このことを密通する者がいた。それを知った右近はどういうわけか、和田氏の敵将・荒木村重に相談に行く。すると村重は、惟長を討つように勧め、戦いに勝利した際には高槻領二万石を与えようと約束した。こうした密約のもと、ダリオと右近は、惟長の企てを充分承知のうえで、会議に臨む。右近父子は十数人の家臣を連れて、定められた時刻に高槻の城の会議場に入っていった。惟長側もほぼ同数で待ち受けている。

最初に右近と惟長の両者だけで始まった会議も、たちまち争いとなり抜刀《ばっとう》。外で様子をうかがっていた双方の家臣も部屋になだれこみ、乱闘となった。途中からは燭台《しょくだい》が倒れてろうそくの火が消えるという思わぬ事態も加わり、暗闇のなかで、敵も味方も見分けがつかないまま切り結ぶ大混戦となっていく。

抜刀術の有段者によると、「暗闇のなかで刀を振り回すのは、我々でも想像したくないほど過酷な状況だ」という。頼りになるのは〝音〟と〝気配〟。殺気を発している者は必ずわかるとも言う。弱い者ほど冷静さを失い、殺気を出す。おそらく右近が惟長を斬ることができたのも、その殺気を敏感に感じとったからだったのだろう。類まれなる武術の腕と精神的鍛練、それができていたのが右近だった。

この言葉どおり、右近は暗闇の混戦になっても冷静だった。部屋に入ったとき、床を背にして立っていた惟長の姿を記憶に留めていた右近は、まっすぐに突き進み、惟長の首から腹を切りつけ、右手の指を切り落とした。これによって惟長は刀を落とし、母のいる高槻城内の塔へ逃げ戻り、同夜のうちに家臣八十人とともに伏見へ逃れた。だが三、四日後に息を引き取ったという。

この一連の出来事の後、ダリオ飛驒守は、約束どおり織田信長の配下にあった摂津の領主・荒木村重《あらきむらしげ》の家臣として、高槻城の城主として迎い入れられることになる。

一方、右近は、惟長との戦いで深手を負い、大量出血のため、昏睡状態が続いていた。だが医者も生還は望めそうもないと諦めかけとき、奇跡的な回復が起きる。その後も長く続いた療養生活のなかで右近は何を思い、何を感じていたのだろうか。残念ながら、その記述はどこにも見当たらない。ただ確かなことは、右近のなかで何かが変えられていったという事実だ。その証拠に、傷が癒え、人々の前に姿を現したとき、明らかに以前の右近とは違っていたという。

バスク地方の騎士、イグナチオ・デ・ロヨラの回心を彷彿させるような一連の出来事のなかで、右近も神から何か語りかけられたとしても不思議ではない。

「立ち上がりなさい。すべてを捨ててわたしに従いなさい」

高槻城跡の碑

それまで父をとおして、宣教師をとおして見聞きしてきたキリシタンの信仰が、しっかりと右近のなかで芽吹き始めた瞬間だった。

その後、傷が癒え、父ダリオ飛騨守から家督を譲り渡された右近は、名を「彦五郎」から「友祥《ともなが》」に改め、新たなスタートを切ることになる。

天正元年（一五七三）八月二八日。ユスト高山右近友祥、二十一歳。

新たなる高槻城主の誕生だった。

第二章　夢のはじまり

信長と右近

高槻城主となって

新たに高槻城主となった右近は、早速、先の和田惟長との戦いによって火災でほとんど機能を失った高槻城の整備に着手していく。京と大坂のほぼ中間に位置し、北に西国街道、南に淀川を控える高槻は、当時、水陸両方の交通の要所だった。ここに四百四十年前、右近は東西約五百十メートル、南北約六百三十メートルの凸形の城を整えていく。

土地のほぼ中央には、三層の天守がそびえる「本丸」（現在の府立槻の木高校付近）、それに隣接して城主の生活区域である「二の丸」を置いて内堀で囲み、さらにその周りには三の丸や出丸、厩郭《うまやくるわ》、弁財天郭などを配置し、外堀をめぐらせる。武士や職人といったさまざまな人たちを住まわせ、周囲を堀でぐるりと囲む「惣構《そうがまえ》」という最新の城下町設計図が右近の頭のなかにはしっかりと描かれていた。

何よりも右近の築城の才が光るのは、地形を巧みに利用した縄張り（築城の計画設計）だった。淀川の水を引き込み、幅二十四メートル、深さ四メートルという巨大な堀を城の周囲にめぐらす。この時代、幅十メートル前後の堀が多かったのに対して、異例の大きさの堀だった。

その理由は、二〇〇一年の発掘調査で少しずつわかってきた。三の丸敷地から大規模な船着き場「舟入」が見つかったのだ。おそらくこの舟入は城外と蔵屋敷の物資運搬のために用いられたのだろう。さらに想像をたくましくするなら、この水路を経て淀川に出ることができたかもしれない。そうしたら京や大坂へはまたたく間だ。水路を平時は物資輸送のために、戦ともなれば敵の侵入を防ぐ堀として活用する。右近の合理的な考え方や、危機管理などをうかがえる貴重な手がかりのひとつともいえる。

こうして城の工事が着々と進むつれ、右近は父から家督を譲り渡されたときのことを、あらためて重たく受け止めるようになっていった。

「ユストよ、わしはそなたが深手をおって死線をさまよっていたとき、デウスに祈りすがったものよ。この老いぼれのいのちと引き換えでもかまいませぬ、とな」

「……父上」

「親とはそういう愚かなものでのう。ただわしは、そなたが長き眠りから覚めたとき、はっきりとわかった。天がそなたに〝生きろ〟と言うておることがな。そしてわしにも、生きよ、とな」

「父上にも生きよ、と?」

「そうじゃ。刀を手に戦乱の世を生き抜いてきたわしに、これからは刀のかわりに信仰を武器に生きよ、とデウスは確かに申された。そのみ言葉をおろそかにするわけにはいかぬ」

こうしてダリオはこれから残された人生のすべてを尽くして、

高槻城跡公園

野見神社

キリシタンの宣教にささげていく決意を右近に告げ、高槻の城を託した。

その言葉には、いささかの濁りもなかった。早速、ダリオは現在の野見《のみ》神社付近に木造の立派な天主教会堂を建てることを計画する。当時、木材は大変貴重で、ほかの建物で使われていた木材を再利用することが多かったが、ダリオは木材ひとつ、釘一本に至るまで使い古されたものを使うことをゆるさなかった。翌年（一五七四年）、教会堂が落成すると、ダリオは感激のあまり床にひれ伏し、涙を流しながら、今ここでいのち尽きてもかまわないと祈ったという。

さらにその隣にはパードレらがいつでも宿泊できる司祭館を建て、教会堂と司祭館の前には美しい庭を造って、各地から取り寄せた石や樹木を配置。その間を縫うようにバラやユリなどさまざまな花が植えられた。また教会堂前の道の突き当たりには、三つの階段の一番上に大きな十字架が建ち、見上げる人々の心を天高くへと誘《いざな》う。十字架の後ろにまわると池が設けられていて、そこでは魚たちがゆったりと泳いでいたという。

この、ごみひとつ落ちていない美しい空間に、朝夕、教会の鐘の音が鳴り響くと、三々五々キリシタンが教会堂に集まってきて、床の上にひざまずき、祈りをささげていく。雨の日も風の日も、暑い日も、寒い日も、どんなときでも真っ先にこの教会堂に姿を見せたのが、高山父子だった。

ミサは朝と夕。武士、その妻女、そして庶民（農工商）と三回に分けて連日のようにミサがささげられ、説教が行われた。ダリオは、一人ひとりの本名と霊名を書き込んだノートを作っていたという。名前はただの記号ではない。一つひとつの名前の背後に、それぞれの喜びや悲しみがあることを知ったとき、人は初めてぬくもりのある関係を結べる。

「婆さまは達者か？」

「孫は無事生まれたか？」

「体の調子はどうだ？」

本来なら言葉を交わすことなどゆるされない城主や城主の父から直々に名前を呼ばれ、親や子や孫のことを案じられ、話しかけられる。このときの驚き、喜びはいったいどのようなものだっただろう。どんなに高く石垣を積み、堀を深く掘ったところで、その中で暮らす人々の心が虚しかったら、城はただの器にすぎない。人の心のなかに強く揺るがない城壁が築かれてこそ、本当の意味で堅固な城となる。〝デウスの教えを礎にした城づくり〟という理想が現実のものとなっていく背景には、右近とダリオの想いが寸分たがわず重なり、その両輪が同じ方向を目指して回り出したことも大きかった。

そのことを顕著にあらわすエピソードがある。ある日、高槻領内で一人の身寄りのない貧しい者が亡くなった。こうした場合、普通なら「ヒジリ」と呼ばれる賤しい身分の人たちによって火葬場へ運ばれていくのが通例だったが、高山父子はそれを禁じた。

「貧しさのなかで懸命に生き抜き、今その務めを終え、ようやく天へ帰られたのだ。どうして虫けらのような扱いができよう。盛大な葬儀で見送ってやろうではないか」

そして身寄りのない者の棺を城主である右近と父ダリオが自らその肩に担《かつ》いだのである。それを見た武士たちは驚いた。手にしていた提灯を放り出し、誰もが争うように鍬《くわ》をとり、墓穴を掘っていく。貴婦人たちも次々と手に土を握りしめ、棺の上に投げ入れていった。あとにも先にも城主自ら、名もなき貧しい一人のためにこのような行いをした前例はなく、その場に居合わせた者はもちろん、あとでその話を聞いた者、キリシタンでない者まで一様に心打たれたという。そうした高山父子の私心のない生き方に感銘を受けた人々が、次々とキリシタンになっていくのはごく自然のことだった。

こうして高槻領内ではキリシタンとなる人が年を追うごとに急増。天正九年（一五八一）には、領民二万五千人のうち七〇％以上がキリシタンという一大キリシタン王国がここ高槻に誕生したのだった。

「神の前ではすべての人が平等である」

おりしも人と人が殺し合い、力でねじ伏せた者が正義だった戦国時代に、こうした理想を掲げ、日々の生活で実践していったのが右近であり、ダリオだった。信仰とは矛盾との戦いだ、と言った人がいる。まさにその矛盾を乗り越えて、右近がつくりたかったのがこうした神の愛があふれる理想郷だった。ところが右近が高槻城主になって五年目。高山父子が力を尽くし、汗を流し、財を傾けてつくり上げた理想郷に、にわかに暗雲がたちこめ始める。

荒木村重、主君信長を裏切る

「なに、荒木村重殿が信長殿に謀叛を?!」

その知らせを受けた瞬間、右近の表情が凍りついた。

「まさか、このようなことになろうとは……」

どんな巨木でも、必ず容易に手で抜きとることができる苗木のときがある。村重ほどの器量の武将が、その〝時〟を見逃すはずはないと右近は思っていた。

荒木村重は、織田信長のもとで、摂津一円を任されている、いわば関西地区総責任者のような立場でもある。自身の居城、有岡城(大阪府伊丹市)の周りには、支社となる城をいくつもおいて強力なネットワークを組んでいた。右近もそうした支城の一つ、高槻城を任されている一人だった。

有岡城石垣

村重といえば、高山父子を二万石の高槻城主にとりたててくれた恩義ある主君でもある。その村重も、信長にはひとかたならぬ恩義があった。もともとは池田城の家臣だったところを、信長の上洛とともに配下に入り、才を認められてまたたく間に摂津一国を与えられたのだ。本来なら信長に刃を向けるなど到底できぬ、はずだった。
ところがその村重に妙な噂が立ち始める。元亀元年(一五七〇)から約十年にもおよぶ信長と一向宗との戦い(石山合戦)のなかで、天正六年(一五七八)、村重の部下が信長の敵である毛利と手を結び、石山本願寺の町内に食料を供給したというのだ。この噂が真実かどうかはわからない。ただこの苗木のような噂が大木になるまでにたいして時間はかからなかった。

こうしたときの信長の態度ははっきりしている。自分に対立しない者は保護する、刃向かってくる者は容赦なく破壊する！


十月、村重謀叛の知らせを受けて、右近はただちに村重の居城、有岡城へ馬を走らせた。高槻から西へ直線距離にして約二十キロ。その胸中には複雑な思いが交錯していたに違いない。その一つに、謀叛が決定された最初の会議に呼ばれていなかった無念もあっただろう。義を重んじる右近がいたら反対されると思い、あえて声をかけられなかったのだ。

それでも忠義を第一とする武士道では、たとえ主君の考えが間違っていると思っても、いのちをかけて絶対服従を貫かなければならない。となると右近は、直属の主君・荒木村重に従うのが武士の道となる。右近は謀叛の話を受けるとただちに村重に忠誠を誓うため、人質として妹を、さらに三歳になったばかりのひとり息子を差し出した。そのうえで、信長に敵対することがどんなに無謀で、反逆者の汚名を着ることになるか、だが今なら信長の誤解を解くことができると必死の説得にかかった。

結局、その努力は、虚しく終わった。幼い長男と妹は村重に預けられたまま、謀叛の火ぶたは切って落とされたのだった。


右近が有岡城に馬を走らせてからわずか半月後、高槻城は織田信長率いる最強軍団に取り囲まれていた。信長自ら、高槻城と目と鼻の先の安満山《あまやま》に陣をはり、前田利家、明智光秀、丹波長秀《にわながひで》、滝川一益《たきがわかずます》といった錚々《そうそう》たる軍勢が高槻城を遠巻きに見据えながら、信長から命令が下るのを今か今かと待ちかまえている。

当初、信長は高槻城を一気に攻め落とそうと考えていた。ところが広大な堀、そびえたつ城壁に守られた城は、どこにも攻め入る隙を見いだせない。

「うむ、これほど堅固な城を築くとは……。右近とやら只者ではない」

信長四十六歳、右近二十六歳。二十も年下の若き武将の才を目の当たりにして、信長は低く唸った。

「潰すにはあまりにも惜しい相手。無傷でこの城を、右近を、手に入れる方法はないものか――」

そこで信長は作戦を大胆に変更してくる。キリシタンの右近が、最も信頼しているパードレを使って、信長に下るよう説得させるというわけだ。

白羽の矢が立ったのは、イエズス会京都地区修院長だったイタリア人宣教師オルガンティーノ。七年ほど前になるだろうか。フロイスとともに高槻を訪れたオルガンティーノは、ここで息子ほど年の離れた右近と出会い、その知性、思慮深さに驚かされる。以来、オルガンティーノは右近の信仰の師となり、人生の指針を示す無二の存在となっていく。信長はそのオルガンティーノに、右近への書状をしたためさした。

「逆臣・村重に従うことは、キリシタンの教えに叛くこと。よって信長殿に降伏するように」

ついに、賽は投げられた。

神の義と武士道の狭間で

「ええい、まだ返事はこぬか！」

信長の怒号が響くたび、信長陣営の家臣たちは震え上がった。すでに四、五日もたつというのに、右近からは一切音沙汰がない。信長の苛立ちは頂点に達していた。だが普段なら、一分一秒待たされるのでさえゆるし難い信長が、このときばかりは、高槻城を遠巻きに囲むだけで、じっと動こうとはしなかった。

そのとき、高槻城のなかでは、家臣も含め、血の滲むような祈りがささげられていた。勝敗のゆくえは、明白だった。生粋の戦国武将・右近には、万に一つも村重側に勝利はないことがわかっている。仮に武士の大義をとおして村重側につけば、高槻城に未来はないことは火を見るより明らかだった。だからといって信長側につけば、主君を見捨てたとして、武士道に汚名を着せることになる。村重の人質となった長男や妹は真っ先に殺されるだろう。さらにやっかいなことに、城内でも意見が真っ二つに割れていた。父ダリオは武士道に従い村重につくべきだと主張。もしも右近が高槻城を開城するなら、自分は切腹するとまで言い出す。

果たして、信長をとるか、村重につくべきか――。父、家族、家臣およびその家族、領民、そしてキリシタンたち……何万ものいのちが右近ひとりの肩に大きくのしかかっていた。言い表し難い焦りとともに、時間だけがじりじりと過ぎていく。

「デウスよ、どうか、どうか道をお示しください」

信長がいつ総攻撃の命令を下すかわからないなか、緊迫した空気が右近の体を締め上げていく。そのときだ。わずかに、状況が動いた。しびれを切らした信長が、さらに右近を窮地へ追い込む策を、突きつけてきたのだ。

「右近がただちに開城しないなら、すべてのパードレを高槻城の前で磔に処す。さらに高槻領のキリシタンを余すことなく皆殺しにし、教会を破壊する」

そこには微妙な問題のすりかえが潜んでいた。当初、信長が迫ったのは、信長をとるか、村重をとるか、だった。ところが今回は違う。神をとるか、武士の義をとるか——。六日間におよぶ右近のいのちがけの祈りにデウスが応えられた瞬間だった。

右近の心は決まった。すべてを捨てる。城主としての地位を捨て、所領を捨て、妻子も捨て、武士であることさえも捨てる。そしてすべてを失ったひとりの人間として、信長の前に下る。仮に信長がそれでもキリシタンを十字架にかけるというなら、ともに殉教して果てよう。

右近は静かに立ち上がった。襖を開けるといつからいたのだろう。そこにはロザリオを手に、うずくまって祈るユスタの姿があった。

「ユスタ……」

夫婦《めおと》となって七年。呼びなれたこの名が今日は一段と愛おしく思えてくる。

「案ずるな。すべてはデウスがお守りくださる」

今回の決意をひとり胸に秘めたまま、右近は切腹よりもはるかにつらい道へ、一歩踏み出すことになる。

父の覚悟　右近の覚悟

肌に突き刺す空気が、ことさら厳しく感じられる冬の夜だった。

天正六年（一五七八）十一月十五日、右近をじりじりと追い詰めてきた信長は、この日、高槻の安満山から茨木《いばらき》の郡山へ陣を移したばかりだった。陣内はごったがえしていた。

「あれは？」

信長の陣門を守っていた一人の家臣が、かがり火の向こうに、こちらへ向かって歩いてくる人影に気づいた。

「まさか……」

その影の主が右近だとわかったとき、陣内はどよめき、それはまたたく間に大きな歓声へと移っていった。

この日は右近にとって長い一日だった。苦渋の祈りの末、信長のもとへ下る決断をした右近は、その心のうちを信長のもとからいのちがけで説得にやってきていたオルガンティーノ神父と修道士ロレンソだけに伝えた。そして父ダリオ宛てに今回の結論に至った心情や、高槻城主の地位を父に返すことなどを書簡に認《したた》めると、日が暮れるのを待って、神父および数人の信頼できる家臣たちと共に、そっと城を出たのだった。

しばらく行ったところで、ふと右近は立ち止まった。そして、同行の家臣の前に立つと、初めて今回の決断を明かした。それを聞かされた家臣は驚いた。

「殿、城を明け渡す覚悟をなされたというのでしたら、どうかこのまま高槻城に引き返し、堂々と開城していただきとうございます」

だが、右近の決意は固い。懐から先ほど認めた父宛の書状を取り出すと、ただちに高槻城に戻り、手渡すようにと申し渡した。書状を手にした家臣はその場に立ちすくみ、動こうとしない。その手はかすかに震えている。右近は静かに刀類をはずすと、その震える手に渡した。

「形見と思って受け取ってほしい」

と同時に、自身の束髪を切り、武装を脱ぎ捨て、紙衣《かみこ》（紙の着物）一枚だけになったのだ。右近の並々ならぬ覚悟を見た家臣たちは命令に従うほかなかった。

高槻城から茨木の郡山までは、南西へ約九キロ。実際に歩いてみると大人の足で三時間ほどはかかる。右近と神父たちは、この道を再び戻ることはない、とそれぞれの胸に秘め歩いたに違いない。漆黒《しっこく》の闇の向こうにかすかに揺らぐ光の点が闇を切り裂くように次第に大きくなっていく。それが信長の陣営のかがり火だとわかったとき、大勢の人の影が右近の視界に入ってきた。

「おお、右近殿、よう決心された。さ、さあ、中へ」

そこには、形相を崩した羽柴秀吉や、佐久間信盛の顔もあった。

翌日、信長の前に右近や神父たちは召し出され、第一級の武将たちが居並ぶなか、会見は始まった。

「右近、なんじゃ、その格好は。何かの真似ごとか」

そう言うと、信長はたった今まで着ていた小袖を脱ぎ、紙衣一枚の右近に着せかけた。それでも表情ひとつ変えない右近に、名馬早鹿毛《はやかけ》、名刀の太刀、禄高を二倍にして高槻城を安堵しようなど信長の報奨は留まることを知らない。

「ほかにもほしいものがあれば何なりと申せ。遠慮はいらんぞ」

「されば……」

「なんじゃ」

「どうかこのまま追放していただきたく……」

「ならぬ！」

それまでの信長の機嫌のいい声からは想像もできぬ、怒号に近い声が陣内に響き渡った。

空気が止まった。伏した右近の頭上に、次にどのような信長の言葉が降ってくるのか、その場にいる者みなが固唾をのんで見守っている。

「……茶番じゃな」

これまで聞いたこともないような、静かな信長の声だった。

「のう右近、そなたの目にはすべてが茶番に見えることよのう。そなたの気を引こうと、あれこれ差し出すわしも滑稽そのもの。だが、右近。たとえ茶番でもいのちをかけて演じれば、真実《まこと》になるやもしれぬ。わしは武力で、そなたはそなたが信じる道で、この茶番の世を誰よりも激しく生き抜いてみようではないか」

「…………」

「わしに仕えよ、右近!」

そのとき、高槻城が右近の家臣によって占拠され、ダリオは城を出て有岡城へ下ったという知らせが飛び込んできた。事の詳細はこうだ。右近からの書状を受け取ったダリオは怒りに打ち震え高槻城内を走り回ったものの時すでに遅し。開城派の家臣によって閉じ込められていると気づくやいなや、「こうなったら強行突破じゃ！」と、大声をあげながら戸や門を突き破り、守戦派の武将と共に、有岡の村重のもとへ馬で駆け去っていったというのだ。

それを聞いた信長の家臣たちはいっせいに喜び湧き立った。調子に乗った家臣の一人は、悪気もなく口をすべらす。

「それにしても、飛騨守殿は相当な剛毅《ごうき》じゃのう。高槻の城を出て、半里（二キロ）ほど行ったところでロザリオとかいうものを忘れたことに気づき、城に取りに帰ったというではないか。あのような木の珠がそんなに大事なものなのかのう」

周囲にどっと笑いが起こった。そのとき右近の伏した目がわずかに見開いた。父は死ぬ覚悟でいる。人質になっている子や孫（右近の長男）の身代わりになるため、それが叶わぬなら、死を前にして恐れずにデウスのもとへ旅立てるよう彼らを祈り支えようとしている。そのために自身のロザリオを……。

右近はそのとき、父の声を聞いたような気がした。

（ユスト、人質のことは心配するな。このわしがついておる。そなたは安心して、信長殿のもとへ下れ）

（父上……）

右近は信長の前にゆっくり頭を下げていくのだった。

ロザリオ（高槻市埋蔵文化財調査センター蔵）

こうして四万石の高槻城主に返り咲いた右近だったが、待っていたのはさらなる苦しみだった。信長のもとに下って約一年後、信長直属の配下となった右近は、よりによって有岡城攻めを命じられる。信長軍の再三の攻撃にも屈せず、いまだ籠城を決めこんでいる有岡城のなかには、右近の父ダリオ、妹、そして長男が人質となっている。あの城壁の向こうに我が子が、父が、妹がいる……。

荒木村重のもとへ人質を出すことになったとき、誰を人質に出すか思い悩む右近にか細い声で名乗り出たのが妹だった。

「兄上さま、女子《おなご》とて誰かのお役にたちたいのでございます。守られるだけではつろうございます」

その妹の手をしっかりと握りしめ、当時三歳だった息子ジョアンは、まるで旅にでも出るかのように無邪気に高槻の城を出たという。どんな姿でもいい。この城のどこかで生きていてほしい。そんな思いをおくびにも出せず有岡城を取り囲む右近の脳裏に、信長の顔が浮かぶ。

「これも茶番だというのか……」


その有岡城も、ついに天正七年（一五七九）十月十五日、落城した。

人質は無事救出。本来なら信長から切腹を申し渡されても致し方ないところ、右近たちの嘆願もあり、ダリオ夫妻は柴田勝家にお預けの身となり、北庄《きたのしょう》（福井市）に幽閉されるにとどまった。

何もかも失ったと思ったのに、結局、何ひとつ失うことはなかった。それどころか気がつけば、以前にも増して豊かになっている右近がいた。奇跡はまだまだ続く。三年前から琵琶湖の東岸（滋賀県安土町）に安土城を建築していた信長は、この年、天主閣を完成。まさかこの地で、日本の歴史上かつてないキリスト教文化が花開いていくことになろうとは……。まさかその最大の支援者となるのが信長であろうとは……。

この不思議を、誰よりも深く重たく受け止めていたのが、右近だった。

安土の夢

安土城

琵琶湖のほとりに巨大な安土城を建築していた信長は、天正七年（一五七九）五月、いよいよ天主に移り住む。安土城は織田信長が天下布武の象徴として三年あまりかけて、琵琶湖の東岸に築いた城だった。信長の時代は、琵琶湖の内湖が安土山の北半部を取り囲んでいて、安土城が湖に突き出た水城の要素をもつ城だったという。戦後の干拓によって内湖は消滅、かわって現在のような田地に囲まれた景観が出現することになる。

安土は京都まで馬でも船でも一日で移動できる距離にあるうえ、川を下れば大坂から瀬戸内海に、琵琶湖を利用すれば日本海側へも出られる。こうした交通の便の良さに目をつけたのが信長だった。この城の特徴はなんといっても、侵入が容易な直線の大手道にある、本丸に建てられた行幸御殿などから、おそらく信長はここに天皇を招くつもりだったことが、近年の発掘調査によって次第に明らかになってきた。

地上六階地下一階の天主閣は、日本初の高層建築だったといっても過言ではない。金箔を施したシャチホコが飾られたのもこの安土城が最初だった。自らを天の主と考え、「天守」ではなく「天主」。安土

安土城（大手道）

城はまさに天下統一を目前に控えた信長にふさわしい、権力を見せつけるための城だった。

「うるがんばてれん、よう登って来られた。安土の城はちと階段が多くてのう。だがこの天主からの眺めをご覧あれば、すべての苦労が報われるというもの。さあ、こちらへ」

信長から「宇留岸伴天連《うるがんばてれん》」と親しみをこめて呼ばれているオルガンティーノ神父は、にわかに息を整えると、信長に案内されて、天主から外の風景へと目をやった。

「おお、なんと、美しい……」

眼下に広がる琵琶湖は湖というより大海のようだ。その琵琶湖に突き出した半島の上に築かれた安土城は、三方を水で囲まれ、まるで水に浮かぶ城のようにも思える。

「うるがんばてれん、なぜわしが安土と名づけたかおわかりか？」

かつて目方山《めかたやま》と呼ばれていたこの小高い山を「安土山《あづちやま》」という呼び名に変えたのは確かに信長だったと聞いているが……。

「平安楽土の『安』と『土』をとって、安土。一番弱い女・子どもらが安心して暮らせる町をつくりたいとの思いからじゃ。日本だけに留まらん。海の向こうの異国の地にも、この信長の目指す平安楽土を広げていくつもりぞ」

ピーヒョロロロロ……。そのとき、トンビが二羽、大きな羽を広げながら、ゆっくりと大空を旋回している姿がオルガンティーノの目に留まった。トンビは、カラスのように懸命に羽ばたくことはない。ほとんど羽ばたかずに、上昇気流に乗って円を描きながら上空へ舞い上がっていく。

（……まるで今の信長さまのようだ）

安土城より琵琶湖西の湖を臨む

オルガンティーノはつい先日、右近が語ったことを思い出していた。

「信長殿からここ安土に土地をいただき我が邸をもてたこと、真にありがたいことと思っております。ただ本心を申しますと、今後、日本の中心となるこの地に教会を、そして次の世代を担う子どもたちのための神学校も建てとうございます。さらにここで学んだ子どもたちが世界へ出ていき、己の目でローマを見てくることができましたら……」

と、右近の言葉はどんどん熱をおびてくる。だが信長は安土にいかなる宗教施設も建設させないと公言している。そう簡単にいく話ではないと重々わかっていたが、オルガンティーノは意を決して信長に願い出た。

「信長殿、お願いがございます。どうかこの安土に、教会をひとつ建てることをおゆるしいただけませんでしょうか」

セミナリヨ（オ）跡

「なんだ、そんなことか。よいぞ、遠慮はいらん。どこでも好きな場所に建てるがよい」

拍子抜けするほど、簡単に教会建設は了承された。しかも信長は、安土城と同じ青い瓦を使用せよ、とまで薦める。そうと決まれば、話は早い。安土山の麓に新しく池を埋め立ててつくられた土地を貰い受け、早速、建築が始まった。

キリシタン諸侯が進んで労力や金子をささげるなか、なかでも大きな働きをしたのが右近だった。高槻から家臣千五百人を呼び寄せ、建設や木材の運搬にあたらせた。資金はもちろん自腹。教会が負担するといっても断った。こうして天正八年（一五八〇）盛夏、わずか一カ月で堂々たる三階建てのセミナリオ（神学校）が竣工する。

一階は外来者をもてなすための広い座敷、二階には襖のついた宿泊室、そして三階がセミナリオになっていて、西洋の珍しい楽器や教材が次々と運びこまれた。ここで学ぶ生徒は約三十人。いずれも武士の子たちだった。右近も高槻から八名の生徒を送りこんでいる。授業は日本語の読み書き、キリスト教の教義のほか、ローマ字、ラテン語、西洋科学、楽器の演奏などがびっしりと組みこまれた。生徒たちはみな吸収が早く、外国人宣教師はその利発さに驚きの声をあげたという。

「これは、これは信長殿。ようこそおいでくださいました」

安土城からここセミナリオまで、ゆったりと馬を進めながら、ふらりと信長がやってくることに、もう誰も驚かなくなっていた。

「またあの音色が聴きとうなってのう」

さっさとひとりで三階まで上がってくると、備え付けのクラヴォ（オルガンに似た鍵盤楽器）およびヴィオラを少年たち（小神学生）に弾くように促す。目を閉じ、黙ってその美しい音色に耳を傾ける信長の胸中にはいったいどのような思いが駆け巡っていたのだろう。年表を紐解くと、信長が生涯に戦った合戦は、部下の武将に任せたものも含めて、百五十五戦。その勝率は約八割。これらひとつひとつの戦を越えて、ようやく天下統一目前というところまでこぎつけたのだ。

信長のやり方はひとつ。古くから権威をもつものであっても、新しい世の中をつくるのに邪魔になるものは徹底的に破壊していく。仏教勢力もそのひとつだった。比叡山延暦寺の焼き討ち、高野山の攻撃、そして石山本願寺（大阪市）の一向宗（浄土真宗）との戦いは十年にもおよんだ。信長の仏教徒に対する非情なまでの仕打ちに対して、キリスト教に対する寛大な保護――。そこには宣教師たちが自分の利益を顧みることなく、すべてを捨てて異国の地に根を下ろし、教えを広めるその純粋な生き方に信長が感動したことが大きかった。

だが信長はそんなに単純な男ではない。キリスト教が南蛮貿易や仏教弾圧に有利に働くこともしっかりと視野に入れている。そんな信長の心のうちを右近は冷静に見つめていた。

「右近、そなたが最初に人に裏切られたのはいつじゃ？」

信長の問いかけはいつも唐突だ。だが今日の信長は右近の返事を待たず言葉を続けていく。

「わしは赤ん坊のときじゃ。実の母から疎んじられてのう。赤子でも人の心は鋭く見抜く。今思えば、乳母の乳首を食いちぎったのもその腹いせだったのかもしれぬ」

人の心はもろい。いくら忠誠を誓っていても、いざ己の喉元に刃を突きつけられたら、人はいとも簡単に翻る。だったら最初から信じぬことだ。どうしても神を必要とするなら、我自身が神となる、と信長は言う。

「だが……右近よ、真に何かを信じることができるとしたら、それはそれでどんなに尊いことか。ただ信じることは疑うことより何十倍、いや何百倍、難しいことよ」

一見矛盾するようにも聞こえるこれらの言葉を右近は信長らしいと思う。つまり信長は「キリスト教は素晴らしいと思うが、自身がキリシタンになることはない」と言っているのだ。「信じることは疑うことより難しい」、この言葉を、右近は確かに胸におさめるのだった。

「あまりにもすべてのことがうまく運び、怖いような気がいたします」

右近の妻ユスタは、安土のセミナリオで所用を終えて高槻城に戻ってきた右近の上気した顔を見つめながら、ふと不思議な気持ちになっていた。

今や信長から篤く信頼されている家臣の一人として、信長に従う前とは比較にならないほど右近の力は増大している。約二倍に拡がった領国で、思うままの施政を布くことができ、高槻領内のキリシタンの数も驚異的に伸びていた。今もなお右近の父ダリオと母マリアは北庄に幽閉されたままだが、右近の周囲は活気づいていた。

「どうした、ユスタ。少し顔色が悪いようだが」

「いえ、あの……」

ユスタの言葉を待つ右近の表情がにわかに明るくなっていく。ややができたのだ。長男が生まれたあと、女の子を授かったものの、産後まもなく死亡。そのあとは荒木村重の事件などで気苦労の絶えない日々を送っていたユスタを、右近は言葉には出さずともそれとなく気遣っていた。それだけにユスタの懐妊は手放しで嬉しい。

上昇気流……。信長と同様、右近もまた目に見えない力によって、どんどん上へ引き上げられていく予感のなかにあった。そして今、信長の「夢」と右近の「夢」が重なり、ひとつの大きなうねりとなって何かが大きく動き始めようとしていた。

まるでその刻《とき》を待っていたかのように、神はあるひとりの人物をここ安土に引き寄せる。ナポリ生まれのイタリア人神父、アレッサンドロ・ヴァリニャーノだった。

ヴァリニャーノ神父との出会い

「おお、来やったぞ。あれが噂のヴァリニャーノ神父さまと違うか。なんとまあ、背の高いこと」

「ほんまや。それにほれ、後ろに見える黒ん坊、墨でも塗っているんやろか。どう見てもわしらと同じ人間には思えんわなあ」

天正九年（一五八一）二月一七日、高槻の城門や町の周辺は人、人、人であふれかえっていた。

前日、岡山（四条畷市《しじょうなわて》）に到着したヴァリニャーノの目に真っ先に飛び込んできたのは、見渡す限り対岸を埋め尽くす騎馬の群。右近の歓迎の陣だった。西日を浴び、きらきらと鎧《よろい》が輝くなかに右近、右

ヴァリニャーノの肖像画

近の息子ジョアン、右近の弟・太郎右衛門の姿もあった。

「あれが右近殿……」

ヴァリニャーノは、二十八歳の若き高槻城城主・高山右近の凛々しい姿を食い入るように見つめると、翌日、右近たちに案内されて、高槻城に入った。

ザビエルが初めて鹿児島の土を踏み、福音を伝えてから三十年。イエズス会では、改めて各国の正確な状況、および将来的な布教の可能性をつかもうと、世界各地に宣教師たちを派遣することにした。このとき東洋諸国担当に任命されたのがヴァリニャーノだった。

天正七年（一五七九）、島原半島の口之津に上陸した四十一歳のヴァリニャーノは、早速九州地区を一年半ほど巡察。ところが彼の目に映った日本の印象は、正直言ってさほど良くはなかった。戦乱で荒れ果てた有馬や豊後……。宣教師たちの報告では、日本のキリシタン人口はすでに十万人を超えているとあったが、この数字さえも疑わしく思えてくる。そうしたとき、ヴァリニャーノにぜひとも畿内（関西）を視察してほしいと願い出たのが、オルガンティーノ神父だった。

この要請に応えて、ヴァリニャーノはフロイスやアフリカから連れてきていた黒人の従者たちを引き連れて、豊後のキリシタン大名・大友宗麟の用意した船で瀬戸内を通り、堺に上陸。そして到着すると、突然、諸教会にあっと驚くような通達を出した。

「復活祭は、高槻で行う」

畿内にあまたとある教会のなかから、高槻の教会が指名されたのだ。それを聞かされたとき、右近はどんなに嬉しかっただろう。その厚意に応えるように、限られた時間のなかで、右近はでき得る限りの準備を整えていく。

こうして執り行われた復活祭は、約二万人の人々が集い、前代未聞の荘厳さと感動に包まれることになる。安土セミナリオの生徒たちによるグレゴリオ聖歌の美しい調べ、日本で初めてパイプオルガンが鳴り響いたのもこのときだった。真っ白な天使の着物に身を包んだ少年たちが、キリストやマリアの聖画を掲げて教会の十字架のもとへ歩を進めていく。もしも二年前、荒木村重の謀叛の際に信長に従わなければ、この日を迎えることはなかった。宣教師たちの血で赤く染まるはずだった十字架は、今、栄光の輝きで染め上げられている。右近の目には押さえても押さえても湧きあがってくるあたたかいものがあった。

ヴァリニャーノも同様だった。遠く異国の地で、これほど多くの友に出逢えるとは思ってもいなかった。その震えるような感動が、今、ヴァリニャーノの体を貫いていく。おそらくこの日、ユスタの腕にはつい先日生まれたばかりの男の子が抱かれていたはずだ。その小さないのちに洗礼を授けたのは、ヴァリニャーノだったに違いない。

「二月に堺に降り立ってから、はや四カ月……」

まもなく帰国の途につくヴァリニャーノは、安土セミナリオの二階の窓辺に立ち、ぼんやりと外の風景に目をやっていた。

目の前には金色に光る安土城の天主を頂点に安土山の美しい稜線が、豊かな水をたたえる琵琶湖の水面までひとつづきの絵のように繋がっている。階上から聞こえているクラヴォの美しい調べは、おそらくここで学ぶ大友宗麟の親族の子・伊東義勝が弾いているのだろう。いつしか、ヴァリニャーノはこの四カ月間の出来事を、暦をめくるように思い出していた。


二月十七日（新暦三月二十一日）。ヴァリニャーノ一行は畿内地方巡察のため高槻に立ち寄る。

二月二十二日（新暦三月二十六日）。右近からの熱心な要望もあり、高槻でヴァリニャーノの司式のもと盛大な復活祭が行われる。二千人に洗礼を授ける。

二月二十五日（新暦三月二十九日）、初めて本能寺で信長と対面。

二月二十八日（新暦四月一日）、都で行われた信長主宰の絢爛豪華な「馬揃え」（現代なら軍事パレード）に招待される。右近もこの日、参列。当日、右近は信長の衣装とかぶらないよう七着の衣装を用意してこの日に備えたという。

三月十一日（新暦四月十四日）と十二日（新暦十五日）の二日間にわたってヴァリニャーノ一行は安土城に招かれ、信長からあたたかいもてなしを受ける。

その後、一カ月間ほど安土に滞在する。このとき、時間がゆるす限り高槻を皮切りに五畿内の巡察へ。高槻では音羽、千提寺など領内にある二十の小聖堂にも足をのばす。

さらにヴァリニャーノを驚かせたのは、信長から安土の壮麗な景観を精密に描かせた金屏風がセミナリオに届けられたことだった。

信長の見つめる「世界」

この金屏風は著名な画工に命じて、城も湖も、城下の町並みなども可能な限り正確に描かせたものだという。天皇の所望にも応じなかった秘蔵の逸品を、信長は帰国の土産にせよ、と言う。

「おお、我らのセミナリオも青い屋根で描かれておるぞ」

と興奮するのは、安土セミナリオの第一期生・三木パウロだった。誰がこのとき、彼がのちに長崎で殉教する二十六聖人の一人となると想像できただろう。ヴァリニャーノも感激のあまり、「これをローマに持ち帰り、必ずローマ教皇に献上いたしましょう」と言って、信長の好意に応えた。

これこそ信長の望んでいることだった。信長はヴァリニャーノをとおして「世界」を見ていた。目の前にいる男が、インド・アジアで布教するイエズス会のすべてを統括する権限をもち、その任命権はローマのイエズス会総会長にあることを充分承知していた。安土とヨーロッパがつながっている……。この世界観は、おそらく信長にこの狭い日本で天下取りに明け暮れている場合ではないと思わせたに違いない。さらに信長は思いついたようにこんな提案をする。

「ヴァリニャーノ殿、あと十日、帰国をのばしてはいただけないか。ぜひともお見せいたしたいものがある」

何時間くらい窓辺に立っていたのだろう。ふと我に返ったヴァリニャーノは、すでに陽の落ちたセミナリオの窓の向こうに再び目をやった。その瞬間だった。目の前に信じられない光景が広がった。漆黒

セミナリオ跡方面から安土山を臨む

の闇のなかに、安土の山が突如、〝光の山〟となって浮かびあがったのだ。

「信長殿が見せたかったものとはこれだったのか……」

その正体はやがてわかってくる。信長のおびただしい数の家臣がそれぞれに松明をかざし、安土の山に立ち、全体を覆ったのだ。この光と闇のコントラストは、ヴァリニャーノのために特別に一カ月早めて執り行われた盂蘭盆《うらぼん》だった。その一つひとつの光は、これまで生まれては死んでいった無数のいのちの輝きのようにも思えてくる。ヴァリニャーノは茫然としてその場にうずくまるしかなかった。感謝の祈りはいつしか涙声になり、慟哭へと変わっていった。

「私はもう少しで間違うところだった……」

ヴァリニャーノは最初九州に着いたとき、日本の暗さしか目につかなかった。どうやって彼らを導き、助け、救わなければいけないか、そればかりを考えていた。だが五畿内の視察を終え、その印象はまったく違うものになった。彼らは戦乱の世にあって、明日生きているかどうかもわからないなか、誰よりも熱く、誰よりも真剣にデウスへの信仰を貫いていたのだ。

彼らに教わらなければならないのは、私のほうであった。そのことを教えてくれたのが、右近であり、キリスト教会の絶対的な保護者である信長であり、巡回の行く先々で出会った名もないキリシタンたちだった。

「私はなんとしてもこの日本の人々の美しい魂をローマにもち帰らなければならない……」

こうして翌年二月、ヴァリニャーノは二年半の滞在を終え、日本を離れることになった。そのとき、有馬セミナリオの四人の少年を伴ってローマへ戻っていく。この「天正少年遣欧使節」の構想を得たのは、ヴァリニャーノが高槻や安土に滞在したときだと言われている。そこに右近が大きくかかわっていたことはほぼ間違いない。フロイスは、ヴァリニャーノの右近への心情をこう書き残している。

「同地で巡察師が接したあらゆる美しいことのなかで、その所業により、ユスト（正義）という名にふさわしい城主と知己になったことほど巡察師の満足と驚嘆の念を生ぜしめたものはなかった。右近は二十八歳の若者で、最も勇敢な信長の武将のひとりである。大侯であるにもかかわらず、教会および神父に対しては謙遜従順であり、彼らとまじわるときは大侯といわんよりはむしろ僕のようである」

だが闇のなかに安土城を照らし出した信長が、今度は自身が闇の世界へと引きずり込まれていく。ヴァリニャーノ一行が旅立ってわずか四カ月後のことだった。

第三章　激流のなかへ

明智光秀と右近

光秀、謀叛

「信長殿、ご自害!」

天正十年(一五八二)六月二日未明。京の本能寺にわずかな供を従え滞在していた織田信長が襲撃され、その後自害したという衝撃的な事件は、またたく間に京坂地方をはじめ、中部・北陸・中国地方にまで伝わっていった。さらに人々を驚かせたのは、信長を死へ追いやった人物だった。

信長の忠実な家臣、明智光秀——。

右近はその知らせを光秀の指揮下のもと、毛利氏征伐のため備中(岡山県)へ向から途中で聞くことになる。

「あれほど沈着冷静で、人の心を読みとる才に秀でた光秀が、なぜそのような無謀なことを……」

主君に背くことは、たとえいかなる理由があろうともゆるされぬこと。誰よりもそれを知っていたのは光秀ではないか。比叡山焼き討ちの際も「麓の山まで焼きはらい、女子どもも容赦なくなで斬りにしろ」という信長の残忍極まる命令に、光秀は多くの言葉をのみこんで数千人のいのちをもぎ取った。そんな真面目過ぎるくらい真面目な光秀が、今回、謀叛を起こしたというのだ。

光秀にとって信長は恩義ある主君だった。低い身分から身を起こした光秀の才能をいち早く見いだし、織田家の出世頭と言われるまでにとりたてたのが信長だった。光秀の三人の娘たちにもいい縁談がもちかけられた。二女・玉《たま》（のちの細川ガラシャ）は、信長の媒酌で、細川家の嫡男・細川忠興のもとへ。信長と光秀の蜜月は誰の目にも揺るぎないものに見えた。

ところが信長は安土城に移り住んだころから、長年自分を支えてくれた家臣たちを次々と追放し始める。次の時代を見据えての家臣の整理は、光秀も例外ではなかった。

この年の五月中旬、安土城で徳川家康を接待していた光秀に突然、秀吉の援軍として備中へ出陣せよという命令が下される。当時、信長は中国地方の平定に乗り出し、秀吉はその先駆けとして、備中に軍を進めていた。秀吉が、毛利氏配下の清水宗治の守備する備中高松城（岡山県）を水攻めに追い込むと、見殺しにはできぬと毛利氏の大軍が動きだそうとしていた。それを知った信長は秀吉を助けるため、自らも出陣を決意。光秀にも秀吉を助けるように命じたのだった。その夜、準備のため居城（坂本城）に戻った光秀のもとに信長からの使者が来て、こう切り出した。

「光秀の丹波、近江の領地は召しあげ、かわりに、出雲、石見をあてがう」

光秀は耳を疑った。近江も丹波も信長のためにいのちがけで戦って、貰い受けた領地ではないか。それを取り上げ、かわりに今はまだ敵の領地である出雲、石見へ行けというのか。その瞬間、信長の非情な政策の数々が光秀の脳裏に浮かびあがってきた。室町幕府の将軍足利氏の追放、武士を先祖伝来の土地から切り離す配置換え、さらには安土に天皇を呼び寄せようとまでしている。このままでは、この国は根本から崩壊する。どんな手段を使ってでも信長を倒さなければ――。

本能寺跡

六月二日未明。本能寺は光秀の三万の兵によって取り囲まれていた。光秀は信長の命じた備中へ行く途中、踵《きびす》を返して、京へ兵を向けたのだった。あれほど用心深い信長が、このときはわずかな供しか従えず本能寺に滞在していたのだ。信長の見せた一瞬の隙に明智軍がいっせいに襲いかかった。信長は寝巻きのまま弓をとり、弦が切れるまで矢を放ったという。

だが、腕に銃弾を受けると、もはやこれまでと奥の部室に戻り、戸口を閉じた。そして己の遺骸が敵の手に渡らぬよう火を放つことを命じて、奥の部屋の襖を閉じ、切腹。

四十九年の生涯だった。

この信長横死の衝撃的な知らせは、京に近い高槻城にもただちにもたらされた。だが城主右近は備中へ進軍のため不在。城内に残っていたのは右近の妻・ユスタと幼子、それにわずかな家臣だけだった。この先、高槻城はどうなるのか。本当にこのまま光秀の世がくるのか。もしも光秀に報復する者がでてきたとしたら……夫が不在のなか、ユスタの不安はとめどもなく広がっていく。そしてその不安は次第に現実になっていった。

「信長死す」の知らせを本能寺の変の翌日の夜には知った羽柴秀吉は、対戦中の毛利と早々に講和を結ぶと、大勢の軍を引き連れ、京に上ってこようとしていた。もちろん目的はひとつ、光秀打倒だった。そうなると光秀が西国街道の重要拠点に位置する高槻城を放っておくはずがない。夫人や子どもたちを人質にして、高槻城を占領するに違いないと誰もが思った。

「奥方さま、ただいま明智側からの使者が参りました」

高槻城内に緊張が走った。家臣の一人が緊迫した声でユスタに身を隠すように促す。ところがユスタの凛とした声がそれを遮った。

「それにはおよびませぬ。私が使いの者とお目にかかりましょう。ただし城内には入れぬよう」

こうしてユスタは、明智の使者たちの前へゆっくりと出て行った。「明智側としては、高槻城になんら危害を与えるつもりはないので、安堵するように」、光秀からの伝言はただこれだけだった。どうやら光秀は、右近が必ずや味方についてくれるものと信じているらしい。

「果たして、そうだろうか……」

あわただしく立ち去っていく使者の後ろ姿を見ながら、ユスタは複雑な思いになっていった。


「みな無事であったか……」

今回の事件を知るやいなや、急ぎ兵を返し高槻城に戻ってきた右近は、みなの顔を見て安堵するとともに驚きの念を隠せなかった。必ず人質にとられていると覚悟していたのだ。

ほかにも信じられぬことが起きていた。どの土地でも謀叛が民衆に知れると、それまで押さえつけられていた人々が略奪・暴行を起こすのが常だったにもかかわらず、高槻領では一切そうしたことが起きなかったのだ。

だが、そうした平穏とは裏腹に、すでに水面下では熾烈な戦いが始まっていた。秀吉は各地の有力大名に書状を送り、力を貸してほしいと嘆願してまわっていた。むろん光秀も負けていない。安土のセミ

山崎合戦配置図

ナリオから坂本へ神学生とともに避難してきたオルガンティーノ神父に、光秀は右近宛の書状を書いてほしいと頼みこむ。断わりきれないと判断したオルガンティーノは、日本文で「光秀側につくように」と認めた。だが見張りの者のわずかの隙を見て、ポルトガル語で「デウスの正義のため謀叛人に味方せぬように」と書き添えることも忘れなかった。

　ポルトガル語が理解できた右近は、さっと目をとおすと書状を伏せた。オルガンティーノの助言を待つまでもなく、最初から光秀に加担するつもりはなかった。たとえどんな理由があろうとも、義に反することはできない——。

秀吉と光秀、運命をかけた決戦へ

　こうして迎えた六月十三日。秀吉と光秀の戦いが始まろうとしていた。決戦場所は京の南、山崎。ここは天王山と淀川が迫り、摂津平野から京へ向かおうとすると、どんどんロート状に平地が狭くなっていく。この喉元を通らないと都には入れない。つまりここをいち早く押さえた者が、天下をとることになる。

淀川の支流・小泉川を挟んで、京都側に光秀軍、大坂側に秀吉軍が向かい合った。右近も約二千の兵とともに天王山を背にして秀吉軍側に立った。この日、空は雨雲に覆われて暗く、地は長雨を吸って黒かったという。

「光秀は今、何を思っているのだろうか」

三十歳の右近は、五十五歳という老齢の身で、戦いに挑もうとしている光秀の胸中を静かに思いやった。対岸の小高い古墳に陣に設けた光秀は、己の私利私欲で謀叛を起こすような人間ではない、と右近はどこかで信じている。おそらく光秀なりの考えがあっての苦渋の選択だったに違いない。確かに人には思い切って大鉈《おおなた》をふるい、手荒い手段を講じなければならないときがある。だが荒療治は、たとえ見事に成功したように見えても、どこか目に見えないところでひずみを生じ、混乱を深め、報復を企てる者が出てくる。戦国武将・右近の目には、光秀の先に待ち受けているものが決して明るいものではないことを独自の嗅覚で感じとっていた。

申《さる》の刻《こく》(午後四時半ごろ)、まもなく決戦の火ぶたが切られようとしていた。先陣を申し出た右近に失敗はゆるされない。大山崎の街道筋にあった「黒門」に陣をはった右近はその門をぴたりと閉じて、すべてをデウスに委ね、秀吉からの合図をじっと待つのだった。

東の黒門あたり

右近の時代、大山崎の街は西国街道沿いに二キロにわたって細長く続く都市集落で、東西の出入り口には黒門が構築されていた。山崎合戦で右近が陣をはったのが、そのうちのひとつ東の黒門だった。現在もその場所を確認することができる。大山崎の駅から徒歩で十五分ほどのところにあるカギ型になっている道路がかつて東の黒門のあった場所だった。山崎合戦で実際に確認できる場所は数少ないが、その貴重な場所のひとつだ。だが、ここも間もなく道路拡張整備のためなくなるという。

「殿！どうぞ開戦をお命じくださいませ」

血気だった家臣たちが高山右近に詰め寄った。みな、苛立っているのだ。その気持ちは右近にも痛いほどよくわかる。この門の向こうにはすでに明智軍が迫ってきている。午後四時半。陽が落ちたら、戦は暗闇での乱闘となり収拾がつかなくなる。早く戦にもち込まなければ……。だが秀吉は、まだ三里（十二キロ）後方にいるという。

右近自ら秀吉のもとへ赴いて、この危機を報告しようと思った矢先だった。明智の軍勢が黒門を叩き始めたのだ。門はまるで巨大な生きもののように大きくうねり始めた。門が打ち破られるのも時間の問題だろう。これ以上、時をのばすわけにはいかない。とっさに天を仰ぎデウスに祈ると、右近の力強い声が轟《とどろ》いた。

「ただちに門を開け！」

と同時に一千名あまりの兵たちが、黒い塊となっていっせいに飛び出していった。

光秀、惨敗

右近の兵たちは、他を寄せ付けぬ圧倒的な迫力をもって敵に立ち向かい、明智勢を討ち取っていく。右近側の戦死者は一名。対して、明智側は二百の首が討ち取られた。これをきっかけに明智軍は大きく動揺、混乱し始める。そこへ二番手の中川清秀《なかがわきよひで》や池田恒興《いけだつねおき》の軍が追い打ちをかけた。さらに秀吉と信長の息子・信孝の軍勢が間近に迫ってきているという知らせが、明智勢の士気を一気に喪失させ、わずか三時間あまりで総崩れとなった。

勝龍寺城跡

　戦には得体の知れない魔物が棲んでいる、と右近はつくづく思う。確かに当初、秀吉軍には一万足らずの兵しかいなかった。ところが秀吉は「信長のかたき討ちのために力を貸していただきたい。そのためなら自分は討ち死にしてもかまわない」という大義名分を掲げて、備前から戻る途中の道々で各武将に猛アピールしてきた。もちろん信長のあとの天下取りの野望などおくびにもださない。ただひたすら主君信長のかたき討ちのためと訴え、多くの武士たちの心を掴んでいったのだ。

　一方、光秀の側には思わぬ誤算が続いた。一番の痛手は、光秀の二女・玉（細川ガラシャ）の嫁ぎ先で古くからの友人・細川家がまさかの秀吉側についたことだった。さらに当初は味方だったはずの武将が続々離反。こうして迎えた山崎合戦当日、蓋を開けると秀吉の兵力は光秀の約二倍、三万以上にもなっていた。

秀吉には、人を巻き込んでいく不思議な力がある——もしかすると我らが思っているよりずっとずっと大きな人物になるかもしれぬ。ふと芽生えたかすかな予感が少しずつ大きくなっていくのを右近は確実に感じとっていた。

六月十三日は、光秀にとっても長い一日だった。もはや勝ち目がないと判断した総大将の光秀は、その夜、勝龍寺城に逃れ、立て籠もった。すでに周囲は秀吉軍によって包囲されている。だがここは平城。秀吉の大軍に攻撃されたら、ひとたまりもない。こうなったら夜が完全に更けるのを待って、近江坂本城へ落ちのびるしかない、と思った瞬間だった。

「ハハハ、今日はなんとめでたい日じゃ。忠興と玉はまるで夫婦雛《めおとびな》のようじゃ」

幻聴だろうか。いや確かに信長の声を聞いたような気がした。光秀の胸ににわかに込み上げるものがあった。四年前、確かにここ勝龍寺城は幸せに包まれていた。誰もが笑い、唄い、酒に酔いしれ、信長の媒酌で祝言をあげたばかりの細川家の嫡男・忠興と、光秀の娘・玉の行く末を心から祝福していた。なかでも信長が始終上機嫌だったことを、光秀は昨日のことのように覚えている。

「玉、はよう元気な男子《おのこ》を産んで、光秀を安心させてやれ」

豪快に笑う信長のそばで、光秀はこの主君にどこまでもついていこうと思ったものだった。

それがどうだ、今、自分はその信長を討ち、秀吉に破れ、闇夜にまぎれて逃れようとしている。

「殿、急がれたほうが……」

その声にはっと我に返った光秀は、まるで盗人のように塀を這い城外へ出ると、わずかな家臣とともに、妻子が待つ坂本城へ転げ落ちるように逃れ去っていった。

僧侶たちの読経が伽藍に大きく響き渡り、豪華にしつらえられた祭壇は全国の諸大名から届けられた高価な供え物によってぎっしりと埋め尽くされている。

信長が横死して四カ月。十月を迎えた京都大徳寺では、一週間にわたり秀吉による信長の盛大な葬儀が執り行われていた。多くの諸侯、大名が集うなかに、右近の姿もあった。この葬儀は、いちおう信長を弔うためというもっともらしい口実がついてはいるものの、それを真に受ける者はほとんどいない。次の天下人を狙う秀吉が、自身の権力と、我こそが信長の後継者であることを天下に知らしめるための儀式であることは一目瞭然だった。

もちろん目の前の仰々しい祭壇に、信長の遺骨はない。本能寺で火に包まれて自刃《じじん》した信長は、何ひとつ残さなかったのだ。その虚しい祭壇の前に、大勢の僧侶や大名がみな神妙な顔をして居並んでいる。自分もそのなかのひとりなのだ、と気づいて右近はハッとする。

――この世のことは、すべて茶番――

かつて荒木村重が謀叛を起こしたとき、信長のもとへ下った右近に言い放った信長の言葉が鮮やかに蘇った。だが信長はこうも続けたのだ。

「たとえ茶番でも、いのちをかけて演じれば、真実になるやもしれぬ」

右近はふと光秀の最期を思った。あの日、わずかな家臣と供に勝龍寺城を抜け出し坂本城へ向けて逃走した光秀は、途中の小栗栖《おぐるす》（京都市伏見区）で農夫の手にかかってあえない最期を遂げたという。武士としてみじめな終わり方だったには違いない。だが己の信じる道を貫こうとした光秀の目はどこか澄んでいたのではないだろうか。少なくとも今ここに神妙な顔をして参列している大名たちよりは澄んでいたに違いない……。

僧侶たちの読経が一段と力強くなってきた。いよいよ焼香が始まるのだ。まず秀吉が儀礼どおり焼香を行うと、これに続くよう諸人に促した。秀吉のすぐ側にいた右近にもまもなく順番がまわってきた。だが右近はじっと目を閉じたまま。微動だにしない。一秒……二秒……三秒……。

右近は動く気配を見せない。秀吉も、薄く目を開いたまま、まったく表情を変えない。静かに時だけが流れていく。そのとき、右近の隣の大名が気をきかせて、何ごともないかのように右近を飛ばして焼香に進んだ。わずか数秒のことだったかもしれない。だがこれは右近にとっていのちをかけた信仰告白だった。それは自身の信仰だけに止《とど》まらなかった。信長から秀吉の時代へ移り変わろうとしている今、右近にはこの先も果たして信長の時代のようにキリシタンが保護されるだろうかという一抹の懸念があったに違いない。秀吉の性格を知っている右近は、その危うさを誰よりも見抜いていた。

右近はそれに対して、焼香拒否というかたちで暗黙の了解を秀吉に求めたのかもしれない。考えてみれば危険な賭けだった。場合によっては、領地没収、最悪の場合はいのちさえもとられかねない。だがさすが〝人たらし〟と名高い秀吉はなんの咎めだてもしなかった。こうして右近の静かな戦いは、無言の勝利で幕を閉じた。

だが五年後、右近の懸念は見事に的中する。秀吉から大きな選択を迫られた右近は、誰もがあっと驚くような決断をすることになる。その種が、この信長の葬儀のときに、すでに右近のなかに蒔かれていたのだった。当時、それに気づいた者は誰ひとりいなかった。

父との再会

それは四年ぶりの再会だった。

「おお、懐かしい顔ばかりじゃ。まさかこうして再び高槻の地を踏むことができるとは思わなんだ。おっ、そこにいるのはジョアン（右近の長男）か？　ちょっと見ぬ間に大きゅうなった。いくつに……いや待て、爺《じい》が当ててみせようぞ」

孫の年を指折り数える右近の父ダリオの手には、幾多の苦難を乗り越えてきた皺がいくつも刻まれている。四年前、荒木村重が信長に謀叛を起こしたとき、ダリオは右近の下した判断に真っ向から反対し、村重のいる有岡城へ馬を走らせていった。そこには人質になっている孫や娘をみすみす見殺しにはできぬ、自分のいのちと引き換えにしても守り抜くという覚悟が潜んでいたことを右近は痛いほど知っている。

その後、村重が信長に滅ぼされると、ダリオは本来なら殺されても仕方ないところ、右近たちの懇願によって夫婦ともども柴田勝家のいる北庄（福井市）へお預けの身となった。いつ解けるかもわからぬ信長の処分だったが今回、本能寺の変で信長が亡くなったため、再び高槻へ戻ってくることがゆるされたのだった。

「わかったぞ、ジョアン。七つじゃや。どうじゃ」

「はい、お爺《じじ》さま、当たりでございます」

一気に高槻城が大きな笑いに包まれた。右近も妻のユスタも、ダリオも母マリアも、そして家臣たち一同もみな再会の奇跡をかみしめているのだ。泣きだしたいような、叫び出したいような喜びだった。

右近とダリオは、いくら話しても話は尽きなかった。信長が安土山に築いた安土城のこと、その麓に青い屋根の美しい三階建てのセミナリオが建てられたこと、だが今回の明智光秀の謀叛によって信長が自刃すると安土城は炎上、安土のセミナリオも消失。オルガンティーノ神父は神学生の身の安全を考えて、いったん京都南蛮寺に入ったもののあまりの手狭さに授業を再開できず、ここ高槻への移転を望んでいることなども右近は父に語る。

「高槻にセミナリオ……」

ダリオの目にはすでに大粒の涙がこぼれんばかりにあふれている。

「デウスはいつも我らの望みよりずっとずっと大きなものを与えてくださる。わしのいのちに変えても立派なセミナリオをつくらねばのう」

早速、自費で校舎と天主堂建築にとりかかると、右近もダリオも我が子のように生徒たちを慈しみ、神父への援助も惜しまなかった。

いよいよ念願だった授業が再開した。院長および最高責任者は言うまでもなくオルガンティーノ神父だった。教育内容は安土のときとほぼ同じく、何よりも「言葉」を大事にするものだった。文学と話術に力を入れたのも、正しく話せる人は人格者だという考えがそこにはあった。生徒数はセミナリオが高槻に移転した時点で三十二名。そのなかにはパウロ三木の姿もあった。翌年には天皇家の従兄弟にあたるウエドノと呼ばれる公爵の子をはじめ数人の貴族子弟も入学している。次世代を担う力強いキリシタン教育の礎が高槻に置かれ、しかも右近父子が自分たちの力だけで実現した瞬間だった。

「噂では耳にしていたが、やはり本当であったか」

食い入るように右近の話を聞いていたダリオは、大きなため息をひとつついた。

信長の弔い合戦で明智光秀と戦い圧勝した秀吉は、二十五日後には山崎合戦で勝利した諸大名を清州城に集め、合戦の褒賞と、次に誰が信長の後継者となるかを話し合う機会を設けた。話し合いといっても、ほとんど秀吉の独壇場だった。

信長の後継者に、柴田勝家は信長の三男信孝を推すが、秀吉は即座にその言葉を遮った。今回、本能寺の変で亡くなった信長の嫡男・信忠の長子・秀信（三法師）があとを継ぐのが筋だと言うのだ。だが三法師はまだ三歳。そこで三法師が元服するまで秀吉自身が後盾を務めると言う。実質上、秀吉の天下になっていくことは誰の目にも明らかだった。

「問題はこのますんなりといくかどうかだが……」

ダリオの懸念を肌で感じながら、右近はわずかに視線を庭のほうへ移した。何も起きてないときに、起こっているもの。それを右近は静かに感じとろうとしていた。

千利休の挑戦〝侘び茶〟

もう一人、何も起きていないときに起こっているもの、を感じとっている人物がいた。

千利休――。十年前、右近が高槻城主となったころからの茶の湯の師匠・利休は、そのひときわすぐれた審美眼に目を留められ、信長の茶頭《さどう》に抜擢されたのは五十四歳のときだったという。そんな利休の主な仕事は茶道具を鑑定し、銘品を見極めることだった。

千利休

当時、天下統一を前に信長は急速に勢力を拡大。そのため多くの家臣を抱えるようになったのはよいものの、武功をあげた家臣に褒賞として与える領地が足りない。そこで目をつけたのが茶の湯だった。家臣は戦で手柄を立てると、その褒美に信長から茶道具をいただき、茶会を行うことがゆるされる。世に言う「茶湯《ちゃのゆ》御政道《ごせいどう》」だった。

　ところがあるときを境に、利休の茶の湯がガラリと変わる。本能寺の変の前日、信長は盛大な茶会を本能寺で開催。収蔵品のなかでも最大級の品々四十点あまりが披露された。ところが利休が信長のために苦心して集めたそれら銘品も、翌日未明、一瞬にして炎の中に消えてしまう。焦ったのは信長の後継者となった秀吉だった。秀吉も天下統一に茶の湯を利用しよう思っていただけに、銘品がなければ茶会も開けない。さあ困った。それに応えたのが信長の死後も、秀吉の茶頭となった利休だった。

「信長さまと同じことしよう思うたら、真似ごとの域は越えられへんと違いますか」

「だったら……?」

秀吉は利休に執拗に食い下がる。

「まったく逆の道を歩かれたらよろしいかと」

こうして利休は誰も考えもしなかったような方法に打って出る。

——侘《わ》び茶。贅の極みを追及した信長とは対照的に、象牙のかわりに節のある竹で作った茶酌、唐物《からもの》の磁器のかわりに、日常のどこにでもある竹を使った花入れなど、普段の暮らしのなかにある美の価値観を打ち出したのだ。

さらに利休は茶室を極限まで小さくし、二畳、ときには一畳半の茶室にまで挑戦していく。利休の頭のなかにはその空間のなかで繰り広げられる世界がしっかりと思い浮かべられていたに違いにない。相手の息づかいさえも聞こえてきそうな狭い空間で、茶を飲みながら過ごす四時間あまりのひととき。そこではさりげない所作、ふともらす言葉一つひとつが、微妙な空気となって伝わっていったことだろう。自ずとその人物が腹の底で何を考え、信頼に値する人物なのかどうかを知る希少な場になっていったに違いない。

「利休七哲《りきゅうしちてつ》」の一人として名高い右近も、侘び茶をこよなく愛した一人だった。わずか二畳の空間で、右近はどのように神を感じ、心を響かせ、何を語ったのだろう。真に生きるとは、真に死ぬとは、地球の向こうに拡がる壮大な宇宙とは、そしてそれらを支配する人智を超えたお方とは……。右近の静かだが揺るぎない声は同席した人々の心に、深く沈みこんでいく。それは教会で大勢の人たちを前にして語られるのとはまた違った響きをもっていたに違いない。

この時期、右近の周辺の有力な大名たちが次々とキリシタンに導かれている。伊勢松島城主・蒲生氏郷《がもううじさと》、秀吉の軍師・黒田官兵衛、ほかにも宇喜多氏、中川秀政といった名だたる人物の名が並ぶ。受洗には至らなかったもの細川忠興、前田利家、織田有楽斎《うらくさい》（信長の弟）など好意をもつものも多くいた。さらに幼児洗礼後、信仰生活とは離れていた宇土城主・小西行長も、この時期、右近によって再度信仰に目覚めていく。その背景には、利休の創案した密室のような空間で行われた侘び茶も大きく関係してい

利休の茶室「待庵」が残る妙喜庵

たことだろう。

ＪＲ山崎駅前の妙喜庵《みょうきあん》に、利休が残した唯一の茶室と考えられている二畳敷の茶室「待庵《たいあん》」（国宝）が今も残っている。山崎合戦で明智光秀を討った秀吉は、戦勝記念として天王山の頂きに山崎城を築き、城下に利休を呼び寄せ、つくらせたのが待庵だった。後に京都の利休屋敷に移築され、さらに今日の妙喜庵に移されたと伝えられている。待庵をつくる際、右近は利休のイメージどおりの杉丸太を六本届けたことが現存する利休の書状に残されている。

実際に訪ねてみると、晴れた日にも限らず、にじり口から覗く茶室の中は薄暗い。日が陰ったらほとんど真っ暗な空間が出現することだろう。無駄なものは一切ない。削いで削いで削ぎ尽くした先に拡がる無限の世界。もしかしたら利休は生と死を超越した世界を茶室に出現させようとしたのかもしれない。

賤《しず》ヶ《が》岳《たけ》の戦い

秀吉の天下分け目の戦い

「もしかしたら今日あたり激戦になるやもしれぬ……」

天正十一年（一五八三）四月二十日。胸騒ぎを覚えた右近は、この日、まだ夜が明けきれぬうちから起き出し、小高い山に設けられた陣から眼下をじっと見つめていた。陽が昇れば美しい湖が今日も顔をのぞかせるはずだ。琵琶湖の北にぽつんと取り残されたように佇む余呉《よご》湖は、周囲わずか六、四キロ。その静かな湖面を新緑で覆われた低山がぐるりと取り囲む。そのなかのひとつ、標高二百メートルの岩崎山に右近の陣は置かれていた。

いくら低いとはいえ、湖に降りるには険しい崖を降りていかなくてはならない。

「この崖を攻め登ってくるとしたら、敵も相当な覚悟のうえだろう」

〝敵〟とつぶやいた自分に、右近は思わずハッとする。これから戦おうとする相手は、もとはといえば、みな信長の配下だったのだ。信長の指揮のもと、ともに泥にまみれ、戦場を駆け巡り、いのちを削った者同士だ。それが今、敵と味方に分かれ、戦おうとしている……。

賤ヶ岳山頂からの余呉湖

人々の前に巨岩のように立ちはだかった信長が明智光秀に倒されたのは約十カ月前。と同時に、次の天下取りへ向けて過酷な天下取りレースが始まった。

まず頭角を現したのは、四十六歳の羽柴秀吉。清州《きよす》会議では信長の跡継ぎとして信長の孫・三法師（三歳）を押し、自ら後見人になると宣言。これで一件落着とも思えた跡継ぎ問題だったが、実際は内心面白くない者も少なくなかった。

「百姓出の秀吉に好きなようにさせてたまるか」

そうした思いを最も露わにしたのが織田家の重臣中の重臣、北庄の柴田勝家と、北条に敗れて宿老からはずされた滝川一益だった。また信長の二男信雄《のぶかつ》、三男信孝も「我こそ跡継ぎだ」と思っていただけに、三法師を担ぎ出した秀吉が憎くてたまらない。ただ信雄と信孝も跡継ぎを狙ううえではライバル関係にあった。秀吉がこの複雑にからみあった糸を断ち切り、天下を取るためには、なんとしてもこの四者を倒さなければならない。そのためにこの十カ月間、秀吉は柴田勝家、滝川一益の動きに合わせて、岐阜、長浜（滋賀県）、長島（三重県）へと転戦を繰り返してきたのだった。

右近も秀吉とともに戦の日々を送り、高槻城でゆっくりと息つく暇もなかった。だが、今度の戦いで勝てば——。秀吉の天下がやってくることは誰の目にも明らかだ。世に言う「賤ヶ岳の戦い」はこうして火ぶたを切ろうとしていた。

決戦に備え、羽柴、柴田の両陣営は、余呉湖を睨みながら巧みに陣を張り巡らしていった。秀吉は余呉湖の東南・木之本に陣をはり、すぐそばの田上山《たなかみやま》に弟の秀長を配した。そして南北四キロにもおよぶ縦長の陣には、北から堀秀政、木村隼人といった錚々たる武将たちが砦を築き、南に下って岩崎山に高山右近、大岩山に中川清秀、賤ヶ岳には桑山重晴の陣が敷かれた。羽柴勢は四万あまり、対する柴田勢は二万。兵数、軍資金、領地でも羽柴側のほうが俄然有利だった。

だがさすが北国の鬼・柴田勝家。勝家の甥・佐久間盛政《さくまもりまさ》、前田利家父子といった強者たちが余呉湖の北西部に堅牢な砦をはり、秀吉たちの動きを見張っている。両者ともじっと睨みあったまま動こうとしない中、最初に動いたのは柴田軍の佐久間盛政だった。秀吉が三月二十七日に秘かに木之本を抜け出し、岐阜の信孝を討つため約一万五千の兵を率いて美濃に向かったという情報を得たのだ。しかも羽柴側から寝返った山路将監《やまじしょうげん》によると、中川清秀と高山右近の陣構えが甘いという。資材もなく二十日弱で完成した砦は、右近の築城技術をもってしても不完全だったのだ。

この二つを好機とみた佐久間盛政は、叔父の柴田勝家にどうか中川清秀を討たせてほしいと願い出る。用心深い勝家は当初、なかなか首を縦には振らなかったが、盛政の執拗な説得に負けて、中川清秀を討ったらただちに引き揚げることを条件についに進撃することをゆるしたのだった。

勝ち過ぎてはならない

四月二十日朝、突如、余呉湖の東側に激しい銃声が鳴り響いた。深夜に余呉湖の南を誰にも気づかれずに迂回し、大岩山の西側から中川清秀の陣を佐久間盛政の軍勢約八千が襲いかかったのだ。奇襲を受

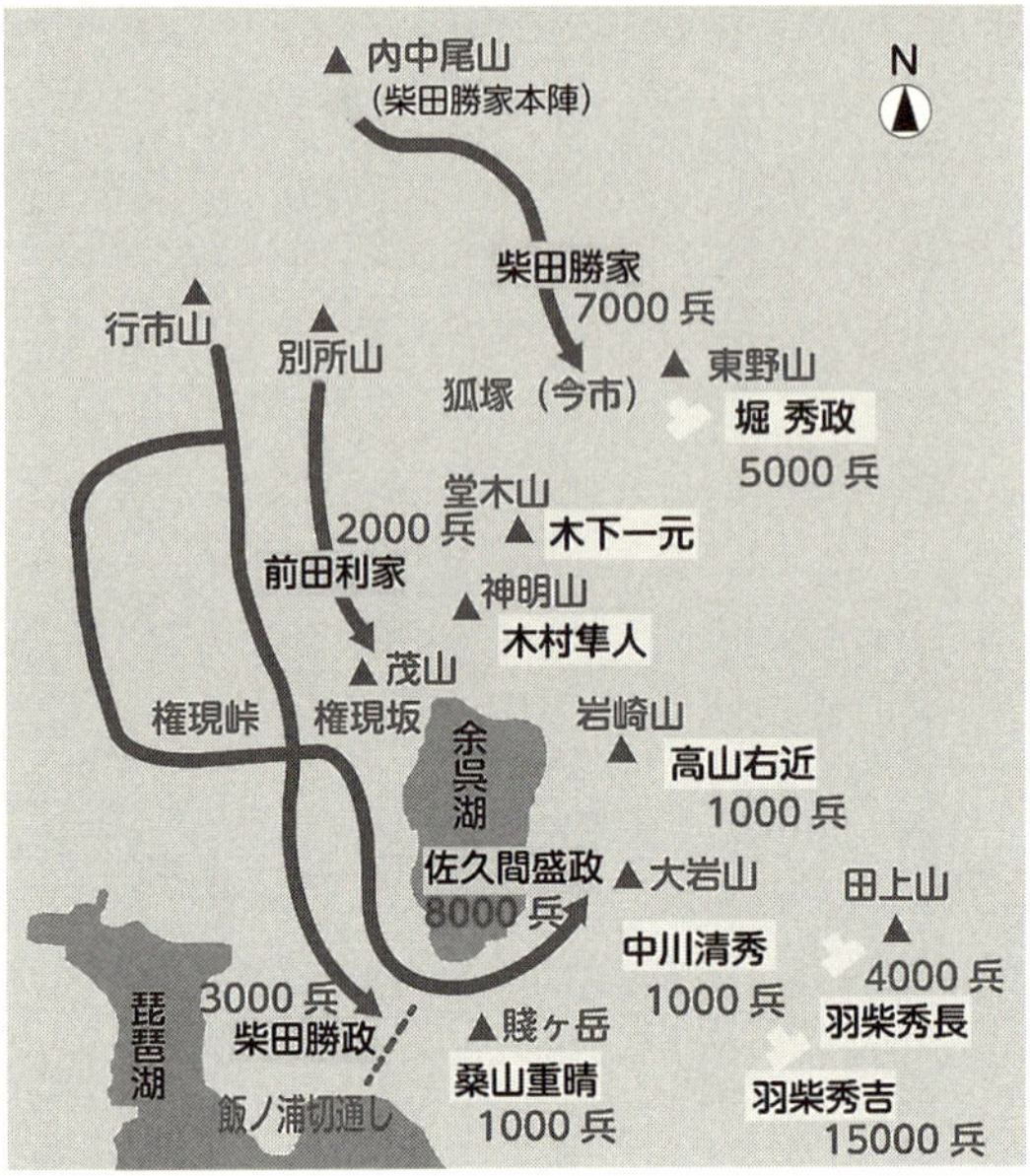

柴田軍攻撃路

けた中川勢の兵は一千。もとより気が短い清秀は、たとえ兵力に歴然の差があるとしても、守るより、攻めるが武士の本分と言い放って、右近が止めるのも聞かずに山を下って出撃していった。

ところが田上山で指揮にあたる秀長は、清秀の苦戦を目の当たりにしながら、まったく動こうとしない。たしか秀長のもとには四千の兵が予備として据え置かれているはず。にもかかわらず一兵も寄こさないとはどういうことだ。

銃声、喚き声が一層激しく渦巻くなか、右近は先ほどからじっと目を閉じたまま動こうとはしない。そしてゆっくりと目を開けた右近は、自分に言いきかせるようにつぶやいた。

「そういうことだったのか。これは勝ち過ぎてはいけない戦なのだ……」

すかさずそれを耳にした右近の家臣たちは詰め寄った。

「殿、どういうことですか」

右近の落ち着いた声が陣内に響く。

「よいか、今、秀吉殿は信孝殿を討たれるため美濃へ出陣されておる。仮に急遽戻ってこられようとしても二日はゆうにかかるであろう。秀長殿としては、できるだけ長く佐久間盛政殿をこちらに留まらせ、秀吉殿の援軍が到着するのを待つ所存でおられるのだ。つまり我らの役目は、敵が早急に引き揚げるほど強過ぎてもならぬし、弱過ぎてもならぬ。あと一押しで我らを倒せると思わせ、焦らしながら深く誘い込むのが我らの使命じゃ」

「私には納得できませぬ。それではたとえ羽柴側が勝っても、高山軍は腰ぬけだったと笑い者になりかねません」

三十一歳の右近は、血気盛んな若い武士の言葉に、かつての自分を見るような思いがした。

「ハハハ、笑い者になってもよいではないか。大事なのは羽柴軍全体の勝利だ。我らの名誉などどうでもよいこと。大局を見失ってはならぬぞ」

「それでは我らに捨て石になれとでも申されるのですか、殿は！」

「いやか？　捨て石は。そなたの胸元に輝く十字架にかかられたお方こそ、我らのために捨て石になられたのではなかったかのう」

「………」

約一刻半（三時間）、大岩山に轟いた銃声がやんだ。今度は刀槍の戦いに入ったのだ。

「中川軍、このままでは全滅するのも時間の問題。どうかご援軍を！」

右近の陣営にころがりこんできた清秀からの使いが、悲鳴とも絶叫ともつかぬ声で訴えかける。秀長の心中を思えば、軽々しく動くことはできない。だが清秀が苦戦するのを見て見ぬふりもできない。天を仰ぎ、デウスに祈った右近は何かを振り切るように立ち上がった。

中川清秀の墓所

「皆どもよいか、中川勢の援軍として恥ずかしくない戦いをみせようぞ！」

「うおっ〜」

右近の兵たちはいっせいに岩崎山から大岩山のほうへ約七〇〇メートルの道のりを山の背づたいに走り抜け、佐久間軍に斬りかかっていった。だが反撃のかいもなく、その日の午前十時ごろ、中川の陣営は崩れ落ちた。全員戦死。中川清秀も自刃して果てた。

本来ならここで引き揚げるはずだった佐久間盛政に、欲がでた。目の前に容易に討ちとれる高山右近の陣がぶらさがっているのに、どうしてこのまま立ち去ることができるだろう。佐久間盛政は柴田勝家の忠告を無視して、独断で右近の砦・岩崎山に攻め入る。

ここへきてようやく秀長から、右近に田上山へ引き揚げるよう命が下る。このとき、生き残っていたのは右近と二、三名の家臣だけだったと言う。逃げる途中、累々と横たわる屍のなかに右近は家臣たちの無残な姿をいくつも目にする。その中には、今朝方、右近に食い下がったあの若武者の姿もあった。

「ゆるせ……」

十字を切って足早に駆け抜けていく右近のなかに、言葉にならぬ悲痛な思いが駆け巡る。あとに続くわずかな家臣も寡黙だった。みな、生き恥を晒《さら》すより死んだほうがどれだけましなことかと考えているのだ。右近も同様だった。精神的にも肉体的にも限界を超えていた。頭では何も考えられなくなっていた。

そのとき、足先から何やらあたたかいものが立ち上がり、体じゅうを包みこんでいくような気配を感じた。右近はハッとした。

「……祈られている」

誰かが、我々のために祈っているのだ。死んではならぬ、生き延びよ、と。たとえこの先、どのような中傷や汚名を着せられようとも、我々は生きねばならぬ。右近は大きく息を吸い込むと、一気に吐き出した。

「行くぞ！　秀長殿の陣まであともう少しじゃ！」

右近、戦死⁉

「高山軍、佐久間盛政殿の奇襲隊に襲われ、全滅。殿も戦死されたとのことでございます！」

天正十一年（一五八三）四月二十日。その日、余呉湖畔の岩崎山に陣をはっていた右近が激戦の末、いのちを落としたという噂は、またたく間に五畿内から九州まで拡がっていった。実際に、敵方・織田信孝の書簡には〝清秀、高山己下討果す〟と残されている。

「まことか！　何かの間違いではないか」高槻城ではその悲報を受けて右近の父ダリオが、思わず声を荒げた。右近をはじめ一千名近くの家臣が死んだというのだ。一人の人の死は、一人の人の悲しみでは終わらない。妻子、親兄弟、友人……その死は多くの人々を悲しみの底へ引きずり込んでいく。高槻の教会堂では昼夜を問わず祈りがささげられ、その祈りに交ざってもれてくる慟哭がさらに人々の心を悲しみに染め上げた。

そうした中、教会堂の片隅でうずくまる一人の女性の姿があった。それはまるで小岩のように動かない。ダリオの胸には、夫を失ったユスタの気持ちが痛いほど突き刺さってくる。ダリオがそっと立ち去ろうとしたとき、ふと、その小さな岩がかすかに揺らいだ。

「父上さま……」、ユスタはロザリオを強く握りしめたまま、ダリオを見上げた。

「(右近は) 生きておられます。私にははっきりとわかります」

それは今まで聞いたこともないようなユスタの確信に満ちた声だった。

羽柴秀長の読み

「右近殿、ようご無事で。さっ、中へ。それにしても佐久間殿の攻撃によう耐えてくださった」

羽柴秀長 (秀吉の弟) は穏やかに右近をねぎらった。その日、羽柴秀長より田上山の陣に引き揚げるよう命じられた右近は、生き残った数名の家臣とともに、いのちからがら囲いを破り、山を下った。その秀長の陣内は、今、約四千の兵でごったがえしている。

「さて、これからじゃが……」

秀長の落ち着いた声が、右近に差し向けられた。傍らには黒田孝高 (通称・官兵衛) の姿もある。

「なんとも不思議なご縁だ」

と思いながら、右近は官兵衛と目で挨拶を交わした。官兵衛といえば、荒木村重の謀叛の折、信長の配下として村重のもとへ単身で説得に行き、そのまま有岡城内の牢に幽閉された武将だ。その城は村重のもとに下っていった父ダリオが入った城でもある。また本能寺の変の際、「信長、自害」の知らせを受けた秀吉に、すかさず耳元で「今こそ天下を取る好機」とささやいたのがこの官兵衛だったと聞き及んでいる。

そして今回、秀長の傍らで人並みすぐれた智略をもって支えているのが、この官兵衛とは――。

「問題は、岐阜の信孝を討つため約一万五千の兵を率いて美濃に向かった兄者、いや秀吉殿がいつ戻ってこられるかなのだが」

秀長は続けて「明日には戻って来られると思うのだが……」とつぶやくようにつけ加えた。

一方、柴田側の佐久間盛政は秀吉が帰還するのを明後日、つまり秀長より一日多く見積もっていた。そのため柴田勝家から再三引き揚げを促されても、大岩山、岩崎山の陥落で勢いづき、さらに敵の懐深く賤ヶ岳まで進んでしまっていた。だが盛政はまだここでも己の身の危険に気がつかない。明朝、田上山の秀長を陥せば一気に勝利へと導くことができる、とこの時点でも信じていたのだった。

ところがその夜、田上山の陣内に突然、見張りの叫ぶ声が轟いた。

「おびただしい数の松明《たいまつ》が見えます。(秀吉)殿のお戻りかと思われます!」

「まことか!」

秀長は思わず立ち上がった。時刻は夜九時。明日と思っていた秀吉の帰還が、こんなに早くなるとは思いもしなかった。雨のため大垣で足止めをくっていた秀吉のもとに中川清秀討ち死にの知らせがもたらされたのが二十日の昼ごろ。これを受けて秀吉はただちに北近江へ引き返すことを決断。主力本隊が大垣を出発したのは午後四時過ぎと言われる。大垣と木之本の間約十三里(約五十二キロメートル)をわずか五時間で走りきったのだ。

まさかの秀吉の帰還に驚いたのは佐久間盛政だった。あわてて退去の命令を出したのはその日の深夜になってからだった。その三時間後には、秀吉は盛政に総攻撃を仕掛ける。だが巧みな戦法で退く盛政軍の前では、戦況は一進一退。そのとき、誰も想像できないようなことが起きた。余呉湖の北西・茂山で佐久間軍を援護し、秀吉軍を牽制する使命を担っていた前田利家、利長父子が突然山を下って兵を退き始めたというのだ。

戦で一番恐いのは、こうして味方から崩れることだ。これを見た金森長近《かなもりながちか》や不破勝光《ふわかつみつ》らもいっせいに戦場を離脱。柴田勝家の本隊からも離脱者が出始め、七千ほどいた兵はまたたく間に三千に激減していった。


二日後、秀吉は柴田勝家の居城・北庄城を取り囲んでいた。皮肉にもその中には利家父子の姿もあった。前田利家の降伏を受け入れた秀吉が、利家父子を先鋒として北庄城へ送りこんだのだ。安土城にも匹敵する立派な城だと言われていた北庄城だったが、秀吉の総攻撃の前にはひとたまりもなく、その日のうちに本丸を残すだけとなっていた。

翌日、いよいよ柴田勝家は、最期のときを迎えようとしていた。このとき右近も秀吉軍に従い、崩れ落ちる北庄城を見つめていたはずだ。

「我々は何に勝ったのだろうか」

人の手によって造られた豪壮な城が、再び人の手によって壊されようとしている。昨夜、城からもれ聞こえてきた勝家の声は哀しいくらいに晴れやかだった。

「今宵は無礼講じゃ。おおいに飲み、唄い、冥土の土産話にしようぞ」

明日には果てる者たちが繰り広げる最後の盛大な酒盛り。それは夜が更けてもいつまでもいつまでもやむことはなかった。

城から薄い煙が立ちのぼり始めた。その煙に小さな赤い炎がのぞき始めると、火の手はいのちをもった生きもののように一気に天に向かって吹き出し、城を包みこんだ。フロイスの書簡によると、「燃え上がる炎の音よりも悲鳴のほうが高かった」という。盛政は妻のお市(信長の妹)をひと息で絶命させると、自らも九重の天守閣にあがり自刃。

右近は静かに目を閉じた。荒木村重事件で北庄に追放となった右近の父母を、あたたかく迎え入れてくれた柴田勝家の実直な姿がまざまざと蘇ってくる。本来なら恩義こそあれ、憎む筋合いなど一切ない相手なのだ。

前田利家にしても同様だった。十四歳で織田信長の小姓として仕えて以来、勝家は陰になり、日向になって利家をかばい続けてくれた敬愛する直属の主君だった。その一方で、秀吉は利家にとって気心の知れた長年の朋友。今回の賤ヶ岳の戦で、両者の板挟みとなりつらい思いをしていた利家の心のうちを誰よりも感じとっていたのも勝家だった。

今回、勝家は北庄城に逃れていく途中、府中(武生《たけふ》)に退いた前田利家のもとに立ち寄っている。そのとき利家の裏切りを一言も責めることもなく、長年にわたる利家との友情に感謝を述べ、立ち去っていった。その勝家が、今、果てようとしている——。

火の手が一層強くなり、城の一部ががたっと崩れ落ちた。

「Requiem aeternam dona eis Domine :et lux perpetua luceat eis.」

（主よ、永久《とわ》の安息を彼に与え、消えることのない光で彼を照らしたまえ）

どこからともなく、右近の静かだが力強いラテン語の「死者への祈り」が、あたりを包みこみ始めた。その様子を食い入るように見つめる武将がいた。まだキリストの教えと出合う前の黒田官兵衛だった。柴田勝家享年六十一、羽柴秀吉四十六歳。前田利家四十五歳、黒田官兵衛三十七歳、そして高山右近は三十一歳だった。それぞれがそれぞれの思いを秘めた五日間の激戦は、こうして幕を閉じていった。

この賤ヶ岳の合戦後、秀吉はまぎれもなく信長の後継者となる。その権力は絶大だった。この年の八月には、信長の安土城を超える大坂城築城にとりかかる。そうした中、右近も秀吉に最も信頼されるキリシタン大名として大きく花開いていく。

このとき高槻領下の人口は約三万。高槻にはセミナリオが置かれ、パードレも常駐し、教会はますます発展していくことになる。もうこうなると仏寺も維持することができず、僧侶も自らすすんでキリシタンに改宗。寺は教会に建て替えられ、十字架が立てられた。それはもしかしたら賤ヶ岳の戦で散った高槻の家臣千名のいのちが礎となった信仰の輝きだったのかもしれない。

「家を建てる者の退けた石が、隅の親石になった」（詩編一一八・二二）

第四章　試練

大坂にて

秀吉の意地、大坂城

四百三十年ほど前、淀川は千隻近くの船の往来でごったがえしていた。それぞれの船には大きな石が積みこまれ、陸揚げのときを待っている。いずれも築城のため運びこまれたものだった。その様子を確認しようと城外の見晴らしの良い高台まで足早に登ってきた黒田官兵衛の額には、薄っすらと汗が滲んでいる。初秋とはいえ、まだまだ蒸し暑い。

「それにしても（秀吉）殿のなされることは人の何倍、いや何十倍も素早い。戦でも城づくりでも」

船の出入りは順調、眼前の城も着々と工事が進んでいる。用は果たしたのだから、すぐに戻ればよいものを、官兵衛はまだそこを退く気になれない。この高台で始まっている教会の建築も気にかかるのだ。それに……、偶然あの方に出会えるかもしれない、という期待も心のどこかにあった。

「私はいったい、誰を、何を待っているというのだろう」

天正十一年（一五八三）四月、賤ヶ岳の戦いで柴田勝家を滅ぼした羽柴秀吉は、その後、一気に天下統一への道を突き進もうとしていた。その一つが大坂城築城だった。同年八月には大坂に入り、安土城を上回る城と城下町の建築にとりかかる。

大坂城はいろいろな意味で人々の度肝を抜くことになる。それまで歴代の大名たちは、京にも日本海側にも容易に出られる琵琶湖周辺に城を築いてきた。ところが秀吉は古くから京都・奈良などへの水運に利用されてきた淀川の河口付近・石山に城を構えることを決断したのだ。この地は瀬戸内海の航路を経て九州、さらには朝鮮半島や中国につながる交通路の重要な地点でもある。

さらにここ石山は、一向一揆の対決（石山合戦）であの信長でさえ抑えこむまでに十一年間もかかった石山本願寺があったところでもある。あえてその寺跡に城を築くということは、「我こそは信長公の跡継ぎとして天下を治める者である」と大々的に宣言することでもある。そのためにも誰もがひれ伏す立派な城を築かなければならない。

いつの時代も城をひとつ築くには莫大な資金と労力が求められる。材料ひとつとっても大量の石材に木材、壁土、瓦……と限りない。同時にそれらを運び、城を築き、指図する者もいる。秀吉はそれらすべてを大坂周辺の大名たちに負担するように突きつけてきた。禄高に応じて、石の量や人夫の数も細かく決められ、期日までに達成できないと封禄や領地を没収されることになる。大名のなかには多大な経費に耐えきれず、刀や鉄砲、衣類などを二足三文で売り払うものまででてくる始末だった。それでも責任を果たせない者は絶望のあまり、己の腹に短刀を突きたて果てるしかなかった。そうした過酷な築城の最高責任者に任命されたのが黒田官兵衛だった。

右近の動きも素早かった。秀吉の性格をよく心得ていた右近は、パードレたちに至急秀吉に謁見し、大坂に土地を貰い受けるよう進言する。一瞬オルガンティーノ神父の顔が曇った。信長に安土城下に土地を貰い受ける際の緊張を思い出したのだ。あのとき信長はどの宗派にも気安く土地を譲ろうとはしなかった。だが「今回は違う」と右近は語気を強める。右近はたわいない雑談のなかにも、秀吉の焦りのようなものをひしひしと感じとっていたのだ。

「右近、そなたには成り上がりもんのつらさは一生わからんじゃろうなぁ」

そこには人一倍明るく、賑やかに周囲を笑わせ、信長に「サル、サル」と可愛がられてきた愛嬌者の秀吉の顔はなかった。

確かに信長には織田家の家臣団がいたが、秀吉にはいわゆる家臣団がいない。死に物狂いで手に入れた天下は、蓋を開けてみると領地倍増、動員兵力もめざましく増加したものの、それに見合うだけの内政に当たる逸材がほとんどいない。そうした中身が空っぽのひ弱な体制を誰よりも痛感していたのも秀吉だった。

「右近、わしには聞こえるんじゃ。わしの前に神妙な顔をしてひれ伏しながら、腹のなかでは『この百姓あがりのサルめが』とあざ笑っておる者たちの声がな。そこへいくとキリシタンは違う。一向宗のように政《まつりごと》に口をはむこともなければ、手向かうこともせぬ。右近殿、頼む、わしにはそなたのような信頼できる家臣が必要なのだ。ともに安泰の世をつくるため力を貸してくれんか。このとおりじゃ」

人前では天下人の威厳を保とうと無口を決めこんでいる秀吉が、人目のないところでは右近の手をとり、「右近殿」と涙ながらに助けを求めてくる。人たらしと言われる秀吉らしい演出かもしれない。だが右近はそこに大坂城を盛りたてるためなら草木一本でもありがたい、という秀吉の本心を垣間見ていた。仮に教会の土地を所望しなければ、秀吉の機嫌をそこねかねない。

「その方だけは裏切れぬ……」

同年九月、オルガンティーノ神父は秀吉の前に進み出た。右近の読みは見事に当たった。秀吉は二つ返事で快諾すると、城外で一番景色がよいとされる土地を約二千坪、即座に与えた。それを聞いた右近は喜び、「建築に必要な費用を全額負担させてください」と教会側に申し出る。右近にはすでに構想があった。河内岡山(大阪府四条畷《なわて》市)の教会は五畿内でも最も美しいと言われていたが、結城氏が三箇(大東市)に移封されたため異教徒の手に渡り、社寺にされるという。それを大坂に移築する。右近の目にはすでに大坂の地に燦然と輝く大坂教会の姿が鮮やかに見えていたのだった。

そろそろ城へ戻ろうとしたときだった。官兵衛はこちらに向かって坂を登ってくる人物にハッとした。

「おお、官兵衛殿も来ていらっしゃいましたか」

右近は官兵衛の傍らにゆったりとやって来くると、眼下に広がる淀川の賑いに視線を移した。

官兵衛は右近に会うたび、いつも不思議な気持ちにさせられる。右近とて戦国武将。いったん戦ともなれば先陣を切って敵陣に襲いかかり、その手で人を殺さざるをえないなど、幾度も血なまぐさい戦場を駆け巡ってきたはずなのに、右近にはどこかこの世離れしたもの言い、振る舞い、安定感のようなものが漂う。それらはいったいどこからくるのだろうか。

まだ心に秘めた段階だったが、官兵衛自身、友人の小西行長や蒲生氏郷をとおしてデウスの教えには強く惹かれていた。パードレの説教や書物も熱心に学んでいるほうだと思う。だが果たして〝本当にデウスを信じているのか〟と問われると自信がない。

「官兵衛殿……」

「は、はい」

「あの石を運ぶ男たちに交ざって、赤子を負ぶって働く女房の姿が見えますかのう」

あわてて、官兵衛は船着き場付近にその女房の姿を探し求める。

「私はつくづくあの赤子こそ信じる者の姿ではないかと思うのです」

男たちの怒鳴り声が飛び交う中、母親の背で安心しきって眠りこける赤子。その赤子は母親の負ぶい紐が切れたらどうしよう、上から石が落ちてきたらどうしようなどとまったく案じてはいない。

「右近殿もあの赤子のようにデウスを信じておられる、と……」

大坂城用の石　小豆島

わずかな沈黙の後、右近はこれまでの時の数々を手繰り寄せるように天を仰ぐ。

「……私はこれまでさまざまな過ちを繰り返してきました。これからもどのような過ちを犯すかわかりません……ただそんな私を激しいほどに、狂おしいほどにじっと見つめておられるお方がいる。私はその方だけは裏切れぬと思うのです……裏切れぬ方がいる人の道は何よりも尊いものに思えてならないのです」

――狂おしいほどにじっと見つめておられるお方。

右近は深く頷く。

「昨日も今日も明日も、いや官兵衛殿が母上の胎に宿られる前からも、死んだ後もずっと……ずっと」

右近のもとを辞した官兵衛は、坂を下りていく途中、柴田勝家の城が崩れ落ちていく光景を思い出していた。炎に包まれ滅びていく者の叫び声のなかで、周囲を包みこんだ右近の「死者への祈り」。あれは人のいのちがいとも簡単に握りつぶされていく世にあって、死で終わりではない、死を超えた向こうに広がる世界を信じる者の、永遠という視座をもつ者の、デウスに望みを託す姿だったのではないか――。

大坂教会があった北大江公園

突如、耳をつんざくような大歓声が官兵衛の足元から湧きあがった。

「高山右近殿の御石、ご到着！」

眼下には太い縄がかけられた巨石が船を押しつぶさんばかりに川面を揺らしていた。陸地を一里（四キロ）、海路を三里（十二キロ）も移動してきた小島のような石の移動に、千人の人手を要したという。武士たちは右近の巨石の上に乗り、大声をあげ、扇子を打ちふるう。それに合わせて見物客たちは、まるで祭りのようにはしゃぎたて、声援を送ってやまない。

「どこまですごいお方なのか、右近殿は」

その歓声に導かれるように、官兵衛は一歩一歩、右近の巨石に近づいていくのだった。

「またたく間の三年だった……」

新しく大坂の地に誕生した大坂教会には、今日も朝早くから多くの人々が訪れ、二人の神父と三人の修道士が座る暇もなく対応に明け暮れている。右近も時間のゆるす限り、大坂に出入りする諸侯たち一人ひとりを教会へ案内し、神父と引き合わせる仲立ちもすすんで担っていた。

大坂教会は、現在の「北大江公園」あたりにあったと言われ、「八軒家船着場《はちけんやふなつきば》の跡」の碑の近くの階段道を登ったところの高台がそれにあたる。その教会堂で、右近はこれまで洗礼を受けた一人ひとりに思いを馳せていた。受洗はいつの時代も大きな賭けだ。洗礼を受けたからといって、ただちにたやすい人生が待っているとは限らない。いや、過酷な波に翻弄されることさえある。それでも新しいいのちに生きようと決意した人々が右近にはとてつもなく尊く思える。

「蒲生氏郷《がもううじさと》殿……」

右近より四歳下の氏郷は、信長にその器量を高く評価され、信長の三女・冬姫を娶《めと》ったほどの大名だ。右近はこの氏郷をなんとかキリシタンに導きたいと思い、会えば信仰の話をもちだしたが、正直言って氏郷はそんな右近を煙たがった。だが右近は諦めなかった。あるとき、説教に誘うとこの日、氏郷のなかで何かが動いた。その場でデウスの教えに心から感服し、今度は氏郷のほうが右近を追いまわすようになったのだった。

右近より七歳上の御馬廻衆《おうままわりしゅう》の牧村政治《まきむらまさはる》もなかなか面白い男だ。彼は、それまで四人の妻妾《さいしょう》をもち、それをやましいと思うどころか得意に吹聴していた。ところが洗礼を機に妾《めかけ》たちを退け、これからは正妻一人と苦楽をともにしていくと決意したのだ。

「みな真の宝を手にされたのだ……」

こうして大名三人、馬廻衆三人、その他の知行人約百人、小姓衆十人、その他秀吉の側近からも多くの者がキリシタンに改宗。みな、右近と出会うことによって人生が変わっていった人々だった。

紀州・四国の征伐へ

天正十三年（一五八五）八月、ぎらぎらとした太陽が容赦なく頭上を直撃するなか、右近は大坂城へ向かっていた。今日は、紀州・四国の征伐の論功行賞があるのだ。

論功行賞とは、会社でいうなら、その活躍に応じてふさわしい賞与や地位が与えられること。だがこの時代、上に立つものの胸算用でいかようにも減額、左遷がありうる。功績と報奨が必ずしも一致しないのもあからさまだった。今回も右近の活躍は、誰の目にも鮮やかだった。だが右近は不思議とその報いにこだわる気にはなれなかった。あまりにも多くのことがあり過ぎたのだ。山崎の戦があり、賤ヶ岳の戦があった。多くの友が死に、多くの家臣を死に追いやった。だが新しい時代を迎えるには、さらにいくつかの戦を経なければならなかった。

昨年三月には信長の二男・信雄《のぶかつ》と徳川家康が手を結び、秀吉に戦いを挑んだ小牧《こまき》・長久手《ながくて》の戦があり、今年は紀州に勢力をもつ武装集団である根来《ねごろ》・雑賀衆《さいかしゅう》を討つため秀吉は紀州に向かった。総勢十万人を超える大軍を投入しての開戦というだけあって、決して容易な戦いではなかった。

このとき秀吉は、陸に右近らを、海上に小西行長を配して、一気に叩きつぶす作戦に出る。大坂城で

小西行長像（熊本県宇土市）

秀吉から最初にこの紀州征伐の案を聞かされたとき、小西行長の心はにわかにざらついた。

「右近殿……」

以前にもましてキリシタンとして、武士として風格がでてきた右近のそばにいるだけで、己の非力さ、不信仰さを突きつけられるようで落ち着かなくなる。

行長が洗礼を受けたのは、永禄七年（一五六四）ごろ、ようやく六歳になろうかというときだった。堺の納屋衆の有力者で、薬商人でもあった行長の父・小西隆佐《りゅうさ》は、商売の才覚はもちろんのこと、先を見とおす目も群を抜いていた。その隆佐がこれから訪れる時代を読んで十六歳になった行長を、備前岡山の呉服商へ養子に出した。その呉服商が親密にしていた宇喜多直家のもとへ、その直家がさらに秀吉へ家臣として行長を差し出した。本来なら商売人の子として、堺の町で武士を相手にそろばんをはじいて一生を終えるはずだった行長が、わずか五、六年の間に武士となり、秀吉の配下となったのだ。

「行長殿ではございませぬか」

はっと我に返った行長の視線の先に、穏やかな空気を纏《まと》った長身の右近が立っていた。自分より六歳年上の右近が、今日は一段と大きく見える。右近の背後には夕陽を浴びた大坂城が華々しく輝いている。

光と影――そう、右近と自分は真反対の人間なのだ。

「それにしましても、行長殿と私はよう似ておりますのぅ」

行長は答えあぐねた。天と地ほど違う自分を、どうして右近は似ていると言うのだろう。

「行長殿も私も、同じキリシタンの二代目ですし……」

確かに二人とも熱心なキリシタンの父に促されて、約二十年前に洗礼を受けたことは間違いない。言外に、二代目には二代目なりの葛藤があるという含みを右近の言葉のなかに感じたのは自分の考え過ぎだろうか。

「行長殿、私は十二歳で洗礼を受けましたが、結局何もわかっていなかった。そう気づいたのは、ずいぶんあとになってからでした」

それは右近が二十一歳のときだったという。当時高槻城主だった和田惟長と乱闘の末、致命的な痛手を負った右近は、何日も朦朧《もうろう》とした意識のなかをさまよう。指一本思うままに動かせないみじめな姿は、今までよりどころにしていたものをすべて奪い取っていった。なんの役にも立たない自分。誰からも求められない自分。いっそのことこのまま死なせてほしい。そうした絶望の淵で、右近は不思議な声を聞いたと言う。

「立ち上がりなさい。すべてを捨てて、私についてきなさい」

その言葉が、行長の枯れかけた心に一気に堰を切って流れ込む。と同時に、右近の無言のまなざしが行長を射抜く。

（デウスが行長殿の手をきつく握りしめておられるのです。その手が解き放たれることは決してあり

ません。たとえ行長殿が力尽き、デウスの手を自ら離されたとしても）

天正十三年（一五八五）三月二十二日。いよいよ秀吉は根来・雑賀衆との戦いに挑む。

その日、和泉国の海上にはおびただしい数の艦隊が接近、いっせいにクルスの旗が立ち上がった。それを受けて陸上にもおびただしい数のクルスの旗がはためいた。

海の司令官は、小西行長。陸の司令官は、高山右近。陸と海を埋め尽くした膨大な数のクルスの旗に、さすがの根来衆も震え上がったという。その艦隊の最先端で前方を見つめる行長の目に迷いはなかった。

「まさにヨナだ……」

右近は行長の姿のなかにかつてパードレから聞いた旧約聖書にでてくるヨナを思い重ねていた。一度はデウスに逆らい、逃れていったヨナ。だがデウスはヨナを諦めなかった。ヨナは魚に飲み込まれ、デウスが目指す地に到着すると魚の口からヨナを吐き出させた。行長もヨナと同じデウスの御手のなかにある、と右近は確信する。その行長と右近が海陸呼応しながら進撃、翌日には根来衆の諸城を攻略する。

さらに六月にはかつて信長を手こずらせた四国長宗我部《ちょうそかべ》氏の戦いにも右近は従軍。討伐を果たした秀吉はここへきてようやく天下をほぼ手中に入れることができたのだった。

大坂城の大広間では、〝紀州・四国の征伐〟の論功行賞がすでに始まっていた。小豆島の管理権を与えられた小西行長をはじめ、この日、秀吉は二十数名の転封（配置換え）を行ったという。

ついに右近の名が呼ばれた。

「摂津高槻城主、高山右近。このたびの働きにより四万石より六万石に加増！」

ほとんどの大名が、従来より悪条件で移封されていくなかでの右近の加増だった。だがこの後、まったく予期しない命が右近に告げられる。

「播州明石（兵庫県）へ転封！」

大広間で平伏した右近の頭上を、下知が駆け抜けていく。ついに人臣最高の〝関白〟にまで登りつめた秀吉は、小さな体をこれでもかというほど反り返して、今まで以上に威厳ある態度を醸し出そうとしている。右近は叶うことなら、今この場で、秀吉に問いただしてみたいことがいくつかあった。なんと言っても気がかりなのは、高槻三万人の領民のこと。今やその大半がキリシタンとなった高槻の地に、新たに派遣される領主はどのような人物か、また高槻に移されたセミナリオは今後どうなるのか――。

日を改めて、右近は秀吉に高槻の信者の保護を願い出、打つ手はすべて打っていく。こうして高槻本城は秀吉の甥で養子の秀次に、教会およびパードレらには従来どおりの保証が与えられ、高槻のセミナリオは秀吉の庇護のもと大坂に移されることになった。

右近、明石へ

明石市は兵庫県の南、瀬戸内海に沿うように東西に細長い土地が海と山に挟まれている。実際に現地を訪ねてみると、瀬戸内海は海というより川のような感じで、ひょっとしたら泳いで渡れるのではないかと思えるほど、まじかに淡路島が迫る。この明石に、秀吉はどうしても右近を置きたかった。秀吉の時代、中国・九州の勢力が海を経由して大坂に攻め入ろうとしたら、まずロート状に狭くなっていく明石海峡を通過するほかなかった。つまり大坂湾の奥にある大坂城を守るためにも、瀬戸内海に向かう船を監視するためにも明石ははずせない大事な場所だった。

それだけではない。すでに九州征伐や朝鮮半島への出兵を考えていた秀吉にとって、明石は戦略的にも重要な拠点となる。右近に室津（兵庫県揖保郡）にいるキリシタン大名・小西行長と連携して瀬戸内の守備にあたらせればこれ以上心強いことはない。高槻四万石から五割増しの明石六万石、転封にあたって船二百艘を与えるなど右近への破格の待遇の裏には、こうした秀吉の大きな期待がこめられていたのだった。

明石の海

天正十三年（一五八五）秋、三十三歳になった右近は父ダリオ、母マリア、妻のユスタ、十歳になる長男ジョアンら家族および家臣一行と共に明石の地に降り立った。わずか数日前だというのに高槻を出発したのが遠い昔のようにも思える。
あの日、多くの領民が高槻城の周辺に集まってきていた。別れを惜しむ多くの声に包まれ、いよいよ右近一行が明石へ向けて出発しようとしたそのとき、教会の鐘が天空に高らかに響き渡った。十二年間、何度となく耳にしてきたこの鐘の音に何度慰められ、励まされてきたことだろう。それは高槻で過ごした日々のひとこまひとこまを一人ひとりの胸に鮮やかに蘇らせていった。
明石に到着するまで、そうした思いを一番引きずっていたのが長男のジョアンだった。高槻で生まれ、高槻以外を知らぬジョアンにとって、見知らぬ土地は謎めいた不気味なものでしかなかった。ところが、目の前に広がる明石の海を見た瞬間、その思いはいっぺんに吹き飛んだ。生まれて初めてみる海は、ジョアンの心を限りなく大きく膨らませていく。

「父上、この海はどこまで続いているのですか?」

「ほう、ジョアンは海が気にいったか。この海はのう、まだ見たこともない異国までも続いておるぞ」

船上城跡

「パードレがよくお話しくださるローマまでも?」

「そうじゃ、ローマもこの海の先にある」

それを聞いたジョアンは何を思ったか、急にしゃがみこんで両手で海の水を掬い始めた。右近もつられて掬ってみる。秋の瀬戸内の水は思いがけず、温かった。デウスが「明石を与える」と言っておられるのだ。デウスは決して無目的に何かを与えられる方ではない。きっと何か意味があるはずだ……。

ところがこの同じ海を、右近一行が明石に入る前、血相を変えて大坂へのぼっていった者たちがいた。地元明石の仏僧たちだった。

「それは確かか? あのキリシタンの大檀那《おおだんな》と名高い高山右近がこの明石の領主になるという噂は」

「間違いない話じゃ。そうなったら我々の寺や神社も、高槻の神社仏閣のように破壊されるのは時間の問題」

「う〜む。こうなったら右近が明石に入る前になんとか手を打たねばならぬ。どんな手を使っても構わん、何か策はないかものか」

困り果てた明石の仏僧たちは、協議を重ねた結果、次のような手段に訴え出る。まず右近が明石に着任する前に、各寺の本尊を船に乗せて大坂へ向かう。そして秀吉から最も信頼されている施楽院全宗に嘆願して、仏教に理解を示す秀吉の母・大政所および夫人の北政所に執り成しを頼む。そうすればさすがの秀吉もこの陳情を無視するわけにはいかないだろう、と考えたのだ。ところが仏僧たちの思惑はいとも簡単に却下される。秀吉はこの嘆願をけんもほろろに突っぱねたのだ。

「明石の領主は右近である。右近の好きなように治めればよい。坊主どものたずさえてきた仏像は薪木にでもして燃やしてしまえ」（フロイス一五八六年十月十七日付書簡）

秀吉の右近への応援歌ともとれる一言だった。右近はこの話を聞いて、あらためてまだ見ぬ明石の地を、〝第二の高槻〟にすると堅く心に決めていく。

明石に到着してからの右近の働きはめまぐるしかった。右近がはじめに入ったのは枝吉城（神戸区西区）。その後まもなく、戦国時代の林城の跡に船上《ふなげ》城（現・新明町）を築城して移っていく。このとき城に近い宝蔵寺の僧が危険を感じて逃げ出したとわかると、右近は早速その寺を教会として転用。明石の布教のスタートをここから切っていくことになる。

さらに右近は港の施設完備にも力を注いでいった。港は人や物、情報が交流する重要な場所だ。なんとしても早急に完成させなければならない。だが明石は潮流が速く、船の沖泊めが思うようにできない。そこで右近は明石川から支流の古城川まで船を引き込めるように、船着き場を造成。秀吉から贈られた船二百艘もここに泊めおかれた。

　当時の船には三種類あったと言われている。ひとつは外海にも出られる大きな「渡海船」、二つ目は国内の荷物を運んだりする「廻船」、そして「茶船」は十石ほどの船だった。南蛮船は大洋を航海しはるばるヨーロッパからやってくるため、底が浅いと風で転覆する危険性がでてくる。

　そのため船底が深くしつらえられていたが、これでは日本各地の浅い港に入ることができない。そこで長崎や九州の港に南蛮船を停留させ、瀬戸内海などへは船底の浅い別仕立ての和船で入ってくるのが一般的だった。秀吉自身、禁教令を出すまでポルトガル船を見たことがなかったと、フロイトの書簡に記されているのもこうした背景があった。

宝蔵寺

　ことさら港の整備を急がせた右近の判断は間違っていなかった。瀬戸内海を航行する船は日ごと増えていき、船上城の船着き場も目に見えて賑わいを増していった。特に右近を喜ばせたのは、わざわざ明石で下船して、右近に会いに来る外国人宣教師が少なくなかったことだ。なかには何日も滞在して、領民たちにデウスの教えを説いていく者もあった。おかげで明石の町の雰囲気はそれまでとは一変、異国情緒漂うキリシタンの町へと一気に活気づいていった。
「キリシタンに改宗します」

ある日、一文字一文字心をこめて書かれた誓紙の束が、明石の領民から右近に差し出された。そのとき右近の心は感動で打ち震え、「秀吉公から日本の全領土を貰い受けるより嬉しい」と思わず喜びの声を口にする。右近の偽らざる気持ちだった。

初めてここ明石の地を踏んだとき、一人のキリシタンの姿もなかった。ところが今は一人の神父と二人の修道士がまもなくやってくることになっているうえ、父ダリオも「新しい葡萄酒は新しい皮袋に」と言わんばかりに、新たな教会と司祭住館の建設に心血を注いでいる。信じられないほど、すべてが順調だった。

そんなある日、さらに右近を喜ばせる知らせが飛び込んでくる。イエズス会の日本準管区長として赴任したガスパル・コエリョ一行が秀吉の関白就任と大坂城落城祝賀を兼ねて長崎から大坂へ行く途中、明石に立ち寄るというのだ。まさかこの吉報がのちに右近の人生に暗い影をさしていくことになろうとは……。

頭上の雲がゆっくり動き始めようとしていた。

伴天連追放令

コエリョ、大坂城へ

天正十四年（一五八六）三月十六日。この日、大坂城の謁見の間は、ピーンと張り詰めた空気で覆われていた。すでに大勢の諸侯が着座し、そのなかには前田利家や池田丹後守といった姿もあった。あまりに遠過ぎてよく見えなかったといわれるほどずっと奥の高座には、関白秀吉が可能な限りの威厳を保って座っている。水を打つような静けさのなか、今、まさに右近らが準備した一世一代の歴史的会見が始まろうとしていた。

今回のコエリョ神父一行の大坂訪問には、秀吉の関白就任と大坂城落城の祝賀を兼ねてという表向きの名目のほかに、九州全域に力を伸ばしている島津氏を征伐し、キリシタンの保護を願い出るといった目的も忍ばされていた。当時の島津氏は、九州を三分するといわれるうちのひとつ龍造寺《りゅうぞうじ》氏を滅ぼすと、今度は残る豊後の大友氏にも戦いを挑んでこようとしていた。仮に大友氏が敗れれば、キリシタンを迫害する島津氏が九州全体を平定することになる。島津氏のひとり勝ちは、天下統一を狙う秀吉にとっても、キリスト教の布教拡大を望む宣教師たちにとっても阻止しなくてはならない、一刻を争う事件だった。

「諸侯は別室へ」

秀吉の異例とも言える命だった。公式謁見が終わると、コエリョやオルガンティーノ両神父をはじめ総勢三十五人あまりの教会側一行と個別に話がしたいと言い出したのだ。それを受けて、退席しようとした右近を秀吉はあわてて引きとめた。

「おい、おい、そなたはキリシタンなのだから、伴天連のそばにおれ」

ここから先の秀吉はまるで別人だった。高座をそそくさと降りると、右近たちのいるすぐ目の前までやってきて、まるで足軽時代の軽妙さで談笑し始めたのだ。コエリョの通訳を担当したのはルイス・フロイス。いのちをかけて活動している宣教師たちを手放しで称賛する秀吉に、コエリョはたちまち親近感を覚えた。

「ところでここだけの話なんじゃが……」

秀吉のそれまでとはうって変った声音に、コエリョはぐっと息をのみこむ。

「見てのとおりわしもようやく天下統一のところまでくることができた。領地も金も銀も充分ある。そこでじゃ、近い将来、この日本は弟の羽柴美濃守《はしばみののかみ》（秀長）に渡して、わしは、朝鮮と中国征服に乗り出そうとか考えておる」

他の諸公には決して心をゆるさぬ秀吉が、自分たちにはこうして特別に心開いてくれる。何か人の心をくすぐる〝特別に〟という魔物。コエリョのなかにもこの魔物がむくむくと頭をのぞかせ始めていた。そうしたコエリョの表情を秀吉が注意深く観察していることなどコエリョはまったく気づいていない。

「関白殿、さすがでございます。日本に留まらず朝鮮・中国出兵の際には、私どもキリシタンも尽力を惜しまない所存でございます」

危ない。宣教師が戦争の問題に介入することを最も嫌っている秀吉はこうしたコエリョの発言をどう受け止めたのか。秀吉の気質を知り尽くしている右近は危機感を覚えた。オルガンティーノの額にもじんわりと汗が滲んでいる。

「フロイスさまと、そろそろ通訳をかわりましょうか」

オルガンティーノがさりげなくコエリョに申し出たものの、日本人に人気の高いこのイタリア人司祭がどうも気にいらないポルトガル人のコエリョは、この申し出を即座に却下。右近が話題をそれとなくそらそうと試みても、好戦的なフロイスも戦争の話にすぐ戻してしまう。ついには、九州の全キリシタン大名を秀吉側につかせるとまで言い出した。極めつけは、「関白殿が中国に進出される際には、ポルトガル人を介して二艘の大型船をお世話いたしましょう」

もう誰もコエリョとフロイスの暴走を止めることはできなかった。

黄金《きん》の茶室

謁見後の秀吉は、コエリョたちよりも一枚も二枚も上手だった。上機嫌で自ら先頭に立ち城内の案内役を買ってでると、天守閣や莫大な量の金銀が蓄えられている倉庫部屋、挙げ句の果てには自分たちの寝室までも惜しげもなく披露するといった大歓待ぶりだった。途中、「黄金の茶室」の置いてある部屋の前で足を止めると、これは組み立て式なので、普段はバラして長持ちにしまってあると説明。

「本当なら組み立てお見せしたいところだがのう、ほれ、ここにいる右近が羨ましがるから、今日は組み立てないことにする」と冗談を言って、一行を笑いの渦に巻き込んだ。

右近が恥じ入るように頭を下げると、ふと宗易《そうえき》（のちの利休）の苦笑した顔が磨き上げられた床一面に拡がっていくような気がした。

昨年初め、宗易は秀吉から「みながあっと驚く黄金の茶室をつくりたい」と相談をもちかけられたという。侘び茶を追及する自分が、黄金の茶室をつくる。「千宗易作」と仰々しく銘々された黄金の茶室が宗易の目の前にありありと浮かびあがった。叶うことならそのようなものをこの世に生み出したくはない。だが絶対的権威の前で拒絶することはゆるされるはずもないことなら、自分の心を明け渡さずにすむ道を探るしかない。その結果、生み出されたのが組み立て式茶室だったと右近は秘かに思っている。普段は解体してこの世には存在しない黄金の茶室。

ところがこの持ち運びできる茶室を秀吉はいたく喜び、それを編み出した宗易の知恵に驚いた。早速、昨年九月には宮中にこの茶室を運び入れ、「禁中茶会」を開催。そのとき宗易は、「利休居士《こじ》」の号を朝廷より賜った。利休の「利」は、利発、鋭利の利、「休」はその利が使い古されて、用をなさないほど鈍く滞っているさまを表しているという。「悟り終えたと思った瞬間、悟りからほど遠い」と言う宗易の気持ちを代弁しているかのような居士号だった。

武士が死ぬか生きるかの勝負をするのが戦場なら、茶人は茶の道でいのちをかけて勝負する。人はそれぞれ置かれた場所で、血みどろの戦いをしているのだ。右近は複雑な思いに包まれながら、再び城内を案内する秀吉をとりまく賑わいの輪のなかに戻っていった。

秀吉はこの年、太政大臣となり、朝廷から「豊臣」姓を賜るところまで登りつめていた。関白が天皇の補佐役なら、太政大臣は現代の内閣総理大臣と同様、政治面での最高の地位となる。もはや「太政大臣・豊臣秀吉」の前には恐いものは何ひとつなかった。こうして人事の外堀を埋め尽くした秀吉は、自ら出陣して島津氏を討つため九州へ下っていく。

天正十五年（一五八七）三月一日、大坂城に集結の命が明石の右近のもとにももたらされた。右近が率いた家臣は七百名と少数に過ぎなかったが、後に家康から「右近の家臣一人は十人に匹敵する」と恐れられるほどの先鋭部隊だ。秀吉もそうした右近軍には絶大の信頼を置き、このときも右近を秀吉軍の前衛の総司令官に任命するほどだった。

いよいよ明石を出発する日がやってきた。祈りをささげ、神父から祝福をいただいた一同は、これから戦に出るとは思えない静けさに包まれていた。右近も告解し、聖体を拝領。すべての旗・指物《さしもの》にはクルスがつけられ、各々ロザリオを携えた右近軍団はどこから見ても誇り高きキリシタン騎士たちだった。

右近の妻ユスタも、父ダリオも母のマリアも、ゆっくりと動き出した隊を見つめながら、じっと無事の帰還を祈るほかなかった。その瞬間《とき》だった。十二歳になったばかりの右近の長男ジョアンが、馬上の右近のもとに駆け寄った。

「父上……」

右近は馬を止めて、じっとジョアンを見つめる。幼くして荒木村重の人質になったジョアンには戦がどんなに無残なものかが肌にしみこんでいるのだ。そのうえ、ようやく生まれた妹や弟たち三人も幼くして次々亡くなってしまった。これ以上、死で悲しむ人は見たくない。だからこそ父にはなんとしても生きて、再びここ明石に戻ってきてほしい……。

「ジョアン、留守を頼むぞ」

右近の静かだが力強い声がジョアンを大きく包みこんだ。再び、右近の隊は動き出した。整然と列を組んで進む隊の最後尾が、何かに吸い込まれるようにジョアンの視界から消え去っていく。

「……父上」

この日を最後に、右近が明石の地を踏むことは二度となかった。

箱崎にて

「夢だったか……」

秀吉は異様な胸苦しさを覚えて、目が覚めた。首のあたりにはべっとりと汗がまとわりついている。外はまだ暗い。

薩摩の雄、島津義久を抑え、九州征伐を終えた秀吉が、博多から半里ほど隔たった箱崎に陣を構えて二週間ほどになる。寝泊まりしているのは、畏れ多くも醍醐天皇が造営したと伝えられている筥崎宮《はこざきぐう》の本殿だ。それにしても夢に出てきた宣教師コエリョのあの挑戦的な笑みは何だったのか。

「我々神父は、有力なキリシタン大名を思いのままに動かすことができるのです」

確かにコエリョは夢のなかでそう言ったのだ。何か目に見えない不気味な針が、秀吉の心の一番奥深くをちくちくと刺してくる。

「まだまだ油断はならん。今しばらく泳がせてみなくては」

秀吉の目が暗闇のなかに鋭く光った。

実際のところ、秀吉にとって九州征伐は、勝つべくして勝った戦だった。秀吉側には、高山右近、小西行長、黒田官兵衛、蒲生氏郷といった錚々たるキリシタン大名が名を連ねた。さらに秀吉が、今回用意させたのは、兵力二十五万および馬二万頭分の食料をなんと一年分。こうした用意周到な戦の前では、さすがの島津勢もひとたまりもない。天正十五年（一五八七）五月八日、秀吉が九州に入ってわずか一カ月半後には、島津義久は頭をまるめ、すべての城と国を渡すと言って降伏した。

これほどあっけなく勝てる戦に、なぜ秀吉はわざわざ自分で大規模な軍を率いてやってきたのか――。秀吉は九州平定の先に朝鮮出兵を見据えていたのだ。その証拠に、博多を外国貿易の拠点、さらには対外遠征の基地にしようと考えていた秀吉は、島津を降伏させた後も、すぐには大坂へ戻らず、箱崎に凱旋。戦乱で荒廃した博多の再建にとりかかった。

筥崎宮

六月十四日、秀吉は目が覚めるような青空の下、多くの船を率いて博多湾の海上にいた。ここから博多の地所と街路の区割りをはじめようというわけだ。そうした秀吉の目に、旗で飾りたてられた一艘の外国船が飛び込んできた。

「あれはどこの船じゃ」

日本では見たこともない船に秀吉は目を奪われた。ほどなくしてそれはコエリョが平戸から秀吉に謁見するために率いてきたフスタ船とわかると、「驚くべき速さ」でその船に近づいていったとフロイスは記している。フスタ船はポルトガル人が主としてアジアで使用している二百から三百トンの船で、特徴は小型で底が浅く、遠浅の港にも出入りできること、それに数門の大砲を具備していることだった。

秀吉はこのフスタ船に猛スピードで近づいていくと、船に乗り込み、長年の親友のようにコエリョたちと親しく語り始めた。そしてコエリョの案内で船内をくまなく視察してまわると、造船技術の高さにいちいち称賛の声をあげた。

ド、ドッ、ドーン！

秀吉のたっての願いで、この日、二度目の大砲が発射された。船体ごとひっくり返るのではないかと思うほどの振動が秀吉の体を貫く。と同時に、勢いよく飛び出した弾丸が美しい弧を描きながら真っ青な海に吸い込まれたと思った瞬間、大爆撃音とともに大量の水しぶきが宙に舞い上がった。

「こ、これは、まぎれもなく軍艦だ……」

この一連の話を耳にした右近は、言葉を失った。秀吉の性格をよく知っている右近には、このまま秀吉がおとなしく引き下がるとは到底思えない。

「コエリョ神父殿、悪いことは申しませぬ。すぐさまあのフスタ船は、実は関白殿に献上するために造らせたものですと申し上げて、お引き渡しください」

だがコエリョは、右近の助言を考え過ぎだと一笑。フスタ船を見学した秀吉は大層ご満悦の様子だったとどこまでも楽観的だ。

こうしたコエリョの軽率な言動が、将来、パードレおよびキリスト教徒全員のうえにどれほど大きな災いを引き起こすことになるか。

右近の鋭い視線が、まっすぐコエリョに向けられた。

「あなたは関白殿をご存じない」


即刻、信仰を捨てよ！


九州の夏は、大坂とは比較にならないほど蒸し暑い。六月十九日（新暦七月二十四日）、秀吉の滞在する筥崎宮からさほど遠くないところに陣屋を構えていた右近は、ことさら今夜は蒸すと感じていた。普段なら海に近いこともあって塩気をおびた風が気まぐれのように陣内にすべりこんでくる。だが今宵に限って、何かに制されているように、ぴたりと動かない。

そのとき、陣中にあわただしく蹄《ひづめ》の音が鳴り響いた。

「いったい、こんな夜更けに」

と思う間もなく、家臣に伴われて現れたのは秀吉からの急使だった。

「右近殿、関白殿より至急の書状をお預かりしてまいりました」

その書状を一瞥した右近は、即座にその場で返答。即刻戻って、秀吉に伝えるよう申し渡した。蹄の音が一刻を争うように右近の陣屋から遠のいていく。

「デウスよ、いよいよこの〝時〟が参りました」

右近は、秀吉からの書状を膝に置いたまま、祈り始めた。書状の内容は、再び読み返すまでもない。

——平生より右近がキリシタンの教えを大名や武将たちの間に広め、入信させていること、さらにはそれらの人々が肉親より深い絆で結ばれており、天下を危うくしかねないことに、余は深い懸念をもっておる。さらには、右近が高槻や明石の領内で、キリシタン保護のため寺や神社を破壊したことも知っておる。本当に余の家臣なら、即刻、信仰を捨てよ。この命に服さぬ場合は、領国を召しあげると覚悟せよ――

わずか五日前、フスタ船を見学し、キリシタンに絶大な好意を見せていた秀吉が、今は手のひらを返したようにキリシタンを迫害しようとしている。右近は迫りくる嵐を前にして、静かに一点を見つめるのだった。

一方、秀吉は、急使に託された右近からの返事を幾度となく頭のなかで反芻《はんすう》していた。

――わたくしは、いかなる方法においても関白殿下に無礼な振る舞いをした覚えはございません。また高槻、明石で行ったことはわたしくしにとって一点も恥じるところはなく、むしろ名誉と思っております。わたくしは全世界にかえても、信仰を捨てる所存はございません。したがって封禄、領地一切を関白殿に返上いたします――

「ほう、一切返上するとな。さすがは右近じゃ」

だがその言葉のかたわらから秀吉の顔は青ざめ、握りしめたこぶしは小刻みに震えている。

「利休を呼べ！」

秀吉のなかで幾重にも封じ込まれた怒りと恐れが、爆発した。今朝方見た夢が、秀吉のなかでありありと浮かびあがる。やっぱり本当だったのだ。キリシタンは主君の命令より、デウスを第一と考えている。そのためなら名誉も領地もいらぬ、いやいのちさえも惜しくないという。女子《おなご》にしてもそうだ。側近の施薬院全宗《せやくいんぜんそう》にとりもつよう命じておいたあの有馬の美しい女子も、先ほど、キリシタンの教えに背くことはできない、たとえいのちをとられようとも関白の寵《ちょう》を受けることはできぬと、ぬけぬけと言い返してきよったわ。

「どいつもこいつも、このわしをばかにしよって……」

ようやくこの手で掴んだ天下。この天下の下《もと》では、何もかも自由になると思っていた。人の心も、いのちさえも思うままに支配できると思っていた。ところがどうだ、本当にほしいものは指の間からぼろぼろとこぼれ落ちていく。このままいけば、やがては神父とキリシタン大名が同盟して、その軍事力をもって天下を奪い取るに違いない。

「わしはキリシタンの甘言なんぞにだまされんぞ。どんな手を使っても、右近を必ずや、わしの前にひれ伏させてみせる」

この夜、右近の陣屋のかがり火はいつもより赤々と燃えていた。再び、遠くに蹄の音が聞こえたような気がした。家臣たちのざわめきのなかに驚きの声が入り混じり始めた。草履のすれる音が、ゆっくりと右近のほうへ近づいてくる。聞き覚えのある足音だった。

「利休殿……」

右近三十五歳、利休六十六歳。この夜、しばらく滞っていた海風が、対座する二人を気遣うようにゆっくりと流れ始めるのだった。

利休と右近

深い静寂が右近の陣屋で対座するふたりを包みこんでいた。赤々と燃えるかがり火の周りを無数の蛾が先を争うようにぐるぐると飛び交っている。

家臣たちはいずれも息をひそめて外で控え、右近のもとに駆けつけてきた友人たちも座から退き、ふたりの気配を遠くから見守っていた。

「たいした男だ」

今、右近を前にして、利休はあらためてそう思う。息づかいは空気に乗って伝わる。その穏やかな右近の息のなかに〝虚栄の静けさ〟は微塵も見当たらない。ついさきほど秀吉から「信仰を捨てよ、この命に服さぬ場合は、領国を召しあげる」と迫られ、即座に「信仰は捨てませぬ、領地一切は返上します」と返答した右近。苦々しく思った秀吉は、今度は右近の茶の湯の師匠・利休を使者にたて、「キリシタン宗門を棄てさえすればいいのだ」と何度も利休に言い含めた。さらには、「どうしても右近がその意志を曲げないのならば、領国は召しあげても肥後の佐々氏に仕えることはゆるす」という譲歩案まで出して、必ずや右近を説得しろと命じる。

「まるで恋文だ……」

利休は秀吉の前に平伏しながら心の中でそうつぶやいていた。思いを寄せた女子にそっけなくされた男が、なんとか振り向かせようとやっきになっているのとどこが違うというのか。結局、秀吉も右近の心がほしいのだ。

天正十五年（一五八七）六月十九日の夜、秀吉が滞在する筥崎宮からさほど遠くない右近の陣屋に入った利休は、そんな秀吉のじりじりとした顔を思い浮かべながら、目の前の右近の戦国武将らしからぬ繊細な手元をじっと見つめていた。

チリチリチリ……。静寂を打ち破ったのは、一匹の蛾だった。かがり火のなかに自ら飛びこみ、その身が焼かれていく音は、この世からまた一ついのちが消えていく音でもあった。

「欲がでましてのう……」

利休の思いがけない言葉だった。ひたすら侘び茶を追い求め、ことのほか〝やり過ぎる〟ことを忌み嫌う利休のなかに、今、右近を失いたくないという欲があるという。師の言葉の底には、秀吉に命令されて来たのではない、自分の本心を伝えるために来たのだという覚悟が忍ばされていることを右近は素早く感じとっていた。

当時の利休は、秀吉の弟の秀長から、「内々の義は利休、公儀のことは秀長」といわれるほど豊臣政権の重要な人物に登りつめていた。表舞台に立つ秀長に対して、利休は陰で政権を支える、いわばフィクサーともいうべき存在。自ずと秀吉の考えていることも手にとるようにわかる立場にあった。その利休が今回の事件を読み解くとこうなる。

秀吉がキリシタンをどうしても禁ずるというならば他のキリシタン大名たちにも詰問の使者を送っていたはずだ。ところが信仰を捨てよと秀吉が迫ったのは右近だけだった。なぜか。それは、キリシタンの大檀那と呼ばれる右近が秀吉をとるか、信仰をとるか確かめてみたかったのだ。右近が棄教すれば、宣教師たちもほかのキリシタン大名を扇動して自分を裏切るようなことはできまい。

だが仮に棄教しなければ……。この機会にキリシタンを一掃するだけのこと。危険な芽は早くに摘んでおくにこしたことはない。秀吉は恐いのだ。だったらその恐れを取り除いてやればいい。

「利休殿……」

右近には利休の言いたいことが痛いほどわかっていた。本来、主君（秀吉）に忠誠を誓うのが武士の本分。それに叛けば、すでに年老いた両親、妻子、そして何よりも多くの家臣とその家族をただちに路頭に迷わせることになる。だがその一方でかりそめにも「信仰を捨てる」と言えない自分がいるのも本当だった。

信仰とはいったい何なのだろうか。デウスの道を選ぶことが、他者を不幸に陥れる、そんな信仰をデウスは本当に喜ばれるのか。そのとき、良心の奥から聞こえてくる細い声があった。

「恐れるな。わたしはあなたと共にいる」

このとき右近が利休に語った言葉が、加賀藩の古い記録を抄録した『混見摘写《こんけんてきしゃ》』に残されている。

「キリスト教信仰と主君の命令とどちらが重いかわからぬが、ただ自分が変えぬと誓った信仰を変えることは武士にふさわしくない、そのようなことはたとえ主命であってもできない」

この言葉には、秀吉からの最初の使者にもち帰らせた返答とは、微妙に異なる印象が漂う。特に冒頭のこの二行は、利休にだからこそ吐露できた右近の偽らざる気持ちだったのではないだろうか。もしかしたら自分は間違っているかもしれない、という恐れの先に行き着いた「されどこの道しかない」という深く重たい決意——。そこに利休は右近の真実を見たような気がした。そんな右近に、もうこれ以上、言葉を重ねる必要はなかった。利休はゆっくりと立ち上がると、馬を走らせずに、静かに去っていった。

もう今生でお目にかかることはないかもしれない……。少しずつ闇にまぎれていく利休の背をじっと見送る右近の視界の先に、わずかにとろりと揺らぐ影が映った。その影はゆっくりと上体を右近のほうへ向けると、深々と頭を下げたのだ。残心……。あたかもすべてがゆるされたようなあたたかい別れだった。

静かに敗北していく道

「ようわかった。もう、これまでじゃ！」

夜遅く戻ってきた利休から右近の返事を聞いた秀吉は、激変した。すでにその目は獲物を追い詰めていく野獣に変貌している。

「ただちに高山右近の領地没収、および追放！」

前代未聞の命が下された瞬間だった。と同時に、博多湾のフスタ船にいた準管区長コエリョにも言いがかりのような詰問状を突きつけ、その返答がもたらされるやいなや、キリシタン禁令とともにすべての外国人宣教師の国外追放の命令を申し渡した。これが世に言う「伴天連追放令《ばてれんついほうれい》」だ。

あわてたのは、ほかでもない、右近のもとに駆けつけていた多くの友人たちだった。おそらくそこには秀吉の重臣でもあり、キリシタン大名の黒田官兵衛、蒲生氏郷、そして小西行長の姿もあったに違いない。彼らは右近の決断を翻させるために必死の説

豊臣秀吉「伴天連追放令」

一、日本ハ神国たる処《ところ》、きりしたん国より邪法《じゃほう》を授け候儀、太《はなは》だ以《も》て然るべからず候事。
一、其国郡の者を近付け、門徒になし、神社仏閣を打破《うちやぶる》の由《よし》、前代未聞に候。国郡在所《ざいしょ》、知行等給人《きゅうにん》に下され候儀は当座の事に候。天下寄りの御法度《はっと》を相守り、諸事其意を得べき処、下々として猥《みだり》の義曲事事《ぎくせごとのこと》。
一、伴天連其知恵の法を以て、心ざし次第ニ檀《だん》那《な》を持候と思《おぼ》し召され候へハ、右の如く日域《にちいき》の仏法を相破ぶる事曲事に候条、伴天連儀日本の地ニハおかせられ間敷《まじく》候間、今日より廿日の間ニ用意仕《つかまつ》り、帰国すべく候。其中に下々伴天連に謂《い》はれざる儀申し懸《か》くるものこれ在らハ曲事たるべき事。
一、黒船の儀ハ商売の事候間、格別に候の条、年月を経、諸事売買いたすべき事。
一、自今《じこん》以後仏法のさまたげを成さざる輩《ともがら》は商人の儀ハ申すに及ばず、いづれにてもきりしたん国より往還《おうかん》くるしからず候条、其意を成すべき事。
已上
天正十五年六月十九日　朱印（松浦文書）

船上より能古島を臨む

得を試み始める。

「右近殿、よくよく伴天連追放令を吟味なされ。布告のなかには、一定の土地を所有する大名がキリシタンになるには届け必要。またキリシタン信仰は自由であるが、大名や侍が領民の意志に反して改宗させてはならないとある。つまりこの二つを守る限り、我々は信仰を守り続けることができるというわけではありませぬか」

もっともらしい妥協案だった。だがそのもっともらしさをデウスが一番嫌うことも右近は知っていた。これまで一瞬たりとも自分を裏切ったことがないデウスを、表向きだけとはいえ自ら裏切ることができるか。右近は切々と訴える友人たちを一人ひとり見つめると、ゆっくりと頭《かぶり》を振った。

「もうこれ以上、言うてくださるな」

肩を落とした友人のひとりが、右近の前に金銀をそっと差し出した。それを見たほかの友人たちも次々金銀を置いていく。宣教師の記録によると、それは二千ドゥカード※もの大金にのぼったという。だが右近がそれを受け取ることはなかった。秀吉に対して静かに敗北していく……。それは心からデウスに信頼し、デウスに委ねる道でもあった。

翌朝、家臣たちの前に立った右近はこれまで見たどんな右近よりも晴れ晴れしく、清々《すがすが》しさに包まれていた。そして昨夜からの出来事、および自分が下した決意を説明し、別れのときがきたことをみなに伝えた。主《あるじ》が無一物の浪人になったことを知った一同はいっせいに驚き、声をあげて泣き、その信仰に感動した。そして、「殿、どうかどこまでもお供させてください」と言うやいなや、次々もとどりを断ち切り始めた。

これまでともにいのちをかけ、戦い、尽くしてくれた家臣一人ひとりの顔が右近の中でどんどん滲《にじ》んでくる。誰ひとり失いたくない家臣であり、朋友だった。だが右近はその思いさえ振り切った。彼らをなだめ、あらためて別れを告げた。

その日の夜、深い闇の中を、秘かに博多湾を渡っていく一隻の小舟があった。その小舟は博多湾の小島・能古島《のこのしま》の波打ち際に舟体を寄せると、二、三人の従者とともに、一つの人影を降ろした。信長、秀吉に仕え、幾多の武勲をあげ、多くの家臣を率いてきた三十五歳の明石城主・高山右近の武将としての人生が、この夜、終わった。

※ドゥカード　大航海時代に使われていたお金の単位。当時、ベネチアの庶民が家賃を除いて生活に必要だった年収が一五〜二五ドゥカードだったといわれている。

第五章

降りていくひと

小豆島に逃れて

壊されていく教会

伴天連追放令が出された翌日は、博多の町は早朝から物々しい気配に包まれていた。町のいたるところに伴天連追放の高札が次々と立てられ、堺、京都、奈良、伊勢などにも高札は掲げられていった。さらに大村、有馬、堺、京都、大坂などの教会やキリシタン関連施設も破壊。キリスト教の自治区に等しかった長崎も没収された。また秀吉はキリシタンの家臣たちに向かって、陣営や船舶から十字架が描かれている旗をすべて破棄せよ、と命じた。

前の晩、「追放令の解釈次第では、信仰を守りとおすことができる」と言って右近を説得しようとしたキリシタン大名たちはどのような思いでこの命に従っていったのだろう。

六歳年上の右近を信仰の師として仰ぎ、父のように兄のように慕っていた小西行長も例外ではなかった。表向きは秀吉に従い、心ではデウスを信じる道。この二つの顔を使い分ける道を選んだ以上、秀吉に従わなければ、右近と同じ運命をたどることになる。

行長は、首や衣服から十字架やロザリオをはずすと、汗ばんだ手の中に握りしめた。子どものころに洗礼を受け、いつも当たり前のように身につけてきた聖具。途中、何度かデウスの教えから離れたときもそれらはいつも行長の首元や胸元にあった。だが今こうして取り除かれてみると、何か大事なものが遠のいていく気がするのはなぜか。行長はそうした感傷を振り払うかのように、ロザリオを地面に叩きつけた。紐が切れ、木玉が勢いよく土の上に転げ、八方へ広がっていく。その木玉のゆくえを行長は、長い間、茫然と見つめていた。

能古島より博多市内を臨む

博多湾に浮かぶ小さな島・能古島《のこのしま》の上空を数羽のトンビが大きく羽を広げ、ゆったりと天空を旋回していた。

「殿……」

昨夜遅く、闇にまぎれるように、数名の従者と共に博多湾の小さな島へ身を寄せた主君は、今、どのような気持ちで秀吉のいる博多の町を見つめているのか。

追放――これは当時の武士にとって、死よりも屈辱的なことだった。「人は一代、名は末代」といわれる武士にとって、名誉ある最期を遂げるのは、武士の願いであり、最後の誇りだった。しかし右近はその名誉さえも捨てた。

「おお、そなたであったか」

ゆっくりと振り返った右近を見た瞬間、従者は思わず息をのみこんだ。その顔は今まで見たどんな右近よりも光り輝き、喜びにあふれていた。

「何を驚いておる。わしの顔に何かついておるか」

「い、いえ、何も」

ピーヒョロヒョロ。一羽のトンビの鳴き声が天空に舞った。

右近は再び海のすぐ向こうに広がる博多の町に目をやった。そこには一夜にして一人の征服者によってそれまで「善」としてきたものが、「悪」へと翻った世界が横たわっていた。確かに自分も昨日まで向こう岸の人間だったのだ。関白の心の動きに細心の注意を払い、「武士の義」と「デウスの義」の狭間で悩み苦しみ、己を偽ることも少なからずあった。だがこうして追放の身となった今は、デウスの義のみで生きることがゆるされたということではないか。もしかしたらこれはデウスの恵みかもしれぬ。


「よう言うた！　我が息子ながらあっぱれじゃ」

右近が信仰のために追放となった知らせが明石にも伝えられると、右近の父・ダリオは、腹の底から右近の下した判断を褒め称えた。右近が卑怯な振る舞いや過ちを犯したために領地を失ったのならば自分も嘆き悲しむが、このたびのことは自分の信じる神を譲れないものとしたために起きたこと。だとするならばこれは大きな喜びであり、栄光だと言うのだ。

だが、その決断は何万という人々の人生を怒涛のなかに巻き込んでいくことも意味していた。当時、領主が追放されると、領主の家族はもとより家臣もその家族も一刻も早くその地から離れなければならない。そのためこの日、明石の町は家財道具を運ぶ馬車や手押し車や小舟を求めて町じゅうを駆け巡る人々の姿でごったがえし、それは深夜まで途絶えることがなかったという。

こうした蜘蛛《くも》の子を散らすような騒ぎの中、ダリオをはじめ、右近の母マリア、妻のユスタ、息子のジョアン、右近の弟の太郎右衛門たちも教会に別れを告げると、その日のうちに明石を離れた。右近からの使者によると、右近は能古島から淡路島に逃れていったという。そこで合流しようとの右近からの伝言に従い、一族も舟で淡路島へ渡っていった。

小西行長の不安

先ほどから行長は憂鬱《ゆううつ》だった。九州征伐のあと秀吉に随行して博多から大坂へ戻り、そこから堺に戻ってきた行長の膝の上には、もう何通目だろう、宣教師オルガンティーノからの手紙が力なく置かれていた。確かに右近を能古島に囲い、人目につかぬよう瀬戸内海の自身の領地、淡路島へ逃れさせることができたのには、少なからず行長の尽力があったからだった。

「だが、これ以上、自分に何ができるというのだ。関白殿への手前もある、深入りはしたくない」

その一方で、オルガンティーノは、今回の追放令後、不退転の決意で事に臨もうとしている。二十日以内に国外退去を申し渡された外国人宣教師のほとんどは、とりあえず次の船が来るまではという条件付きで平戸へ避難していた。だがオルガンティーノは秀吉の命には従わず、京坂地区に残ることを決意。二人の同宿と共に行長の所領である室津《むろつ》港へ来ていた。その室津へ行長にも来るようにとオルガンティーノから再三手紙が届いていたのだ。

だが行長は動かなかった。用件はオルガンティーノに会わずともわかっている。右近が追放された今、畿内の宣教師たちの頼みの綱は自分しかいない。行けば、断れないのは火を見るより明らかだ。そうした行長に業を煮やしたオルガンティーノは、自ら堺へ赴くと言って寄こしたのだ。そんなことをされた

室津港

ら、秀吉の目にどう映るのか。行長はついに重い腰を上げた。といっても彼らを保護するためではない。一刻も早く九州に去るようにと説得するためだった。

現在、室津を訪ねても、行長やオルガンティーノがどこで烈しい議論を交わしたのか、その場所を知る手がかりは一つも残されていない。だが四百三十年前、確かにこの港町のどこかに彼ら二人はいた。

フロイスの『日本史』によると、ここ室津は一五八一年にはすでに小西行長の所領となっていたという。当時、小西家の邸はどのあたりにあったのか、それを確認できる資料も現存しない。ただ室津の歴史を長年調べている柏山泰訓氏は、室山城の本丸の麓付近の高台あたりにあったのではないかと推測する。その手がかりは、明治時代まで残っていた「日和山」という地名にある。日和山は、航海を見守る岬には必ずといっていいほどある地名で、港から近く、天候や潮の流れを一望できる見晴らしのいい小高い場所に多いという。ここ室津の日和山も港から歩いて十五分ほど。この地を治める行長がこの日和山の近くに邸を築いたとしても不思議ではない。

その行長は、秀吉からこの地を賜ったとき、キリシタンとして生きる決意も新たに宣教に力を入れて

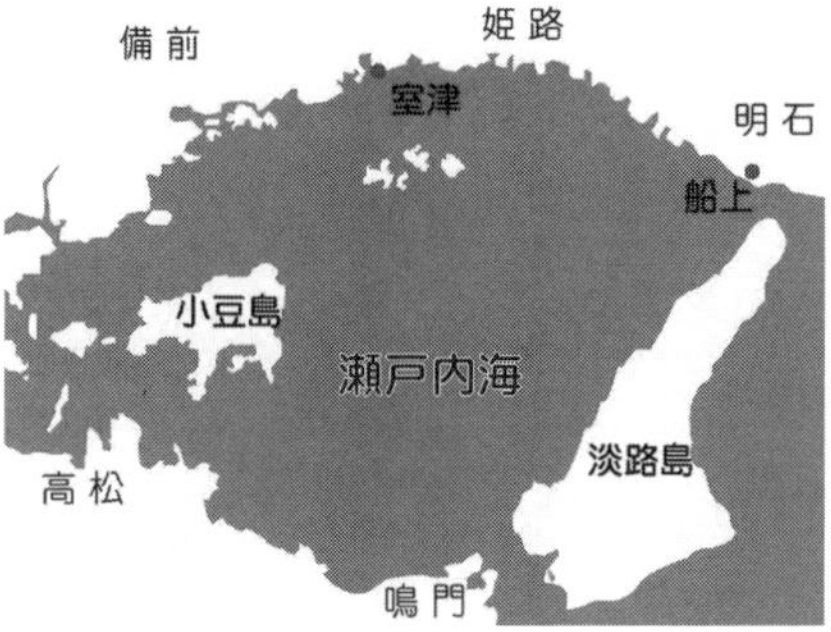

瀬戸内海の地図

いく。一五八六年には「小高く、はなはだ展望のよい美しい丘」の上でミサが行われ、室津で百二十人ほどが受洗（フロイス『日本史』）。室津でこうしてキリシタンが高まりを見せてきたころに起きたのが「伴天連追放令」だった。

「行長殿、私は日本人の魂を救うために遠くイタリアからやってきました。今、その魂が危険にさらされようとしています。はっきり申し上げます。私は九州へ戻るつもりはございません。すでに殉教の覚悟はできています」

多くの日本人から慕われてきたこの温和な神父のどこにこのような烈しい顔が潜んでいたのか。父とそう年も変わらぬこの老宣教師の、死を覚悟した言葉の一つひとつが今さらのように行長に深く突き刺さってくる。急に行長の肩が小刻みに震え出した。見開いた目はまたたきもせず、一点を見つめている。そして突如、行長は泣き始めた。

残念ながらキリシタン側資料には〝行長が泣いた〟とだけで、その涙の意味までは記されていない。だがペテロが「イエスを知らない」と三度も言い放ったのと同じ苦しみを、この行長もずっと抱えて生きてきたのかもしれない。

右近の信仰告白

室津の港は、この夜も静かだった。三方を山で囲まれ、その入り組んだ地形からどこか母の胎を思わせるこの小さな港の一角に、一隻の小舟がそっと寄せられた。

天正十五年（一五八七）七月末。オルガンティーノ神父から、小西行長が室津に来たという知らせを受けた右近は、急遽、小豆島の代官マンショ三箇《さんが》と共に淡路島からここ室津を目指した。近江に神父たちの隠れ家を用意した京の信者たちも集結しているという。

これから始まろうとしている会議は、いのちをかけた話し合いになるだろう、と右近は思っている。仮に行長が信仰を回復しなければ、日本にいる宣教師やキリスト教徒たちの未来は最悪の状況に追いこまれかねない。

舟を降り、わずかな月明かりを頼りに、だらだらと続く坂を足早に上っていく右近の額に、うっすらと汗が滲んだ。


とりあえず今はできるだけ秀吉を刺激しないこと。

「伴天連追放令」によって追放となった宣教師や右近一族はそれぞれ分散して、安全な場所に身を隠すこと。

そのために必要となる経済的援助、潜伏場所の提供は、行長が全面的に支援すること。


翌日、話し合いの結果が一同の前で読みあげられると、右近は行長のうえにゆっくりと視線を動かしていった。行長とは九州の箱崎以来の再会だった。数週間前にはあれほど秀吉を恐れていた行長が、ここ室津にやって来てから、何かが変わった。いや変えられた。

告解《こっかい》後の行長は別人のようだった。表向きは秀吉に従いつつも、一方では右近にかわって教会を保護すると表明したのだ。これは秀吉に対する裏切り以外のなにものでもない。仮にばれたらどんな仕打ちが待っているかもわからない。それでもこの危険な賭けに行長は打って出ようとしている。

ここに至るまでの行長の苦悩を誰よりもわかるのも右近だった。右近もかつて信長から、「荒木村重につくか、自分につくか即刻決断せよ。もしも自分に従わないのならばパードレを皆殺しにする」と迫られたことがある。そして今回も秀吉からも、「信仰をとるか、大名の地位をとるか」と突きつけられた。

常に頂点に立つ者は、配下の〝心〟を征服したがる。少しでも心に自由を与えたら、いつなんどき、自分に矢が向けられるかわからない。その恐怖心が頂点に立つものを怯えさえ、孤独の闇に追い込み、猜疑心を増長させる。

結局、戦国の世は、自由な思想をもつことなどゆるされないのだ。権力者の野心の道具、ひとつの歯車になりきることでしか生き延びる道はない。

右近はその道を捨てた。そして今、行長もまた右近とは違う方法でデウスに従う道を選んだのだ。珍しく右近が立ちあがった。そして一同を見渡すと、

「今、日本で行われている戦争では……」

とゆっくり語り始めた。

「悪魔への執着から、そのわずかな現世的な利益のために十万人もの人々が死んでいき、敵の笑い草になっております。そして彼らだけが死ぬのではなく、彼らの家族も破滅の途をたどって滅亡していく。しかし、今我らが出ていこうとしている戦は、悪魔に対する奮戦である以上、たとえこの戦で死んだとしても、キリストと共に勝利を告げることになるのです」（一五八七年日本年報）

右近の熱い思いが室内にほとばしった瞬間だった。この間、右近は一度も「秀吉」をののしる言葉を

吐くことはなかった。あくまでも「悪魔」との戦いだと言う。

刀や鉄砲で敵を討ち負かす地上の戦いより、もっと困難な戦いがこの世にはあることを右近は知っていた。このとき武器となるのはデウスへの絶対的な信頼と従順以外何もない。そのためならたとえこの地上でのいのちを終えることになったとしても悔いはない。

右近の思いのたけをぶつけた信仰告白は一人ひとりの心に、天までの道を鮮やかに浮かびあがらせていくのだった。

「あれが小豆島でございます」

行長が指をさした方角へ右近はゆっくりと視線を移した。これから右近たち家族とオルガンティーノが隠れることになる小豆島が、思ったより間近に見えるような気がする。

次に行長が指を差したのは、今いる場所から十レグア（約五十キロ）ほど離れた行長の領内（備中か？）だった。ここに右近の父ダリオたち家族を匿うつもりでいると言う。

それにしても室津の港が一望できるこの小高い丘から眺める瀬戸内の海はなんと美しいのだろう。真っ青な海に浮かぶ大小の島々が絵画のように天から降る夕陽に照らし出されている。気の遠くなるような古《いにしえ》から何度となく繰り返されてきた再生と復活。この営みは自分たちが死んだ後も何千年、何万年と淡々と繰り返されていく……。

「自然はあわてず騒がず、己の出番を静かに待っているかのように見えますのう」

唐突とも思える右近の言葉に、行長はギクリとする。九州征伐を終えた今、秀吉は朝鮮出兵を視野にいれ、博多の町の復興に心血を注ぎ始めている。このままいけば国内の貿易都市は遠からず堺から博多へ移っていくことになるだろう。仮にそうなったら、堺の町は秀吉にとって、もはや用のない町となる。そのとき、自分たちの行く手に待っているものは何か？

時勢の動きに敏感過ぎるほど敏感な行長のなかに淡く芽生え始めた懸念……。そんな行長の心の翳りを右近はいち早く察していた。水平線ぎりぎりに迫った夕陽が、ことさら強い光を発して室津の海を真っ赤に染め上げていく。

「なくてはならぬものと、なくてすまされるものとを取り違えてはなりませぬ」

目前に広がる瀬戸内の海をまっすぐ見つめたまま、右近はそれ以上、言葉を重ねることはなかった。

その夜、室津に集まったキリシタンは、人目につかぬよう細心の注意を払いながら、それぞれ八方に散らばっていった。行長は堺へ、京都からやってきた信者はミヤコへ、マンショ三箇は讃岐の国へ。右近とオルガンティーノは別々の舟で小豆島を目指した。

右近を乗せた小舟もゆっくり水面を滑りだし、まもなく沖合いに出ていった。瀬戸内の海の潮の干満の差は大きい。そのため潮の流れは複雑で、刻々と変化していく。それでも時折、深い静寂に包まれると、宇宙にただ一人ぽつんと浮いているような気分にさせられる。闇夜の海にもずいぶん慣れたものだと右近はふっと笑みをこぼした。博多湾を渡って能古島へ、能古島から淡路島へ、淡路島から室津へ、そして今度は小豆島へ。追放された者に昼の海を渡る無謀はゆるされない。

ぐぅーいーけぇー、ぐぅーいーけぇー、

水をかく櫓櫂の音だけが、耳の奥に響く。

「夜の海はもっと恐ろしいものと思っていたが……」

確かに今日の海は何かが違うと右近は思う。小舟を撫ぜるように涼やかな風がすーっと通り過ぎていった。

右近はハッとした。あわてて真っ暗な海をぐるりと見回す。そうだったのか。我々は追放されて小豆島へ渡るのではない。小豆島はデウスが我らに備えてくださった恵みの島なのだ。島を取り囲むこの海は我らを悪魔から守ってくださる堀、人の手では決して造ることのできぬ〝天の堀〟なのだ。デウスはこうまでして我らを守ろうとされるのか……。

わずかに潮の流れが変わった。まもなく小豆島だ。

祈りの家

Pater noster, qui es in caeli: sanctificetur nomen tuum; adveniat regnum tuum;……

（天にましますま我らの父よ、願わくは御名の尊まれんことを、御国の来らんことを……）

ラテン語による「主の祈り」が深い森に包まれた小さな隠れ家を満たし始めた。周囲に人家はまったく見当たらない。うっそうと茂る木々をわずかに揺らす風音、近くを流れる石清水の音、小鳥のさえずり、そして右近の静かな祈りの声がこの小さな家にまた新しい一日が始まることを告げていた。

壁に掛けられた十字架を仰ぎ見るのは右近、そして妻のユスタ、長男ジョアン。わずか三人だけによる早朝の祈りだ。

天正十五年（一五八七）六月十九日、秀吉から突きつけられた伴天連追放令を機に、オルガンティーノと共に小西行長の領地、小豆島へ逃れてきてまもなく一年。行長によって用意された場所をオルガンティーノは、「四方を山で囲まれ、他の民家とは小銃の着弾距離ほど離れている」と、平戸の神父たち宛の書簡に記している。右近たちの潜伏先は、さらにここから二グレア（約十キロ）ほど奥まったところにあるという。

谷奥《たにおく》と呼ばれるこの地区は、夜は恐いほどの漆黒の闇が一面を覆う。右近はここでキリシタンの命運をかけて、いのちがけの祈りをしていたに違いない。

潜伏の地より谷を見下ろす

小豆島新聞社の故藤井豊氏は、右近の潜伏地を島のほぼ中央に位置する中山地区と推定。実際に訪ねてみるとすぐ近くには石清水が流れ、口に含むとかすかな甘みさえ感じる。地元の人の話では昔からこの地は「三軒家」と呼ばれ、今も三軒の家があるという。「港から隠れ家までの道中には行長のキリシタンの部下が見張りに立ち、彼らの潜伏を知るのはわずか三人の忠実なキリシタンのみだった」という記録と見事に一致する。行長の並々ならぬ配慮が伝わってくる厳重な警備だった。

右近がこの潜伏地へやってきて間もなくのこと。剃髪《ていはつ》して、粗末な着物に身を包んだ右近を見たジョアンが必死で笑いをこらえていた。

「ジョアン、何がおかしい」

高山右近潜伏の地の石碑

「………」

「遠慮はいらぬ。申してみよ」

「わたくしには父上が……坊主のように見えまする」

あわてて息子をたしなめようとするユスタを右近が笑いながら制した。

「うまいことを言いよる。だがジョアン、ただの坊主ではないぞ。キリシタンの坊主ゆえ、南蛮の坊主、〝南坊《みなみのぼう》〟じゃ」

そう言いながら、きれいに剃り上がった頭をわざと大袈裟にぐるりとひと撫でする右近に、ユスタもジョアンもとうとう我慢しきれず笑い出した。見れば、ふたりとも右近に負けず劣らず貧しい身なりだ。

「十二歳……」

ちょうど今の息子の年齢のときに、自分はキリシタンとなったのだ。あれから二十三年。

「南坊……」

右近はもう一度その名をつぶやいてみるのだった。

新たな動きの中で

オルガンティーノ神父とともに

「おお、右近殿、よう来られました」

そう言いながら、オルガンティーノは大きな体をたたむようにして戸口に右近を出迎えた。右近は小豆島に潜伏して以来、時折こうしてオルガンティーノの隠れ家を訪ねていた。来るときはたいてい供も従えず、一人で歩いてくることが多い。そして二、三日オルガンティーノのもとに泊まり、ともに祈り、互いに慰め合い、今回の迫害に対してなすべきことを話し合うのが常となっていた。

オルガンティーノのもとには、京都、大坂、堺などのキリシタンからすでに五、六十通の手紙が寄せられており、なかには大胆にも小豆島を訪れてくる者もあった。

オルガンティーノも負けていない。日本人に変装して、秘かに海を渡り、近畿地方へ出向くと、道中は駕籠の扉をぴたりと閉めて信者たちが集う場へ次々と訪ねていく。昼間ミサを行い、告解《こっかい》を聞き、夜間は説教をして明け方までには姿を消すという慎重な伝道方法をとっていた。それでも世間の動きは肌に敏感に伝わってくる。そのほとんどは緊張を要するものだったが、なかにはほっとさせられる嬉しい知らせもあった。

「右近殿、お喜びください。高槻の領民たちはこのたびの迫害でも揺るぎない信仰を保っております」

その大きな力となっているのが、一人の、かつて僧侶だったキリシタンだという。

「おお、なんと！」

右近の感きわまる声を受けて、オルガンティーノの話はさらに勢いづいていく。

「このたび関白殿は京の平安宮の跡地に政庁および邸宅となる煌《きら》びやかな聚楽第《じゅらくだい》を完成させ、加えて北野天満宮では盛大な北野《きたの》大茶湯会《だいさのえ》を催されたそうです」

まさに京は秀吉一色。この茶会を取り仕切ったのは利休だという。右近は利休の顔を懐かしく思い浮かべながら、名実ともに天下人への道を突き歩む秀吉の姿に、京の華やかな空気を重ね合わせてみる。

「実は……」

オルガンティーノが急に声を落とした
「コエリョ神父に引き続き不穏な動きがあるという噂がございます」

右近の目が一瞬曇った。もとはといえば今回の伴天連追放令の火種をつくったのはコエリョだと言っても過言ではない。数門の大砲が具備されているフスタ船を秀吉に披露し、「中国征服の際には二艘の大型船を用意いたしましょう」と言って、キリシタンに軍事力があることを示したのだ。信長の時代から一向宗に散々手を焼いてきた秀吉には、信仰と武力が結びつく恐さを痛いほど知っている。キリシタンも第二の一向宗になるやもしれぬという恐れが今回の追放令に至ったと言ってもあながち間違いではない。

にもかかわらず、追放令後、コエリョは秀吉に全面的に軍事力で対抗しようと画策していた。それは運よく有馬晴信や小西行長がコエリョに不信感をもっていることからこの事件は未遂に終わった。ところがコエリョのきな臭い言動はその後もまだまだ予断ならないという。右近の表情がみるみる険しくなっていった。

「大事に至る前に、なんとしても追放令をなきものにしなくてはなりませぬ」

右近は率直に切り出した。

「そのためには……」

続く右近の言葉を、オルガンティーノは息を詰めて待つ。当時、宣教師の布教と南蛮貿易は切っても切り離せない関係にあった。追放令後、秀吉はそれを分断し、直接ポルトガル商人と取り引きをして、莫大な利益を独り占めしようと考えていた。そこで海外事情に疎い秀吉の、その弱点を突く。たとえば宣教師抜きの貿易など成り立たないことを秀吉に思い知らせることができたなら……。貿易を失いたくない秀吉は、必ずや宣教師の海外追放を撤回、もしくは緩和してくるに違いない。

「ポルトガル商人、および日本との貿易に大きくかかわっているマニラやマカオの教会に協力を仰ぐほかありません」

オルガンティーノと右近は目を見合わせると、深く頷き合った。

実際には水面下でどのような闘いがあったのか具体的な資料は残されていない。だがその後、確かに秀吉の態度は軟化していく。当初、宣教師の国外退去を二十日以内と追放令に記した秀吉は半年先、一年先と先延ばしにし、ついには黙認する。それにともない布教活動も緩やかに再開していった。

右近、ついに発見される

「なに、小豆島⁉」

あれほど手を尽くし、右近の逃亡先を探っていたにもかかわらず、見つけることができなかった右近が大坂や京都からさほど遠くない小豆島にいるという。小豆島といえば、かつて自分が小西行長に与えた領地――。

「うぬ……」

扇子を握りしめた秀吉の手が、先ほどからせわしなく小刻みに開いたり閉じたりしている。追放から約一年。そのころ、右近やオルガンティーノが小豆島に隠れていることは徐々に全国のキリシタンに知れわたり、おびただしい数の人々が小豆島を往来し始めていた。なかには朝廷での地位を失った名のある人物もいたという。

そうした噂が秀吉の耳に届かないはずがない。てっきり海外へ逃亡したと思い、そこまでしなくてもと内心思っていた右近がつい目と鼻の先にいる。秀吉のなかにちりちりした思いと、妙な安堵感が混じり合わないまま交差していく。扇子を握りしめた秀吉の手がようやく止まった。

「即刻、行長を呼べ！」

「右近は……達者にしておるか？」

意外にも秀吉の柔らかな声音だった。その言葉の裏にどんな思惑が秘められているのか――。伴天連追放令によって追放の身となった右近を自身の所領・小豆島に匿っていることが秀吉に知れた以上、ただではすまされまい。小西行長は、ひれ伏したまま秀吉の本心を感じとろうとしていた。

「行長、そちはこの秀吉をなんと思うとる」

秀吉の声がわずかに尖り始めた。

「右近を追放したこの秀吉は愚か者だ、キリシタンの敵だ、だから右近を匿った。どうじゃ、図星じゃろ」

「畏れながら……」

行長はゆっくりと面《おもて》を上げると、壇上の秀吉をくいいるように見つめた。

「いのちをかけて信じることができぬ者に、真の忠誠者はおりませぬ。キリシタンは絶対なるデウスを信じているからこそ、現実の主君に対しても忠誠を尽くすことができるのです。それは右近のこれまでの働きを見てもおわかりなるはず。それを一部の中傷を信じて、追放するなどもってのほか、愚の骨頂。天下を治める者の成すこととは思えません」

「黙れっ！　行長」

身の破滅も恐れぬ行長の直言に、秀吉の顔がどんどん青ざめていく。それでも行長はぴたりと動かない。胸のロザリオが行長の呼吸に促されるように規則正しくかすかに揺れているだけだった。

「……羨ましい男よ、右近というやつは」

それだけ言うと、秀吉はぷいと横を向いた。

「追って沙汰する」

秀吉の静かな声だった。

ところが、事態は思わぬ方向へ流れ始める。九州の一角で思いがけぬ事件が起きたのだ。追放令の翌年（一五八八年）、九州征伐の恩賞として肥後を与えられていた佐々成政《さっさなりまさ》の領内に国衆の暴動が起きた。これにより成政は秀吉の命により切腹。そして肥後の北部を加藤清正に、南部（八代《やつしろ》、宇土《うど》、天草）が小西行長に分け与えられた。行長は、身の破滅どころか、瀬戸内海諸島の小領主から三十二万石の大名へとのしあがったのだ。この抜擢の背景には、秀吉の野心が巧妙に隠されていた。

――近い将来、朝鮮、ひいては明国へ出兵する際、前線基地となるのは当然、博多となる。その博多を距離的にも近い肥後に支援させる。仮にこの地をかねてよりそりの合わぬ清正と行長に任せたらどうなるか。おそらく朝鮮へ戦を仕掛ける際にもふたりは競い合い、面白いことになるであろう――

行長から今回の肥後への移封を聞かされたとき、右近は秀吉の腹の底を覗き込んだような気がした。海外事情に詳しく、莫大な堺の財力を背景にもつ行長を、秀吉はまだまだ利用価値ありと踏んだのだ。しかも行長を肥後へ移せば、自分たちキリシタンも小豆島に留まってはいられなくなる。まさに一石二鳥。さすがは秀吉だ。

熊本県（当時の肥後）は、縦に長く、福岡県と鹿児島県に挟まれた格好で位置する。その熊本県の中央部にあるのが宇土市。有明海に突き出した宇土半島からは船で長崎へも容易に渡ることができる。おそらく行長は、その先に大陸、ヨーロッパへと続く〝海の道〟をはっきりと見ていたに違いない。

この年、右近もまた宇土に入った行長に伴い、秘かに小豆島から南肥後へ渡った。行長は肥後に入国すると、それまであった城には目もくれず、小さな丘に新しい城・宇土城を築き始める。

「右近殿、まさかここでお目にかかるとは夢にも思いませなんだ」

通りかかった道々で右近に声をかけてくるのは懐かしい顔、顔、顔だった。父ダリオとほぼ同時期に洗礼を受けた三箇氏や結城氏といった河内キリシタンの第二世代たちだった。

本能寺の変や小牧・長久手の戦いなどで庇護者を失い四散していた彼らもまた、今や三十二万石の大名となった行長を頼って九州へ下ってきていたのだ。そんな彼らを行長も積極的に迎え入れ、新しい町づくりに力を注いでいく。日に日に活気づいていく宇土は、まさに日の出の勢いだった。

コエリョ神父との再会

「明石の殿さまだったお方が、あのように質素な身なりでのう」

「食事も宿もみな従者と同じというけん、すごかことよ」

「それにしてもあの光り輝くお顔、堂々たるお姿。なんとまあ神々しい」

右近が小豆島から肥後へ下る途中、秘かに有馬領に匿われているコエリョ神父を訪ねたときの人々の驚きは、容易に消えることはなかった。右近一行が通る沿道という沿道には、デウスのため無一文となった英雄を一目見ようとたちまち黒山の人だかりができる。わずか六人の従者だけを連れての移動は、まるで旅人のような風情だったという。

正直言って、今回の迫害を思うとき、コエリョ神父との再会は気が重たい一面もあったに違いない。だが右近は、同じ信仰に生きる者同士、一切コエリョを責めることはなかった。

「どうか宣教師の方々は服装を変え、人目につかぬようにお心くばりくださいませ」

有家セミナリオ跡

と、さりげなく注意を促す右近はここでも見とおしのきく人だった。何かにつけて戦闘的なコエリョたちがこれ以上、行き過ぎた行動をとれば、せっかく伴天連追放令を不問にした秀吉がどう出てくるかわからない。場合によっては徹底的な迫害が始まるかもしれない。用心しても、用心し過ぎることはないのだ。

コエリョたちと別れた足で、右近は有馬領内の有家《ありえ》にあるイエズス会の修練院を訪ねていく。島原半島をぐるりと一周する国道二五一号線沿い、うっかりすると通り過ぎてしまいそうな場所にあるのが、かつて若き神学生たちが学んだ有家セミナリヨの跡だ。セミナリオ（ヨ）は現在でいう小神学校で、もともと安土と有馬にあったが国内の政情不安やキリシタン弾圧のため、各地への移転を余儀なくされるなか、文禄四年（一五九五）に八良尾《はちらお》からこの地に移された。もともと有家には教会堂があり、天正十六年（一五八八）には修練院とコレジヨがこの地に移されている。その修練院に右近は立ち寄ったのだった。

右近を真っ先に出迎えたのは、腹の底から湧きあがるような力強い声だった。その声の主が誰だか右近にはすぐにわかった。パウロ三木だ。あいかわらず背は低く、テコでも動かぬどっしりとした体つきだ。摂津で生まれ、幼いころに洗礼を受けたパウロは、安土にセミナリオができると、第一期生として入学してきた。十七歳前後だった彼は、当時から語学の才能がずば抜けていた。

ほかにも多くの信仰の友たちとの久しぶりの再会は右近を高揚させた。そんな右近を修練院の人々が客人として丁重にもてなそうとすると、右近はあわてて遮った。

「ここに滞在する間、わたくしも修練者の方々と何ひとつ分け隔てなく扱っていただきたい」

その言葉に偽りはなかった。このとき右近は、起床から就寝まで他の修練者とまったく同じ生活を営み、「イグナチオの霊操《れいそう》」にあずかっている。

イグナチオの霊操とは、一五五二年、パンプローナの戦いで負傷したイグナチオ・デ・ロヨラがカルドネル河畔で神秘的な体験をすることに端を発する。一瞬にして霊の目が開かれ、自身が新しくされたことを悟ったイグナチオは、その後、修業のためのまったく新しい指導書を完成させた。霊操は「霊の体操」とも言われ、その後、多くの人々に実践されていく。その方法は、神の前に静まり、これまでの全生活を振り返り、すべての罪を告白し、神から示された新たな人生へ踏み出していく。それは自我を一切放棄していく道でもあった。

右近は掃除も躊躇《ちゅうちょ》なく手伝った。高槻城主だったころを知っているパウロにはただただ信じられない光景だった。だが丁寧に隅々まで拭き清める右近を目の当たりにしたとき、パウロはその一つひとつの所作があまりにも美しいことに心を奪われる。

「まるでキリストの御体を清められているようだ……」

わずか数日とはいえ、こうして右近とともに暮らした日々は、パウロのなかに衝撃的な記憶として刻まれていった。そしてその年、パウロはこの有家の修練院で初誓願をたてる。パウロ、二十四歳。二十六聖人のひとりとして長崎西坂で十字架にかかって殉教する、十年ほど前の出来事だった。

大坂へ参りましょう

右近の肥後での新たな暮らしは、何もかもがうまくいっているように見えた。ところがあるときから妙な噂が聞こえ始める。なんでも秀吉がしきりに右近を懐かしがっているというのだ。大坂へ来てほしいと周囲の者にもたびたびほのめかしているという。

「これは罠に違いありません。決して乗じてはなりませぬ」

行長はこの地に留まるよう、必死に右近を説得する。だが右近の心は行長の思いとは反対に、どんどん静かになっていく。それはすでに自身のいのちをデウスの御手に委ねた者の静けさだったのかもしれない。

一粒の麦、地に落ちて死なずば惟一つにてあらん、もし死なば、多くの果を結ぶべし。(ヨハネ12・24参照)

「行長殿、ご案じなさるな。これもデウスのお導きに相違ありません。大坂へ参りましょう」

第六章　御心のままに

前田利家と右近

前田利家に招かれて

どことなく町の色が変わった、と右近は思った。約一年ぶりの大坂は、天下人となった秀吉の威勢そのままに賑やかな雰囲気が町全体を覆っていた。全国統一まで、あと一歩。倒す相手は関東の北条氏、東北の伊達氏のみとなった今、秀吉は自分に足りないものが何なのかよくわかっていた。それは天下人として秀吉の名がいまだ充分に世に知らしめられていないことだった。

そこで秀吉は大坂城と京の聚楽第を拠点に、宮中に千利休に造らせた黄金の茶室をもち込んで天皇の前で茶会を開き、また最近では京の北野天満宮で誰でも参加できる「北野大茶湯会」を催して、民衆の心を一気にわしづかみにした。京が賑わえば、商売の町・大坂も活気づく。秀吉にとっては良いことづくめだった。

右近はそうした町の喧騒《けんそう》から離れて、大坂城外の高台を仰ぎ見た。そこはかつて畿内一の美しさと称えられた教会が建っていた場所だった。だが今は、往時を偲ばせるものは何ひとつ残っていない。昨年、九州で発令された追放令がこの地まで徹底的におよんだことを、この風景は寡黙に物語っていた。

秀吉が右近に会いたがっている――。そんな噂が肥後にいた右近の耳まで届いたとき、右近は何か大きな石が動かされたような気がした。今さら逃げ隠れしても意味はない。小西行長にもこれ以上、迷惑をかけるわけにはいかない。そう思った右近は、動かされた石の先に待ち受けるものがたとえ「死」だとしても、今はそれに委ねてみたい、と思うのだった。

ところが秀吉は大坂にのぼってきた右近といっこうに会おうとはしなかった。自ら追放した者と対面することは、己の非を認めることになるとでも思ったのだろうか。そうしたなか、右近のもとにひとりの人物の名前が秘かにもれ伝わってきた。

「前田利家殿……」

右近は十四歳年上の加賀の勇将・利家が自分を招き入れたいと言っている話を受けて、あらためて利家との数奇な縁を思い返していた。

十年前、摂津の領主・荒木村重が信長に謀叛を起こしたとき、右近は直属の主君である村重につくか、さらにその上の主君・信長に従うかという苦しい選択を迫られたことがある。このとき信長は右近を威圧するため居城の高槻城を大軍で取り囲んだ。そのなかに織田軍きっての最強戦闘部隊長として前田利家が立ちはだかったのだった。四十一歳の利家は、このとき若き高槻城主・右近の巧みな縄張り（城の設計）に驚愕する。淀川の水を引き込んで周囲に広大な堀を張り巡らせた高槻城は、目を皿のようにして探してもどこにも攻め口を見いだすことができなかった。

「二十七歳にして、この才覚。末恐ろしいばかりじゃ」

このとき利家のなかに高山右近という人物が深く心に刻みこまれたのだった。

そして五年後。再び利家と右近は敵味方として相対することになる。織田信長が本能寺で明智光秀に

前田利家

倒されると、素早く秀吉は信長の跡目争いに動きだした。それに待ったをかけたのが北陸の猛将・柴田勝家だった。一歩も譲らぬふたりはついに賤ヶ岳の戦いに突入。このとき利家は勝家側に、右近は秀吉側について決戦に挑んだ。

二度とも敵として右近の前に立ちはだかった利家が、今回は追放の身である右近を加賀に迎え入れようと言う。不思議な因縁さえ感じさせるふたりの再会だった。

「無理をされたのではございませぬか」

加賀への招聘の裏には、想像以上に大変な苦労があったのではないか。そう推察する右近は、大坂入りした利家にそれとなく水を差し向けてみた。

「いやいや」

利家はあいかわらず鷹揚《おうよう》に手を振ると、

「ただ、大納言秀長殿（秀吉の弟）がずいぶんとお骨折りくださいました」

と言外に含みをもたせた。秀吉の右近への勘気が緩んできた噂を聞きつけて、利家が秀長に右近を金沢へ呼び寄せたいと秘かに願い出たのかもしれない、と右近は想像してみる。そして秀吉の性格を熟知している秀長は、これは悪い話ではないと判断した。

というのも加賀はかつて坊主や農民が結束して守護大名を倒し、その後、百年近くも一向宗門徒が支配してきたという土地柄だった。利家の代になってずいぶん落ち着いてはきたものの水面下ではいまだに一向衆徒の力がくすぶっている。そこへキリシタンの右近を金沢へ送れば、互いの力を牽制し合うことになる。さらに秀吉と利家は、古くから家族ぐるみの付き合いもある親友同士。キリシタンの動きを見張らせるうえでも、これ以上の預け先はない。

一方、利家のなかにも秀吉とは違った思惑《おもわく》があった。金沢城に入城して五年あまり。利家は、豊臣政権の重鎮として大坂城や聚楽第に詰めることも多く、なかなか金沢城の整備までは手が回らない。それだけに築城の名手・右近がなんとも魅力的な存在に映ったのだ。

それにこれからは武士といえども刀や槍を振り回すだけでは生き残ることはできない。武士の社交の場では、文化的な教養が必要とされる時代が必ずやってくる。利家は利休七哲のひとりでもある右近を、「武勇のほか茶湯、連歌、俳諧にも達せし（人）」（『六本長崎記』）と高く評価するのもこうした世の中の動きを肌でひしひしと感じているからだった。

このように秀吉と利家とでは、右近の使い道は違っていたかもしれないが、結論は一致した。そこで秀長は右近を「五畿内から追放」、その後、「それ以外の国内での自由はゆるす」とした（イエズス会年報一五九一、九二年）。そこにすかさず手を挙げたのが利家だった。

禄は軽くとも苦しからず

「己の信じる道を生きようとすればすべてを失いかねず、されば志などいらぬと突っぱねれば生きる意味を失う……。右近殿、志というのは、何か気難しいおなごのようでございますなぁ」

利家らしいどこか肩の力の抜けた、洒脱なもの言いだが、それがまた一層器の大きさを感じさせる。

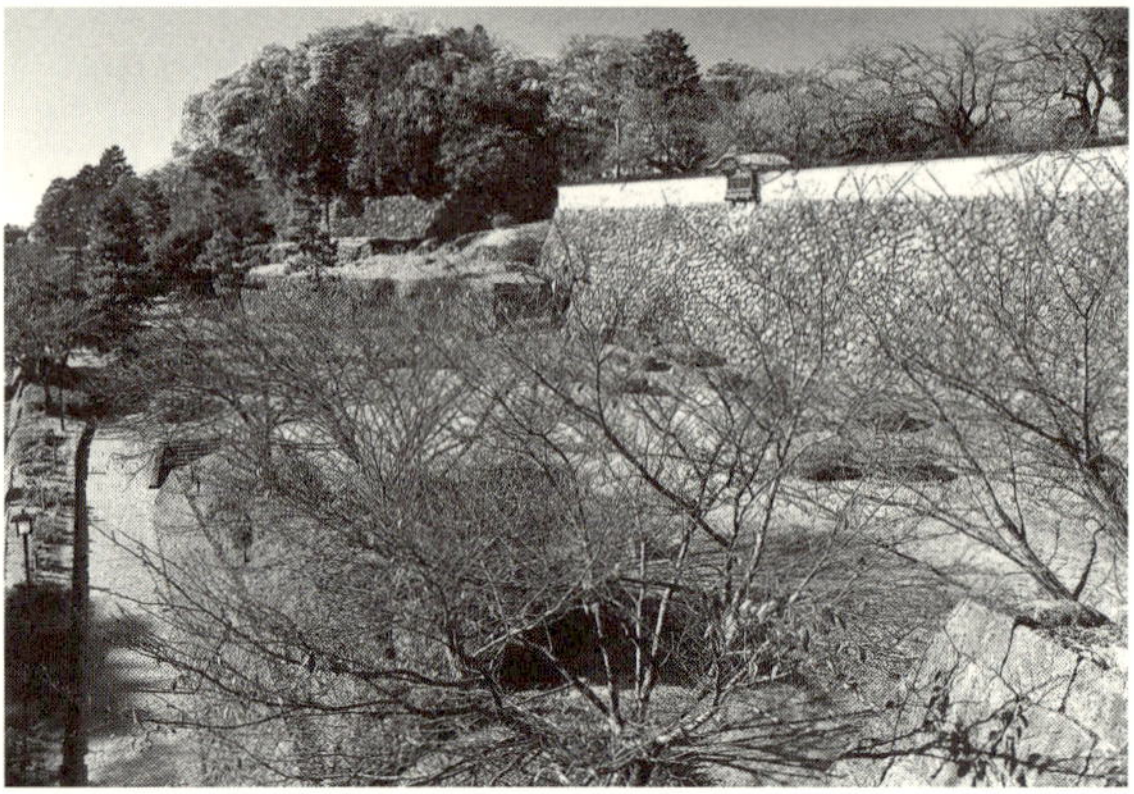
金沢城

今や加賀の大々名として名高い利家にもかつて失職の危機に襲われたことがあった。信長の家臣だったころ、新婚の妻まつからの贈り物を盗んだ信長の側近を切り捨ててしまったのだ。これに信長が激怒、無期限の謹慎を命じられてしまう。二十二歳の利家は、妻と乳飲み子を抱えて流浪生活に追い詰められていった。

「あの浪人時代、ひとつわかったことがありましてのう……」

右近はじっと次の言葉を待つ。

「それまで親しくしていた者は水が引くようにすーっとほとんどいなくなりよった。結局、人の心ほど当てにならぬものはないとつくづく思い知らされてのう。ただそうしたなかでもそっと心添えしてくださる方もおられた。柴田勝家殿……」

その柴田勝家を賤ヶ岳の戦で敗戦に追い込んだのが利家だった。右近は利家の深い心の傷を垣間見たような気がした。そして今回の利家の温情の裏には、かつての浪人時代の自分と同じように落ちた者への情けがあるのではないかとふっと思ったのだった。

「いやいや、買い被られますな。右近殿にはむしろ助けていただきたいことが山ほどあるのじゃ。あらためてお願い申す。右近殿、三万石をご用意させていただく。加賀へ来られよ」

心の奥底に冷徹さと慈悲深さをあわせもつ利家の言葉だった。

「利家殿」

右近はあらためて利家の顔を見つめ返した。

「緑《ろく》は軽くとも苦しからず、耶蘇《やそ》寺の一ヵ寺建立下さらば参るべし」（寛永南島変）

外から来て、まだ何も働きのない者にいきなりの高額の知行では、家中から不満もでましょう。どうか緑のことはくれぐれも気になされませんように、そのかわり教会をひとつ建てさせていただければそれで充分、といった右近の配慮がうかがえる言葉だった。こうして天正十六年（一五八八）秋ごろ、右近は前田利家の客将として、金沢に下っていく。このとき、この地にはまだひとりのキリシタンもいなかったという。

右近、三十六歳。まさかの新たな人生の幕開けだった。

金沢二十一世紀美術館

再び、武将として

重くたれこめた鈍色《にびいろ》の空が、光り差す群青にとってかわろうとしていた。加賀の領主・前田利家に招かれて金沢入りした右近とその家族に二度目の春が訪れようとしていた。

最初に右近たち家族が落ち着いたのは、金沢城の南側の一画、現在の金沢二十一世紀美術館が建つあたりだったと言われている。今でこそ誤解だったと周知されていることだが、二年前（一五八八年）、肥後から大坂へのぼった右近の消息がパタリと途絶えたとき、宣教師たちは慌てた。コエリョ神父にいたっては「秀吉に殺されたに違いない」と思い込み、その後、前田家に預けられているとわかると、今度は「彼（右近）は加賀に到着してからも、何も与えられず、囚人のように扱われている」と記した。（一五八九年コエリョの書簡）

確かに利家も最初のうちは秀吉の手前、右近を追放人として扱わざるをえなかったのかもしれない。どちらにしようと右近にしてみれば待遇のあれこれは、もはや騒ぎたてることではなかった。ここ金沢で、余生は静かに信仰と茶とともに生きていきたいと願うばかりだった。かつて信長の前に紙衣一枚でひれ伏し、出家を望んだあの日から十年。ようやく願いが叶えられるときがきた、そう信じたかった。

「右近殿、いや南坊《みなみのぼう》殿じゃった。どうもいかん、いかん。最近は年のせいか新しい名がすんなり頭に入ってこんわ。そうそう年といえば、鶴松殿もめでたく一歳になられたよし。関白殿も五十代に入ってからの初めてのお子だけに、目に入れても痛くないほどの可愛いがりようじゃ」

金沢城を辞そうとした右近を、さりげなく世間話で引きとめたのは利家だった。二年前、秀吉の側室・淀殿が懐妊、昨年無事男の子が誕生すると、秀吉の喜びようは大変なもので、人々を苦笑させたことは今も人々の間で語り草となっている。

「ところで南坊殿……」

わずかに利家の声がくもった。

「いよいよ小田原北条氏との戦が始まるとのこと……」

豊臣政権の重鎮だけあって利家のもとには刻々と重要な情報が入ってくる。さらに利家は、この小田原城攻めでは北陸・信濃の大名たちも北陸支隊として動員され、その総大将に自身が任命されたと告げた。もしもこれが本当なら、右近にも、大きな決断が迫られることになる。本来なら秀吉から追放された身、戦に伴うことは考えられないことだ。だが、果たして秀吉の本心はどうなのか。深読みがゆるされるなら、右近が加賀へ下ることになった背景には、この日に備えてという秀吉の計算が働いていたとも考えられなくはない。

だが利家はそれ以上語ることはなかった。その後、とりとめのない話をひとつふたつすると、いつものようにゆらりゆらり立ち去っていった。

小田原城

小田原城攻め

天正十八年（一五九〇）三月。いよいよ天下統一の総仕上げとして北条征伐に秀吉は立ち上がった。

京の聚楽第を出発した秀吉は、小田原に到着すると同時に総勢二十二万の大軍で城の周囲を取り囲む。西からは秀吉本隊、東からは徳川家康軍、北からは蒲生氏郷、宇喜多秀家ら、さらに南の相模湾には軍船が迫った。

だが約百年にわたって関東一円を牛耳《ぎゅうじ》ってきた北条氏も、そう安々とは譲歩しない。双方の睨《にら》みあいは延々と続いていった。世に言う「小田原評定《おだわらひょうじょう》」だ。その間、秀吉は焦るそぶりも見せず、城内で悠々と茶会を催し、降伏を促す使者を送り続けた。だが……、

石垣山一夜城

「すでに三カ月半。この状況を打ち破る何かよい手立てはないものか」

六月も半ばに入ったころ、秀吉は小田原城を見下ろす丘陵に立っていた。この地に秘かに築城中の石垣山城（陣城）もあと数日で完成する予定だ。この城は、石垣、櫓《やぐら》を造った後、いっせいに樹木を切り払って、一夜にして城が完成したように敵に見せつけるつもりである。おそらく相手は肝をつぶし、動揺するに違いない。

「だがもう一つ、何か敵を陥落させる決定打がほしい……」

このころ、前田利家率いる北陸支隊は難所の碓氷峠（群馬県安中市と長野県軽井沢町の堺）を越え、北条氏の松井田城、鉢形城などの支城を次々落として進軍していた。そのなかにひときわ人々の目をひいた旗印があった。十字の印を染め抜いたクルスの旗――。右近の軍だった。もしも秀吉がこの旗を目にしたら、どのような怒りを爆発させるかわからない。

だがたとえ殺されることになっても辞さない覚悟が、このクルスの旗にはこめられていた。

そうしたなか利家たちの隊が、北条氏第一の支城・八王子城を目前にしたとき、小田原城にいた秀吉から、とんでもない命令が下される。

「これまでの北陸支隊の戦いは、ほとんどがさしたる戦いもせず談合によって落としたまでのこと。

せめてこの八王子城だけでも、城兵をことごとくなで斬りにし、全滅するまで戦うように」

このとき、八王子城の城主・北条氏照はすでに小田原本城に入った後だったため、城内には三千の兵しか残されていなかった。対する豊臣勢（北陸支隊）は五万。赤子の手をひねるような戦いと誰にも思えたが、さすがは北条氏の戦国の山城、そう簡単には落とせない仕掛けが随所に施されていた。曳き橋、石落とし場……山頂の本丸に辿りつくまでには、幾多の難関が立ちはだかっていた。

この日、前田勢は二十二日午後十時に出発し、午前三時に八王子城に押し寄せたこと、出発のころ、月が出ていたが、その月も霧に遮られて、兵たちは自分の周囲三、四尺のところに影絵のように動く朋輩を頼りにして進んだことなどが、『北条氏照《ほうじょううじてる》軍記《ぐんき》』や『茶道太閤記』に克明に記されている。


この日の天候について国立天文台（情報センター）に問い合わせてみると、その夜は満月から七日ほど経た右側がかけている下弦の月で、夜十一時少し前から東の空から昇り、翌朝の四時半ぐらいには南の空に見えたという。ちなみに日の出は早朝四時半ごろ。つまり夜十一時ごろから夜中もずっとほのかに足元を照らす月がでていて、まだその月が残っているうちに太陽が顔を出したことになる。また旧暦の六月二十二日は、新暦の七月二十三日にあたり、真夏の放射冷却現象で「山霧」が発生した可能性も高いという。

松明をかざすことなく敵に気づかれずに大軍が移動できた背景には、こうした天候も大きく影響していたのだろう。これは決して偶然ではない。天文・気象を熟知したうえで、あらかじめ入念に練られた作戦行動だったと思って間違いない。

この〝絶好の日〟を見抜いたのは誰だったのか。宣教師から西洋天文学を学び、加賀に伝えた右近と重なっていく、と言ったら行き過ぎだろうか。

「長かったのう」

秀吉がぽつりと言った。信長が本能寺で果ててから八年。ようやく秀吉の天下統一が成し遂げられた瞬間だった。振り返れば、八王子城での前田勢の勝利が、三カ月あまり滞っていた小田原城の事態を動かした。

開始から約十八時間におよぶ烈しい戦いだった。すべてが終わったとき、利家と右近も八王子城の本丸に立ち、眼下に広がる惨状を長い間、見つめていた。双

八王子城冠木門

方合わせて死者約二千五百人、負傷者六千人。当時としては類例のない残虐な戦いだった。陽はすでに西に傾き、まだところどころに炎がくすぶっていた。それらを避けるように、累々と屍が並べられていく。
あの日、八王子城で捕らえられた主な将兵の家族は小田原へ送られ、見せしめのため船に乗せられて城近くの浜辺に晒された。さらに八王子城の守将たちの首は、小田原城内の彼らの子息に送りつけられた。これを目の当たりにした城内の人々の士気は一気に下がった。ついに七月五日、小田原城主・北条氏直は秀吉に城を明け渡して降伏。東北の猛将、伊達政宗もあわてて小田原に白装束で現れ、秀吉の前にひれ伏したのだった。
右近、三十八歳。このとき、再び武将として華々しい功績をあげた自身を、右近はどのように見つめていたのだろうか……。振り出しに戻ったかのような人生の本当の意味がわかるには、まだもう少し時

間が必要だった。

神の愚かさは人よりも賢く、神の弱さは人よりも強い。（コリント第一の手紙1・25）

時代のうねりの中に

ヴァリニャーノとの再会

「あれは……船じゃなかと？」

象の鼻のように長く海に突き出した〝長んか〟岬、長崎の高台から、海を見つめていた人々は急にざわめきだした。確かに水平線の向こうにぼんやりとだが、帆を膨らました船影が見えるような気がしないでもない。

「間違いない！」

噂を聞きつけ集まってきていたなかの一人が、突然、野太い声でそう言い放った。と同時に天が裂けんばかりの歓声がいっせいに湧きあがった。天正十八年（一五九〇）六月二十日、巡察師ヴァリニャーノらを乗せた船は長崎港に無事寄港した。出発のときは十二歳から十四歳くらいだった遣欧使節の四人の少年たちも、今や二十歳から二十二歳の立派な青年たちになっていた。出迎えに来ていた家族のなかにはどの子が自分の子だかわからず、少年一人ひとりにおずおずと名前を聞いて歩きまわっている者もいる。その光景がなんとも微笑ましく、一層周囲を沸かせた。

そうした歓迎団のなかに、ひときわ背の高い大柄な宣教師の姿を見つけたヴァリニャーノは、にわかに足早になる。

「オルガンティーノ！」

ふたりは手をとり、肩をたたきあい、固く抱き合った。ともにイタリア出身のふたりは、心おきなく母国語で再会の喜びをかみしめ合った。語っても語っても尽きせぬ思いが次々溢れ出てくる。ヴァリニャーノは日本を留守にしている間に、日本が大きく変わり、遣欧使節や自分たちの立場も以前とは異なることをすでに知っていた。伴天連追放令のことも、日本へ向かう途中に立ち寄ったマカオですでに聞かされていた。追放令からちょうどまる三年。ヴァリニャーノの思いは、自ずと日本のキリシタンたちが受けた苦しみへと広がっていく。

「あの方は今、どうされておられるのだろうか。もう一度、どうしてもお逢いしたい……」

「ほう、無事に戻ってきよったか。それはめでたい。早よう逢いたいものじゃ」

ヴァリニャーノは帰還するとすぐに、小田原城攻囲中の秀吉のもとへ使者を送り、謁見を願いでた。

その知らせを受けた秀吉はたちまち形相を崩した。

「さすがはヴァリニャーノじゃ。この秀吉の顔をたてて、インド副王使節という肩書きで頼んできよったわい」

追放令が出されている以上、前回のようにイエズス会の「巡察師」というわけにはいかない。ヴァリニャーノらしい深い配慮だった。気を良くした秀吉は、早速返書を送り、謁見を承諾。だが、キリシタンに良い印象をもっていない者たちには、これが面白くない。

「遣欧使節とは名ばかり。追放令をなきものとするために、関白殿に取り入ろうとするキリシタンたちが寄こした偽物に違いありません」と、秀吉に思わぬ讒言《ざんげん》を吹き込んでいく。人の心は弱い。次第に秀吉の心が冷めていくのも無理からぬことだった。

天正十八年（一五九〇）七月五日、北条氏を倒した秀吉は、信長さえもかなわなかった天下統一をようやく成し遂げた。これでようやく戦のない世がくる、と多くの民はほっとした。だが秀吉の目は、勝利の美酒に酔い知れながらも、すでに次の獲物を狙う野獣のように不気味に光っていた。

「これからが、本番ぞ……」

朝鮮出兵の準備はすでに四年前、九州征伐の準備を開始したころから着々と進められていた。秀吉は朝鮮半島と貿易を行っていた対馬の宋氏に書状を送りつけ、九州征伐が終わり次第、朝鮮出兵を行うつもりでいるので、その際には従軍するようにと一方的に命じていた。

なぜそこまで大陸侵攻にこだわったのか、その真意は今もってわからない。ただひとつ確かなことは、この侵攻を手放しで望む者は秀吉配下の諸将たちのなかに誰ひとりいなかったということだ。それほどまでにこの計画は無謀であり、秀吉の海外認識は甘かった。だが裸の王さまとなった秀吉にそのことを直言できるものはいない。

こうして時代が巨大などす黒いうねりのなかにのみこまれようとしている今、キリシタンの未来も深い不気味な穴に墜ちていくようで、右近は胸騒ぎを覚える。今はずいぶんと緩やかになった追放令もいつなんどき、秀吉の感情が爆発して再び烈しい迫害となるかわからない。この難解な状況を打破できる人物は、右近の知る限りただ一人、ヴァリニャーノだけだった。

前回の日本視察の際にも、たちまち日本人の高度な知性や洗練された伝統文化の真髄を見抜いたヴァリニャーノは、イエズス会への報告でも「日本で布教する際は、茶の湯とかかわるべきである」と『日本の習慣と気質に関する注意と警告』のなかに書いて送ったほどだ。鋭い洞察力と分析力、加えて強力なリーダーシップをあわせもったヴァリニャーノを、信長も手放しで称賛し、歓待した。結果、公に布教することがゆるされ、キリスト教は一挙に花開いていったのだ。そのヴァリニャーノが、今、日本にいる。右近には天の配剤としか思えなかった。

「父上。どうされたのです、その出で立ちは（笑）」

厳冬の旅姿に身を包んで金沢の右近の邸の前で仁王立ちになっているダリオを見た瞬間、思わずそうからかわざるをえなかった。父の思いは聞かずともわかっている。前回、ヴァリニャーノが高槻で壮麗な復活祭を執り行ったとき、ダリオは荒木村重事件のお咎《とが》めにより、信長の命で北庄に幽閉されていた。それだけに今度こそヴァリニャーノに会いたい、いや会わねばならぬと思っているのだ。だが加賀から京までは五十里あまり（約二百キロメートル）。しかも冬は、雪が深く、途中、難所として名高い栃ノ木峠も越えなければならない。おそらくこのころ、ダリオは六十歳を目前にしていたのではないだろうか。だがそんなことでひるむダリオではない。

右近は父の前に、先ほど届いたヴァリニャーノからの書状を黙って差し出した。それによると、ヴァリニャーノ一行は十一月末に長崎を発ち、十二月半ばに室津に到着。二カ月たった今でも秀吉から謁見の許可がおりないため、しびれを切らしたオルガンティーノが京に上っていろいろ画策したが、事態はいっこうに進展しそうにない、とある。右近たち父子に迷いはなかった。五畿内追放の身であることは重々承知のうえで、大雪のなか秘かに金沢から京へ急いだ。

京で右近たちがどのような動きをしたのかはわからない。ただ急に秀吉は、条件つきで謁見の許可を下したのだ。その条件とは「インド副王の名で交渉はしない」。つまり秀吉に敬意をもって挨拶するだけなら会ってやってもよい、というのだ。

こうして秀吉から上洛せよという知らせを受けたヴァリニャーノ一行は、ただちに室津から船で大坂へのぼっていった。


天正十九年（一五九一）一月二十六日、大坂の港は、ヴァリニャーノら一行を一目見ようと大勢の人が詰めかけていた。それはかつて大坂に教会があったころを彷彿させる賑やかな光景だった。船から降り立ったヴァリニャーノは、一挙に割れるような歓声に包みこまれていく。身動きもままならぬヴァリニャーノの服の裾を、一瞬、誰かが踏んだらしい。ふと後ろを振り返ったヴァリニャーノは、その視界の先に何か他とは違う空気を感じた。不動のまま、じっとこちらを見つめている人物……。ヴァリニャーノの顔がみるみる驚きから喜びに変わっていく。

「ユスト・ウコンドノ……」

それは、九年ぶりの懐かしい大きな手だった。その手が右近の手を痛いほどに握りしめ、右近もまた固く握り返した。巌のように重なり合った手はいつまでも離れようとはしなかった。

秀長、没す

ヴァリニャーノ一行が大坂へ上陸したちょうどそのころ、京の聚楽第内の葭屋《よしや》町自宅の利休の茶室では茶会がひらかれていた。四日前、長く床に伏した末、亡くなった弟・秀長を失った秀吉の悲しみに寄り添うため利休がひらいた昼の茶会だった。二畳の茶室に、客は織田長益と秀吉のふたり。

「とっくに覚悟しておったつもりだったが、やはり今回ばかりは相当こたえたわ」

秀吉はふうっと大きなため息をひとつこぼすと、手元の茶碗に目を落とした。この日の茶碗は、薬師堂天目。利休はわざと、黒茶碗を避けた。一服の茶をとおして、互いの心が通い合う。

「これこそ、本当の茶なのだ」

と、利休はつくづく思う。

秀吉が小田原の北条氏を倒し、天下統一を果たした昨年七月あたりから、利休をとりまく空気が微妙に変わり始めていた。それはただの思い過ごしではなかった。それまでの利休は、秀長と並んで豊臣政権を支える両輪だった。実際、秀長自身も、「公儀のことは秀長に、内々の義は利休に……」と言って憚《はばか》らなかった。表舞台で秀吉を支える秀長に対して、利休は陰で政権を支える——。こうした〝側近政治〟のもと、利休は多くの武将と交流し、幅広い人脈を築いていった。

ところが秀吉が天下を統一したころから、石田三成を中心とする五奉行が、官僚制のようにシステム化した組織のなかで、配下となった大名たちを管理・統制して秀吉政権を支えていく動きがでてきた。それに合

聚楽第本丸四濠跡

わせて、秀吉もそうした新体制派を重用するようになる。まさにそうしたなかでの、秀長の死だった。

このころから新体制派による利休への言いがかりともとれる讒言が、秀吉の耳元で多くささやかれるようになる。利休が自分の立場を利用して、自分がつくった茶道具を不当に高くで売りさばいている。利休は秀吉が嫌いな黒茶碗をわざと使って茶会をひらき、秀吉をないがしろにしている。

だが今日、利休は肩を落とした秀吉を前にして「自分のほうこそ秀吉に心閉ざしていたのかもしれぬ」と思い返していた。亡くなった秀長がこの茶会で、にわかにずれ始めた二人の心を一つに結び合わせてくれたのかもしれない。

「利休、これからはますますそちに尋ねることが多くなろうのう」

秀吉の口からふとこぼれた一言が、利休の心に石清水のようにしみ込んでいくのだった。

秀吉との謁見

天正十九年（一五九一）閏正月八日。壮麗な行列でヴァリニャーノ一行は京の聚楽第に到着した。

その聚楽第の座敷の中央の檀に座しているのは秀吉、檀の下には宮中の三人および重臣たちが居並ぶ。ピンと張り詰めた空気のなか、ヴァリニャーノはうやうやしく秀吉の前に進み出ると、礼を尽くして、インド副王からの親書を献上。そのあとの盃のやりとりでも、日本の作法にのっとり立派にやってのけた。

「ほう」

秀吉の目に満足の色がありありと浮かびあがった。

謁見の最後に用意された四人の青年使節の素晴らしい洋楽演奏も、さらに秀吉の機嫌を良くしていく。

形相を崩した秀吉は、彼らを手元に置きたいとまで言い出す始末だった。この謁見の後、明らかに秀吉の態度は軟化していく。秀吉はヴァリニャーノに行動の自由を保障し、日本のどこに滞在してもよいとした。また追放令の撤回こそなかったが、これを機に秀吉のキリシタンの取り締まりはさらに緩くなっていく。各地で司祭や修道士が伝道することが黙認され、長崎の東の天草には当時わが国唯一の宣教師養成のためのコレジヨ（大神学校）がつくられるが、秀吉が咎めることはなかった。

聚楽第跡に立つ晴明神社本殿

無事、謁見の大役を果たしたヴァリニャーノはその後、二十二日間、京に滞在することになる。この間、ヴァリニャーノを訪ねてくる諸侯の数はあとを絶たなかった。

そのとき、どのような要人と会うべきか――その判断を委ねられたのが右近だった。日本の政治の中枢にある大名級の人物と交流があり、しかも彼らのキリシタンに対する姿勢も熟知している右近は、これ以上ない適任者だった。

このときフロイスがイエズス会総長宛てに発信した日本年報のなかに、興味深い記事が残されている。

「高山右近を介してヴァリニャーノにキリスト教への入信を願うようになった大名が二人いる」（一五九二年十月一日）

その二人とは、前田利家の嫡男・利長。そしてもうひとりが「奥州の大名」だった。果たして、奥州の大名とはいったい誰のことか――。『青森　キリスト者の残像』の著者・木鎌耕一郎氏は、津軽藩を築いた初代領主・津軽為信だった可能性が高いという。この時期、為信が京で何度か右近に接近する機会があったこともその理由のひとつに掲げている。だがヴァリニャーノはここでも慎重だった。

「もう少し教会の前途の見とおしがつくまで洗礼は延期するように」と、積極的な行動は控えさせた。だがそれまで奥州に宣教師が足を踏み入れた跡が一切ないことを考えると、このとき為信がキリスト教に出合ったことは大きかった。二人の息子が信者となり、その教えは紆余曲折を経て東北地方に深く静かに根づいていく。その種を蒔いたのが、〝とりもつ人〟に徹した右近だった。

世間を捨てて、静かに祈りの日々を

「ウコン殿、あなたはつくづく不思議なお方だ。すべてを失ったにもかかわらず、追放前よりずっと嬉々として輝いておられる」

ヴァリニャーノは、大坂と京の滞在中ずっと右近を見て感じてきたことをあらためて口にしてみた。右近は静かに息を整えると、ゆっくりと自分の正直な思いを語り出した。

「わたくしは関白殿の政《まつりごと》の中枢から離れて、初めて精神の平和を見いだすことができました。政庁に出入りしているときには、関白殿や重臣たちとの危険の多い用務や交際によって非常に心を惑わされました。自分ではデウスの教えに背かないつもりでも、このような政治に関係していれば自分の霊魂は救われないのではないかという懸念がいつもありました。それゆえ関白殿から解放されたことは、これこそデウスがくださった大いなる平和にほかなりません」

小田原攻めで華々しい軍功をあげてから、右近は前田家家中でも確固たる地位へと押し上げられていった。それにともない禄高も増加、最終的には二万五千石の高禄武将にまでになっていく。だがその心中には常に武士を捨て、デウスに仕えたいという思いがあった。そこで右近は長くあたためてきた考えをヴァリニャーノに吐露する。

「わたくしはこの機会に、まったく世間を捨てて、家督を息子に譲りたいと思っております。そして関白殿の目が届かない加賀の地で、ひとり静かに祈りの日々を過ごしたいと願っております」

ヴァリニャーノは静かに目を閉じ、天を仰いだ。長い沈黙が二人の間を通り過ぎていく。

「ウコン殿……」

ヴァリニャーノの深い同情とともに毅然とした声が右近を包む。

「ウコン殿の妻子およびご両親、ほかにも大勢の者がまだまだあなたを頼っておられる。それに……関白殿の死後、再び重要な地位に返り咲くことになれば、それによってさらに大きな布教の道を拓くことになるのです」(一五九二年十月一日、フロイスの書簡)

デウスの思いは我々が思うよりずっと先にある……。右近はヴァリニャーノの言葉を受けて、再び政庁の煩わしさのなかで生きていくことを覚悟するのだった。

そんな右近のもとに、不穏な噂が耳に入ってくる。ずいぶん前に大徳寺の山門におさめられた利休の木像が、秀吉を烈火のごとく怒らせているというのだ。何かただならぬ空気が京の町を覆い尽くそうとしていた。危険を察した右近はヴァリニャーノにできるだけ早く京を離れるよう促す。こうして天正十九年(一五九一)三月二十五日、ヴァリニャーノ一行は京を離れ、来た道を長崎へ戻っていった。

わずかにほころび始めた桜の蕾がひとつ、ふいに風にもぎ取られ、右近の足元に落ちた。

「御茶道（利休）殿……」

一行を見送る右近の額にうっすらと脂汗が滲《にじ》んでくるのだった。

第七章　交錯する光と影

いのちの重さ

利休と右近、一対一の茶会

午後から降り出した雨はいっこうにやむ気配はなかった。どす黒い雲が重くたれこめ、あたかも夜更けのような様相を漂わしている。すでに時は、申《さる》の刻《こく》（午後四時）をゆうに過ぎていた。

聚楽第の利休屋敷内はしんと静まりかえっている。突然、頭上高くに閃光《せんこう》が走った。京の空を無残に切り裂いた春雷《しゅんらい》は、間髪いれずに雷鳴を轟《とどろ》かせていく。と同時に直径五分（約十五ミリ）ほどの大きな雹《ひょう》が次々と屋根を打ち、激しい雨がいっせいに地面をえぐりだした。

「利休殿、ご自害！」

この知らせは聚楽第の秀吉をはじめ、周辺の大名屋敷にもまたたく間に広がっていった。利休、七十年の生涯の終焉《しゅうえん》だった。

「六十八回目でございます」

利休はそれだけ言うと、小さく笑って右近を迎えた。

利休が自害するちょうど三カ月前の天正十八年（一五九〇）の暮れ、右近はただ一人の客として、聚楽第の利休屋敷の茶室に招かれていた。二畳の茶室に利休と右近の二人だけの朝の茶会。外は凍《い》てつくような寒さにもかかわらず、茶室のなかは利休のさまざまな心くばりが行き届き、想像以上にあたたかい。自分より三十も年上の利休が、早朝から露地を清め、手水鉢に水をたたえ、茶をたてるための水を自らの手で運んで準備したのかと思うと、それだけで右近は身が引き締まるような思いがするのだった。利休はこうした茶会を最晩年の約七カ月の間に、立て続けに約百回もまとめて開いている。そして、今日は六十八回目の茶会だった。

「そういえば、来年は閏年（旧暦の閏年）でございますなあ」

思いがけない利休の言葉だった。「閏」の本来の意味は、余分なもの、はみだしたもの。右近は、利休が少しずつ石田三成派から追い詰められていくここ最近の状況と重ね合わせているようで胸が痛んだ。

「さようで。来年は正月（一月）が二度、参ります……」

年が明けてまもなく、天正十九年正月二十五日、再び右近は利休から茶の招きを受けた。わずか一カ月にも満たない間に二度の招きは異例だった。この三日前、利休とともに秀吉を支えてきた秀吉の弟・秀長が亡くなったことも今回の招きと無縁ではなかったのかもしれない。

「今後、難しいことにならねばよいが……」

右近はそうした雑念を取り払うかのように、炭手前を行う利休の手元を見つめていた。もともと客に茶をたてるまでの準備は亭主の裏仕事だった。それを炭手前として、客の前で演じられる所作に仕立て上げたのも利休だった。この日も、右近を茶室に迎えた利休は、あらかじめ囲炉裏《いろり》のなかに美しく整えておいた灰の上に、次々と炭をついでいく。あい間あい間に、炉や釜の蓋などに飛び散った炭や灰の粉

大徳寺内　金毛閣

を羽箒《はぼうき》でささっと清めていく手さばきもあいかわらず優雅だ。

ふと、右近の目が止まった。わずかに羽箒の動きがいつもより緩やかな気がしたのだ。茶を飲み終わり、小さな会話がぽつりぽつりとなされ、ひと段落したときだった。右近の前に先ほどの羽箒がすーっと差し出された。

「暇にまかせて結んでみたもんどす」

右近は羽箒を手にとり、じっと見つめる。三枚の鳥の羽を束ねて柄の先に丁寧に取り付けられた羽箒は、茶道具を清めるために利休が発案した道具だった。

「清める……」

もしかしたら、先ほど、利休は炭を我が骨と見立てて、燃え突き灰となっていくさまを見つめていたのではないだろうか。そして羽箒で己の灰を清めた……。自ずと右近の思いは、四年前の筥崎に飛んでいく。秀吉によって伴天連追放令が出されたあの夜、利休は右近の身を案じて、面向きだけでも信仰を捨てよと説得に出向いたのだ。だが、利休は右近の固い決意を知ると、それ以上は何も言わず、静かに帰って行った。

「あの日と、あべこべでんな」

顔を上げると、利休の穏やかな笑みがそこにはあった。

この後、利休をとりまく状況は坂を転げ落ちるように急展開していく。

閏正月二十二日（三月十七日）、この日、大徳寺に行った利休は、古渓和尚《こけいおしょう》から思わぬことを聞かされる。なんでも大徳寺の山門（金毛閣《きんもうかく》）の上層に、雪駄《せった》を履いて杖をついた利休の木像が安置されていることを、ここ二、三日前から急に都の人々が騒ぎたてているというのだ。あの門の下は帝も通られれば、秀吉も通るにもかかわらず、利休は草履を履いて人々を踏みつけにしている——。

「そんな、ばかな。あれは一年半前から飾られているではないか」

利休は内心、いきり立った。誰かが自分を陥れるため言いふらしていることは間違いない。それが誰なのかもおおよそ見当はつく。問題は秀吉がどう受け取るか、だ。さらに間の悪いことに、二日後にはかねてより約束していた、徳川家康一人を招客とする茶会が控えていた。噂は噂を呼ぶ。

「関白殿が最も恐れられているのが徳川殿。でもさすがの関白殿も御自身から徳川殿の茶に毒をもれとはよう言わんだろうが……」

「そこを察するよう誰ぞに言い含められるやもしれず……」

「仮にそれを断れば……」

「おお、こわっ！」

利休、堺へ蟄居

その日の朝、家康は約束どおり聚楽第の利休屋敷にやってきた。四畳半の茶室に家康は一人静かに着座した。当然、巷の噂は家康の耳にも入っている。だが家康は、利休に差し出された茶を、一瞬、手のひらのなかで見つめると、一気に飲み干した。九十六回目の茶会だった。晩年の利休の茶会の記録である『利休百会記』は百回とされているが、茶会はこの日を最後に終わっている。

その後、秀吉の態度は豹変していく。半月後の二月十三日、ついに秀吉は利休に堺への蟄居《ちっきょ》を命じる。

その夜、淀の船着き場から一隻の小舟に乗った利休は、時折、月明かりでほんのりと浮かびあがる見慣れた大坂の町を不思議な思いで見つめていた。

「結局、何かわかったつもりになっていただけで、何もわかっていなかったのかもしれぬ」

天下一の茶道ともてはやされ、一服の茶に一生を託し、いつでも死ねると思ってこれまで生きてきたつもりだった。ところがあれほど自分を慕って集まってきていた人々は蜘蛛の子を散らすようにいなくなり、己がいのちもいつもぎ取られるかわからない今、これほどまでに心揺れ動くとは。淋しい男よ、利休という男は。今日ほど右近が羨ましく思えた日もなかった。それでも利休は、

「思ひいだすにも涙に候」

利休七哲の一人、芝山監物《しばやまけんもつ》への返礼に、この夜のことをこう締めくくった。

堺に蟄居して五日ほどたったある晩のことだった。利休のもとに一通の密書が届いた。前田利家からだった。なかには一刻も早く大政所（秀吉の母）、北政所（秀吉の妻）に執り成しを願うよう書かれてある。そして必ずや奥方さまたちはお力添えくださるであろうとも添えられていた。

おそらく水面下ではかなりの根回しがなされているのだろう。右近をはじめ何人もの武将が団結していることも容易に想像できる。何度かこの手紙を読み返すうち、利休のなかで急に憑き物が落ちていくような気がした。今、秀吉に謝罪すれば、利家の言うとおり必ずやゆるされるであろう。だがこの肉体

は生き延びても、利休の魂は死ぬ。利休の茶も途絶える。

「やがては滅びゆくものに、この利休を勝手にはさせぬ！」

利休の目がカッと見開いた。

いのちの影

「何かが、終わった……」

と右近は思った。

天正十九年（一五九一）二月二十八日、ついに秀吉は利休に切腹の命を下した。切腹は、聚楽第の利休屋敷内の茶室で行われた。

今、右近は、利休という一人の茶頭が亡くなった意味の大きさをあらためてかみしめてみる。利休の死は、豊臣政権の古い体制との決別でもあった。その後、秀吉は刀狩り、検地、身分統制令と多くの法令で民の自由を奪い取り、二度と下剋上で這い上がってくるものが出ぬよう厳しく統制したうえで、朝鮮征伐へ繰り出そうとしている。その行く手に待ち受けるものが決して明るいものではないことを右近は見とおしていた。

右近は利休から貰った羽箒を懐からそっと取り出してみる。右近は一瞬、ハッとした。利休のいのちの影を感じたのだ。それは滅びゆくものに自身のいのちを託さなかったいのちの影でもあった。この羽箒を右近は生涯手放すことは、なかった。

鶴松逝く

秀吉の絶叫が、京の聚楽第に轟き渡った。

「鶴松、父じゃ、聞こえるか〜〜〜ッ！」

鶴松は秀吉が五十三歳にしてようやく手にしたかけがえのない宝だった。正室のおねのほか、十六人の側室、居城には常時二百名以上の女たちを囲い、大名の妻娘に手を出すことも日常茶飯だった秀吉。だが、誰ひとり懐妊することはなかった。

ところが、信長の妹（お市の方）の忘れ形見、茶々を側室に迎い入れてまもなく、男の子を授かった。秀吉の歓喜はとどまるところを知らなかった。茶々の懐妊を知るや淀城を産所として与え、産後は大坂城や聚楽第で、鶴松はそれはそれは大事に育てられていた。

「ちゅ、ちゅ、うえ」

舌たらずの言葉で、幼子が自分を呼び求める。子とはこんなにも可愛いものだったのか……。その鶴松がわずか二歳と三カ月にしてこの世から消え去ろうとしている。

「これは何かの祟りじゃ、そうでなければこんな酷いことが起きるはずがない」

秀吉の眼前に、秀吉の命で切腹して果てた利休の姿が浮遊する。それを今年初めに逝去した弟の秀長が悲しげに見つめている。

「つ、つるまつ……」

それまで激しく波打っていた小さな胸元が、次第に緩やかな動きになり、止まった。秀吉は倒れるように鶴松の上に覆いかぶさった。

天正一九年（一五九一）八月。秀吉の最上の宝が、消えた。

「いやはや今年も残りわずか。いろいろ心落ち着かぬことが多い年じゃったわ。そして来る年はいよいよ朝鮮へ出兵。やれやれじゃ」

淀古城史跡の寺

そう言うと前田利家は金沢城内の一室に置かれた火鉢にもっと近く寄るよう、右近を促した。これまで幾度も朝鮮出兵を口にしながらも具体的な時期を表明してこなかった秀吉が、鶴松が亡くなってわずか二カ月後、急に腹を決めたのだ。鶴松を失った悲しみが大陸へ向かわせたと言っても過言ではなかった。自身の名声と権勢を未来永劫、世に轟かす。それ以外に秀吉の心の空洞を埋める術はなかった。
「来年三月ニ唐へ乱入セラルベキ旨ニ候。各《おのおの》モ御出陣ノ御用意、尤《もっとも》ニ候」（相良家文書「人吉藩の公式記録」より）
同文書には、続けて名護屋城の築城を豊前の黒田長政、肥後の小西行長と加藤清正の三名に指名したとも記されている。
着工は十月十日。竣工は翌年（文禄元年）二月。わずか四〜五カ月の間に城を完成させよ、と前例のないスピード工事が各大名に課せられた。さらに名護屋城を中心に周囲約三キロメートルの圏内には百三十諸侯の陣屋も構えるようにと指示してきた。早速、前田家も陣屋の建築にとりかかり、来年四月には利家が名護屋へ、その間の金沢城の留守居は嫡男・利長に任せることなども決まった。

「ところで……」

利家の火箸を持つ手が止まった。

「南坊殿、先の北条氏の小田原攻めでの報奨のことだが……、徳川殿のことはお聞きおよびであろう」

右近の脳裏に徳川家康の重厚な風情が思い起こされる。小田原城を陥落させた直後、秀吉は周囲の山々を見渡せる石垣山城へ家康を誘ったという。

「このたびの戦、徳川殿のお力添えがなければ、この秀吉、今ごろは北条氏の酒席にこの首が備えられ、笑いものになっていたことは必至。あらためて御礼を申し上げる。このとおりじゃ」

人前では決して家康に頭など下げぬ秀吉が、ひとたび二人きりになると人が変わったように礼を尽くす。

「で、これを機に、関東八州を差しあげたいと思うのだが、いかがであろう。そうじゃ、小田原から先には江戸がある、城はそこになさったらどうであろうのう?」

天下を完全に統一した今、家康は秀吉によって己の地位を脅かす目障りな存在でしかない。できるだけ畿内より遠くに追いやりたい。家康は山々の向こうの最果ての地、関東を食い入るように見つめた。駿河の気候温暖で肥沃な土地から、湿地帯ばかりの痩せ細った地、関東への配置換え。恩賞とは名ばかりの、左遷以外のなにものでもなかった。だが家康は顔色ひとつ変えない。

「身に余る幸せでございます」

一瞬にして己と相手の力量の差を読みとり、己の進退を下す的確な判断と度量。

「南坊殿、利長が徳川殿の立場だったら、いかがしたであろう？」

「…………」

答え難い問いだった。右近より十歳年下の利長は、十八歳で信長の娘・永姫《えいひめ》と結婚。父利家とともに幾多の戦で功をあげ、着実に前田家の礎を確かなものにしてきた凛々《りり》しい武将だった。ただやや酷な言い方をするなら、いつも父親の後ろ盾に守られての戦功といった感もなくはない。

「ははは、よいよい、南坊殿、そう困った顔をなされるな。聞かずともわかっておる」

再び利家は火箸を動かし始めた。

「利家殿。さきほどの答えにはなりませぬが……」

右近は慎重に言葉を区切った。

「徳川殿は我々が思っている以上に、大きな方になられるやもしれませぬ」

利家の目が光った。

家康は幼いころに人質にだされ、常に死と背中合わせのなかを生き抜いてきた苦労人。信長から嫡男に裏切りの疑いありとされ、切腹を迫られた際には、激しい苦悩の末、我が子を自刃に追いやった。

「人というものは、どんな世でもすらすらと這い上がってきた者はさして恐くはございませぬ。しかし、生き抜く哀しみを幾重にも心の奥底に折りたたんできた者の強さは決してあなどることはできませんん」

右近の偽らざる本心だった。

「さすがは南坊殿じゃ。わしも同じことを思うておった。仮に豊臣家と徳川家が争うことになったら、前田家は相当苦しい選択を迫られることになるよのう」

やはり利家もすでに朝鮮出兵の先を見ていたのだ。

「どうかこれまで以上に利長の後ろ盾になっていただきたい。前田家存続のため、あらためてお力添えを御頼み申す」

新しいいのち

「おんぎゃあー、おんぎゃあー」

利家との会談を終え、自邸に戻ってきた右近を真っ先に迎えたのは、奥の部屋からもれ聞こえてくる赤子の泣きじゃくる声だった。

「なんとも、おなごとは思えぬ力強い泣き声じゃ」

この泣き声に包まれるたび、右近は厳粛な気持ちになっていく。

右近とユスタの間にジョアンが誕生したのは十六年前。その後、四人の子に次々恵まれたもののいずれも夭逝。最後の子が亡くなってからはや八年もたつ。もはや子はできまい、右近もユスタもどこかでそう覚悟していたところがあった。ところが、皮肉なことに秀吉の寵児・鶴松が亡くなった同じこの年に、ふたりの間に再び新しいいのちが与えられたのだ。洗礼名はすでに右近とユスタの胸のうちにあった。一刻も早くその名を知りたいジョアンは、右近にそれとなくまとわりついた。

「ジョアン、当ててみよ」

右近の言葉に、ユスタの腕のなかで健やかに眠る赤子をジョアンは食い入るように見つめる。

「暗闇が深ければ深いほど、強く求められるのは何でございましょう?」

ユスタの助け船に、ジョアンははっとする。

「〝光〟でございます」

右近が大きく頷いた。この暗い世だからこそ、一筋の光のような信仰を貫く女性になってほしい。そうした思いがこめられた洗礼名、「ルチア」。

そう、光を意味するギリシャ語ＬＵＸに由来する命名だった。

すべてを手放し、流浪の末、ようやく辿りついた金沢の地で、右近の家族に与えられた新たないのち。確かにデウスは生きて働いておられる。小さないのちを覗き込むそれぞれの胸のうちにそうした確信が大きく拡がってくのだった。

秀吉と右近

名護屋城へ出陣

年が明けてまもなく。秀吉の口から再び右近の名前があがり、会いたがっているという話がもれ伝わってきた。それを受けて、右近はあわてて上京するが、結局のところ、秀吉は今回も右近とは会おうとしなかった。そのかわり伝言があるという。

「九州で会おう」

追放した右近をそう安々とゆるすわけにはいかぬが、勇将・右近にはぜひとも名護屋《なごや》へ来てほしい、そうした秀吉の本心が忍ばされた誘い出しだったのかもしれない。

文禄元年(一五九二)四月、ついに前田利家は八千人の兵を率いて名護屋へ向け出発した。ひとりの年老いた独裁者の野望を叶えるために……。その隊のなかに四十歳の右近の姿もあった。

「おお、これは!」

思わず右近は眼下に広がる真っ青な海を見つめた。東西を二つの深い入り江で守られ、玄界灘から朝鮮を北に臨めば、視界を遮るものは何もない。

名護屋城跡から海を臨む

今、右近は、わずか五カ月弱で築城された名護屋城（現・佐賀県唐津市）に立っていた。標高九十メートルの孤立した丘陵上にたつこの城は、つい先日まで海辺の寒村だったところだ。ところがこの地が朝鮮出兵のため渡海の基地として秀吉によって白羽の矢がたてられると、またたく間に人口十数万人の大都市に変貌していった。全国から参集された大名、約百三十諸侯は城を中心に三キロメートル圏内に陣屋を構え、儲け話に嗅覚鋭い商人たちも全国から押し寄せ、おびただしい数の店が城下を埋めていた。途方もない城下町が出現したのだ。東西を二つの深い入り江で守られ、玄界灘から朝鮮を北に臨めば、視界を遮《さえぎ》るものは何もない。

「すぐ間近に見えますのが、壱岐でございます」

右近は案内の者が手をかざすほうに目を向ける。名護屋から壱岐まで海路で四十キロ、壱岐から対馬まで四十八キロ、対馬から朝鮮半島まではたしか六十キロ、右近のなかで素早く計算が走る。最終的には唐（中国）征服が目的の秀吉にしてみれば、ひとまたぎといった感だろう。

「三月一日、小西行長殿率いる第一軍団がこの港から出兵されました。それはそれは勇ましいお姿でございました」

「…………」

「なんでも小西殿は朝鮮征伐の一番のりはぜひともこの自分に、と強く申し出られたとか。そのお言葉どおり、行長殿は朝鮮半島

前田利家陣跡

に上陸すると、わずか一日で釜山城を落とし、その後も快進撃を進めておられるとか。太閤殿も大変なお喜びようでございます」

〝太閤殿〟がわずかに際立って聞こえるのは、愛児・鶴松を亡くした秀吉が、昨年末、甥の秀次に関白職と聚楽第を譲り、自らを太閤と名乗るようになってまだ間もないせいかもしれない。

右近は吸い込まれそうな真っ青な海の向こうに横たわるであろう朝鮮半島を思い浮かべながら、かの地で来る日も来る日も戦いに明け暮れている行長を案じた。行長はどんな思いで指揮をとっているのだろうか。

「行長殿……」

右近のなかに、言葉にはならぬ泡立つような気持ちが拡がっていく。

今回の朝鮮出兵に至った発端は、五年前に遡る。九州平定を機に、中国征服という野望がむくむくと湧き起こってきた秀吉は、その足掛かりとして朝鮮と貿易を行っている対馬の宋氏に朝鮮の服属を求めた。朝鮮国王に日本に来て朝廷に参内せよ、と命じたのだ。だが、当主の宋義智《そうよしとし》は即座に無理だと判断。同じく朝鮮と通商がある堺の商人出身の小西行長に、この難題を相談した。

ふたりは苦慮の末、朝鮮国王のかわりに朝鮮通信使を来日させることを思いつく。しかもその来日目的を、秀吉が日本を統一して新しい国王になったので、朝鮮からも親善の通信使をだしてもらえないかとすりかえる。それは秀吉にも朝鮮側にも嘘をつくことだった。

「小西殿」

行長は、ギクリとした。声の主は、秀吉の懐刀としても名高い当代切っての切れ者、石田三成だった。つい先ほどまで、宋氏と朝鮮側との対応について画策していただけに、三成の出現は行長を緊張させた。

「小西殿は、此度《こたび》の朝鮮出兵をいかが思われますか？」

あまりにも唐突な問いかけだった。答えあぐねる行長にさらに、「小西殿のお力がぜひとも必要なのです」と、三成の言葉が続いた。

これは何かの罠か。非情、合理的、策略家、恐ろしいほどの計算力……こうした噂に塗りこめられた三成の目は、意外にも静けさに包まれていた。

「………地侍がどのようなものかご存知でしょうか？」

戦国時代半ば、戦乱が続いていた北近江の地で生まれた石田三成。その三成の父は地侍と呼ばれる、武士階層でも底辺に属す下級武士だった。戦場では主に足軽として最前線で戦っていたという。鉄砲伝来から約二十年。戦場での武器は鉄砲が多く使われるようになっていた。

「敵の鉄砲隊の前に立ちはだかり、味方の盾となって死んでいくのです」

それが足軽なのです、と三成は小さく重ねた。そしてその足軽の姿は日本の将来の姿だともいう。

「仮に大陸進出が行われれば、戦争は果てしなく続くことになり、日本は疲弊し、やがて滅びることになるでしょう。だからこそ太閤殿のためにも、朝鮮出兵はどんな手段を使っても阻止しなければなりません」

「どんな手段を使ってでも?」

「はい。どんな手段を使ってでも」

秀吉と朝鮮側の両者を欺く、行長と宋義智の薄氷を踏むような交渉が始まった。そしてついに、天正一八年(一五九〇)十一月七日、秀吉と朝鮮側との謁見が聚楽第で行われることになった。当然、両者の話はかみ合わない。秀吉は通信使を自分に服属した国王だと思い込み、朝鮮側はただ挨拶に参上しただけだと思っている。そこへ秀吉が、こう切り出した。

「明征服の先導をせよ」

「???」

ここでも行長と宋氏は機転をきかせる。

「明に入りたいので、朝鮮の道を貸してはくれないか」

だが朝鮮側は頑なに首を縦には振らない。ついに秀吉は怒りを爆発させ、出兵を決意する。こうして行長をはじめ、十六万の軍勢が名護屋城から釜山へ向け出兵していったのだった(文禄の役)。

このとき、右近は行長たちの欺瞞工作をどこまで知っていたのだろうか——。当然のことながら記録は一切残されていない。だが四年後、行長らの工作がすべて秀吉の前に明るみにでたときの資料のなかに、いくつか気になる記述が残されている。

「行長、おおいに恐れ、全く一人の致すところにあらず、三奉行申合ての事也とて、数通の証文を出す。此によって小西不及子細」(『武家事紀』より)

またシュタイシェン著『キリシタン大名』には、このとき、前田利家や淀殿が太閤をなだめ、「淀殿がこの事件の張本人は自分であると告白した」ともある。

ここに記載されている三奉行とは、石田三成、増田長盛《ましたながもり》、大谷吉継《おおたによしつぐ》。つまりこの工作の背後には行長だけでなく秀吉の重臣や側近、淀殿らの後押しもあったため、本来ならば処刑となってもおかしくない行長を秀吉は咎めることができなかったというのだ。

前田利家の名前がでてくるところにも注目したい。利家の客将だった右近にも行長の行動は何かしら耳に入っていたと考えるほうが自然ではないだろうか。

「ずいぶん久しぶりであった」

名護屋城の謁見の間で、あいかわらず煌びやかに着飾った秀吉は、ひれ伏す右近に向かって必要以上に胸をそり返した。思えば箱崎での追放令から五年ぶりの秀吉との再会だった。

「あれからさぞや貧しい思いをしたことであろう」「困ったことも多々あったのではないか」

ぽつりぽつりと右近に話かける秀吉は、ふと思いついたように、二日後、茶会を催すのでよかったら来ないかと右近に声をかけた。秀吉はよほど親しい高位の者でなければ茶に招くことはない。利用できる者は「善」、利用できぬ者は「悪」。そして今、右近は利用できる者として再浮上したのだった。

この日を境に、名護屋城内では再び右近が蘇ったという噂がたちまち広がっていく。おかげで、それまでよそよそしかった大名たちも以前のように話しかけてくるようになった。

なかでも右近を喜ばせたのは、今や会津九十二万石の城主となった蒲生氏郷との再会だった。一五八五年、右近の導きによって大坂の教会で洗礼を受けた氏郷は、二年後に起きた追放令とともに信仰は揺らぎ、すっかり熱は冷めていた。だが右近の語る言葉のひとつひとつが、氏郷の信仰を蘇らせていく。

それはあたかも乾ききった土壌に一気に水が注がれていくような復活だった。

蘇ったキリスト教

「おお、ユスト・ウコン殿、そしてレオン蒲生殿まで！」

ヴァリニャーノ神父が腰をかがめるようにして会堂から出てきた。

秀吉が名護屋にやって来て三カ月ほどたったころ、八十八歳になる大政所（秀吉の母）が体調を崩し、七月二十二日に死去した。フロイスによれば、その同じ日に、秀吉は長崎の「岬の教会」と修道院の破壊を命じたという。行き場を失った司祭たちはミゼリコルディア本部とトードス・オス・サントス教会（現・春徳寺）の二カ所に分かれ、身を寄せあっていた。昨年、聚楽第で秀吉に謁見後、長崎に戻っていたヴァリニャーノも例外ではなかった。その知らせを受け、右近と氏郷は長崎へ向かった。幸いにも秀吉は大政所の一件で大坂にいて、三カ月は戻らないという。

「おお、デウスよ」

右近たちから直接聞く今回の謁見の様子や、氏郷の信仰が再びいのちを吹き返した話のひとつひとつがヴァリニャーノを驚嘆させていく。ようやく教会の前途に明るい光が差し込んできたことを確信したヴァリニャーノは、何度も声を震わせ、喜びの声をあげた。

「安心しました。これで私は何も思い残すことなくゴア（インド）へ戻っていくことができます」

こうして九月四日、ヴァリニャーノは約二年間の日本での滞在を終え、船上の人となった。

このあと、反対勢力は依然くすぶってはいたものの、キリシタンの活動は日に日に活発になっていく。

教会が次々と再建、建築され、ミゼリコルディアや、イエズス会の高度な教育機関・コレジヨやセミナリヨも復活、やがて大きな実を結んでいく。またヴァリニャーノがヨーロッパから持ち帰った活版印刷機によって『ドチリナキリシタン』『こんてむつすむん地』『ラテン文典』など三十冊以上にものぼる聖人伝や漢和字書、日本大文典が印刷されていった。それは多くの難局を越えて、ようやく手にすることができた新しい時代の始まりでもあった。

見よ、新しいことをわたしは行う。……わたしは荒れ野に道を敷き、砂漠に大河を流れさせる。（イザヤ書43・19）

伏見城、築城

一方、秀吉は、大政所の位牌を何度も指でなぞりながら誰に聞かせるでもなく同じ言葉を繰り返していた。

「母じゃのおらん世がこんなにも寂しいもんだとは思わなんだ」

ふと、秀吉の指が止まった。虚ろな目にかすかに色がおびる。

「隠居城をつくろう」

こうして文禄元年（一五九二）七月、名護屋城から急遽《きゅうきょ》大坂へ戻ってきていた秀吉は、大政所の一連の法事を終えると、ひと月もたたないうちに伏見城の築城にとりかかり、ひと段落すると再び名護屋城へ戻っていった。

伏見城跡

「ま、ま、まことか！」

名護屋城の秀吉は、一通の手紙を握りしめたまま仁王立ちになった。手紙は、大坂の淀殿からだった。何度読み返しても、「懐妊」の二文字が秀吉の目に真っ先に飛び込んでくる。誕生は来年八月……。

「喜んではならぬ、喜び過ぎては、また鶴松と同じ運命をたどることになる」

だがその後の秀吉のやることなすこと、喜びが隠しおおせない。まず伏見の城を、隠居城から本格的な城郭と修正。城の周囲には諸大名の屋敷をめぐらすこととした。このとき秀吉は伏見城下に右近の邸を構えることをゆるす。

「豊公伏見城ノ圖」を丹念に見ていくと、城下町の南西の端に「高山右近」の名を二カ所認めることができる。伏見城下町は政権の方針に基づいて大名屋敷が配置されていたことから、右近が再び中央に返り咲いたことを、この地図は無言で教えてくれる。これを機に、右近は生活の拠点を金沢から伏見へ移していく。本格的に政権の中央で前田家や秀吉を支えていくことになる右近は、四十三歳を迎えようとしていた。

偽りの会見

「虎の肉が食いたい」――何をぬけぬけと。秀吉からの書状を見た瞬間、小西行長は言い知れぬ怒りに襲われた。諸侯に申しつけ出兵先の朝鮮で虎を捕らえ、塩漬けにして日本へ送れというのだ。老いた体に精をつけたいという秀吉のあさましさが今日ほど痛烈に行長に突き刺さってきたことはない。それは秀吉に〝否〟と突き返すことのできぬ自分への腹立たしさでもあった。

文禄元年(一五九二)三月、名護屋城の工事を終えた九州の諸大名がいっせいに肥前名護屋から渡海しておよそ四カ月。当初は、華々しく勝利を飾ったものの、今や情勢は一変していた。朝鮮側がすぐさま体制を整え、猛反撃に出てきたのだ。日本軍にとって特に大きな痛手となったのは、朝鮮水軍によって日本の補給路が断たれたことだった。

だがそうした現実に、秀吉はまったく耳を貸そうとはしなかった。それどころか以前にも増して明への進撃を迫ってくる。日本軍はぼろ雑巾のようになって、戦線をはいずりまわるしかなかった。

それは奇跡としか思えぬ明からの提案だった。行長をはじめ朝鮮に渡った多くの諸侯が、この虚しい戦になんとか終止符を打てぬかと考えていた矢先、明のほうから講和の話がもち込まれたのだ。だが双方の条件はあまりにもかけ離れていた。ここでも行長は秀吉の無知を利用して工作に走る。明の予備交渉使を皇帝の使節と偽り、謝罪のため秀吉に目どおりを願っていると伝えたのだ。

こうして文禄二年(一五九三)五月二十三日、世紀の会見が名護屋城で行われた。

秀吉は手厚く明の皇帝使節（と信じ込んでいる）をもてなすと、おもむろに通辞に講和条件を読みあげさせた。明の王女を我に提供すること、日本の臣下となり服従の誓いを提出すること、明との通商を以前のように再開することなど全七項目。

「そ、それは……」

日本からの謝罪を受け取るだけと聞かされていた明の偽使節は、うろたえ、言葉を失った。とりあえずこの受け入れ難い条件をもち帰ることを約束して、彼らは日本を離れていった。その三カ月後、秀吉のもとに男子（のちの秀頼）誕生の知らせが届く。

愛児誕生の知らせを受けて、秀吉がそそくさと大坂へ向かったちょうどそのころ、人一倍頑健だったダリオが病の床についたとの知らせが右近の布陣先、名護屋に届いた。右近は、利家に許可を得て、越中の父のもとへ急いだ。長く与かることのなかった秘跡を望んでいる父のために、京都のペレス神父を伴っての久しぶりの父との再会だった。

右近にはこのとき、心にあたためていた計画があった。キリシタンに追い風が吹いてきた今、北陸地方での伝道を本格的に開始したい……。そこで右近は父と共にミサに与かったその足で神父とともに能登を廻り、金沢へ向かった。

「二百名を超える者たちが受洗を希望しております」

息せききって、ペレス神父に同行していたヴィセイン修道士が右近のもとに駆け寄ってきた。「右近のあるところ、必ず教会が生まれていく」とフロイスが言うとおりだった。かつて一人のキリシタンもいなかったこの加賀に信仰の火が灯されようとしている。その背後に神の力が働いていることを右近はしっかりと感じとっていた。

キリシタン、処刑

父の死、氏郷の死

「……彦五郎」

意識が混濁としてからどれぐらいの時間がたったことだろう。ふと父ダリオが、幼き日の右近の名を口にしたのだ。

「夢でも見ておられるのでしょうか」

心配そうに見守る母マリアの声がわずかにふくらんだ。

この二年の間にめっきり北陸の寒冷が身に応えるようになっていた老齢の父を気遣い、右近は父を京都に呼び寄せていた。そして今、ダリオはこの地で、いのちの終焉を迎えようとしていた。その一瞬一瞬を見守るように右近をはじめ、妻のユスタ、長男ジョアン、幼子ユスタ、宣教師たちが床のまわりに集まっている。

終油の秘跡を授けるのはオルガンティーノ神父。六十二歳になったこの老神父と、さほど年の離れていないダリオは堅い信仰で結ばれた友であり、信長の時代から幾多の難局を越えてきた戦友だった。その友の頭上に、今、オルガンティーノは沈黙のまま按手《あんしゅ》する。

続いて聖霊の働きを願う祈りをささげ、祝別された香油を額と両手に丁寧に塗油《とゆ》した。本来、悲しみの場であるはずの臨終の場が、何かあたたかい空気に包まれていく——。

そういえばあのときも同じ空気だった。悪質の病気に悩まされていた蒲生氏郷の体調が今年に入って急に悪化し、名護屋から伏見の自邸へ戻り、伏す日々が続いていた。その氏郷のそばを右近は片時も離れようとはしなかった。

Kyrie eleison, Christe elesison,

（主よ、憐れみたまえ、キリストよ、憐れみたまえ）

右近によるギリシャ語の祈りが氏郷の枕元で途切れることなく続いていく。ともに罪のゆるしを祈り、デウスと和解し、パライソに戻っていく準備を氏郷に促す右近。いよいよそのときがくると、氏郷は大きく頷《うなず》き、神父にすべての罪を告白し、右近がかざしたピエタの御像に目を向けると、まるで何かに導かれるように静かに息を引き取った。四十年の生涯だった。

右近は、再び床に伏すダリオに目を落とす。そして父の手をそっと取ると、自身の両の手に包みこんだ。幼いころ、この手がたまらなく頼もしく見えた。馬上から刀を振り降ろし、弓を引く手は誰よりも勇ましかった。雄々しく敵陣に飛び込んでいく姿は、いつも少年右近の憧れだった。その手がいつしか、涙を流す者とともに祈り、惜しみなく分け与える手となり、貧しき者の棺を担ぐ手に変わっていった。

追放令により一夜にしてすべてを失ったとき、右近の決断を真っ先に褒め称え、大手を広げて迎え入れ、ともに流浪の旅に出ていったのもこの父だった。思わず右近はダリオの上体をそっと起こすと、その腕の中に抱きかかえた。と、その瞬間、

「来た、来た、来た〜〜〜!」

ダリオは目を見開くと、天に向かって両手をかかげた。すべてを手放し、安心しきったダリオの顔がそこにはあった。文禄四年（一五九五）、その旅立ちは聖人のようだったという。

フロイスによると父ダリオの遺骸は右近の屋敷の中庭に仮埋葬された後、数カ月後に長崎へ運ばれ、盛大な葬儀が行われたという。仮埋葬は伏見の右近邸だった可能性が高い。

慶長の役

そのころ、日本から遠く離れた明の地で、ひたすら大陸を北上する一人のキリシタン大名がいた。北京を目指して一年半にもおよぶ長旅。すべては明と水面下で交渉するためだった。

二年前、明の偽使節が、秀吉から提示された七つの講和条件をもち帰った直後から、再び、行長の苦悩が始まった。行長は大胆にも敵である明の交渉責任者・沈惟敬《しんいけい》と内通し、この虚しい戦いを終わらせようと画策し始めたのだ。

その難題多い交渉役に、行長は外交に強く、中国語に堪能な家臣で、かつての丹波八木城の城主・内《ない》藤如安《とうじょあん》をたてる。後々、右近とともに数奇な運命をたどることになる如安。このふたりの人生が本格的に交差するのは七年後のことだった。

慶長元年(一五九六)九月一日。大坂城は、物々しい空気に包まれていた。いよいよ、再び明との講和がもたれることになったのだ。

「長かった……」

と小西行長は思う。だがこれからが本番なのだ。果たして秀吉の前で、うまく芝居を貫きとおすことができるかどうか。それは行長と内通している沈惟敬も同様だった。交渉役の内藤如安が一年半の歳月をかけ、ようやく北京に辿りついたとき、明は三つの条件を提示してきた。

一、日本軍は朝鮮から全面的に引き揚げること。

二、明の保護下に入っても、通商は求めぬこと。

三、朝鮮を二度と侵略しないこと。

そしてこの条件を盛りこんだ秀吉の降伏文を持ってこなければ、講和の話は撤回する、日本へも行かないと明は強気だった。その話を如安から聞かされた行長にもう迷いはなかった。

「明の条件を全面的に受け入れた偽造文書を作成し、明に差し出す」

むろん秀吉のあずかり知らぬところで。

大坂城での謁見は一見、穏やかに進んでいった。三日間におよぶ手厚いもてなしの後、秀吉は堺に戻った使節たちに僧侶を送り、望むことがあったら何でも叶えたいとまで言ったのである。この甘い餌にどんな秀吉の企みが隠されているのか沈惟敬さえも気づけなかった。

「朝鮮にある日本軍の城をすべて撤去されよ」

そう要求してきた明に、秀吉はすべてを見抜いた。明は自分に頭を下げる気などまったくないのだ。それどころか、自分たちこそ勝者だと思っている。これまで行長から聞かされてきたことはすべて偽りだったのだ。いや行長だけではない、石田三成を筆頭とする三奉行、前田利家らまでが自分を欺いていたとは——。

「再度、朝鮮へ出兵する！」

秀吉の怒りの矛先は朝鮮へ向けられた。こうして翌年には十四万にもおよぶ兵が再び渡海することになったのだった。（慶長の役）

サン・フェリペ号事件

群衆のざわめきがどんどん大きくなっていく。見知らぬ男たちが近寄って来て、地面に置かれた十字の木材の上に寝かせられると、太い釘で両手両足を打ち抜き始めた。想像を絶する痛みが全身に走る。その十字架が垂直に立てられた瞬間、全体重が広げられた両手にかかった。傷口が開いてさらなる激痛が襲いかかった。うまく呼吸ができず、少しでも息を吸おうと体を無理やり引き上げると、自身の重さに耐えきれずまたたく間に腕の力は抜け、ぶらさがった状態に戻されてしまう。おそらく息絶えるまで、この虚しい動作は繰り返されることになるのだろう。

意識が少しずつ遠のいていく。眼前に広がる真っ青な海が、陽を受けてきらきらと光っている。雲ひとつない天空をゆったりと数羽のトンビが旋回している。小鳥たちのさえずりはまるで天使のささやきのようだ。ああ〜、なんと美しいのだろう。

右近は、がっと布団をはねのけ起き上がった。冬の京の底冷えが一気に右近を包みこんだ。

「夢だったか……」

右近の首筋にはねっとりと汗がまとわりついている。

それにしてもなぜあんな夢をみたのだろう。右近はあまりにも鮮明だった十字架上の自身を再度思い返してみた。

「もしかしたら……」

そう遠くない日に、わが身に殉教が迫っているのかもしれない。それは恐れではなかった。あまたの戦場でいやというほど酷い死を見てきた右近には死は特別なものではなかった。人はいつか死ぬ。だったらなおさらのこと、「十字架上の主への信仰のために、このいのちをささげたい」。

明との講和が決裂した直後、新たな事件が日本を襲う。九月四日、フィリピンからメキシコへ向かっていたサン・フェリペ号が台風に遭遇し、土佐浦戸に漂着したのだ。

土佐の領主からその知らせを受けた秀吉は、すぐに五奉行の一人を浦戸へ派遣。彼らは秀吉の命のもと莫大な金や貴重品を没収する。この取り調べの中で、航海士がもらした一言が秀吉を一気に疑念の渦のなかへ突き落とした、

「スペインはまずキリスト教の宣教師を派遣して信者を増やし、やがてその国を占領するのです」

「占領……」

この言葉に秀吉はギクリとする。

「やはりそうであったか」

キリシタンへの憎悪が一気に噴き出した瞬間だった。

「キリシタンを処刑せよ！」

秀吉は京都奉行の石田三成を呼びつけると、キリシタンを捕縛し、処刑するよう命じた。

「パードレ処刑の命が発せられたとのことでございます!」

京都に滞在していた右近のもとへ、オルガンティーノ神父から知らせが届いた。右近の顔が、みるみる昂揚していく。

「今こそ、デウスのお憐れみが我々にあらわされたのだ」

そう言うと、右近はただちに馬に飛び乗り、伏見の前田利家の邸へ急いだ。ようやく、ようやくこの日がきたのだ。昨夜見た夢は、やはり本当だったのだ。馬上の右近の胸の高鳴りは早まるばかりだった。

「利家殿、本日はお別れのご挨拶に参りました」

右近は高価な茶壷二つを利家の前に差し出した。

「これは……形見のおつもりか?」

利家はその茶壷をじっと見つめたあと、ふっと頬を緩ませた。そして今回の処刑者の中に右近の名は含まれていないことを告げた。信じ難かった。キリシタン弾圧となれば真っ先に自分の名があがってもおかしくはないではないか。

「確かに。膨大な数にのぼるキリシタン名簿の筆頭に書かれていたのは、南坊殿の名であった」

「それが何故に?」

「削除されたよし……」

「どなたが?」

「石田三成殿……」

三成は、役人から最初に提出された名簿を見た瞬間、あからさまに不機嫌な顔になったという。

「右近殿は、追放令のとき、すべてを捨てられたのだ。もうそれで充分ではないか」

そう言うと、自らの手で右近の名前を墨で塗りつぶした。さらに利家とともに秀吉をなだめ、処刑はフランシスコ会士だけに限るよう説得したという。

「だから南坊殿には今回のこと、なんら関係はない。安心されよ」

帰り際、利家は玄関まで右近を見送りに出ると、居並ぶ家臣の前で右近の殉教の覚悟を手放しで褒め称えた。

「ここにいる高山右近は誠に思慮深く、傑出した人物である。今、太閤の寵を蒙るとしたら全国一か二の大名となるであろうと信じる。然し、キリシタンを棄てようとせぬため、このような境遇にいるのである」（フロイス『二十六聖人殉教記』）

あの日、前田邸から京都に戻ってきた右近を迎えたユスタは、胸に抱きかかえられた二つの茶壷を見た瞬間、はっとした。

「三度目じゃ……」

右近は誰に聞かせるでもなくそうつぶやいた。信長の前に出家を願いでたとき、秀吉に追放されたとき、右近は本心からデウスにいのちをささげるつもりだった。その気持ちに微塵《みじん》も偽りはない。だが、その願いは叶えられることはなかった。そして今回も寸前で、閉ざされた。

「殿……」

ユスタはそれ以上、言葉を重ねることはできなかった。キリシタンに迫害が起こるたび、真っ先に信仰の証しをたて、奔走してきた右近に、デウスはあまりにも沈黙を守られているようにさえ思える。周囲の称賛が大きくなればなるほど、深くなっていく心の闇……。ユスタはそんな右近の苦悩と哀しみを垣間見たような気がした。

二十六聖人の殉教

慶長元年十一月十四日（一五九七年一月二日）の朝、最終的に処刑されることになった二十四名の捕らわれ人が牢獄から、京都上京の戻り橋に引き立てられてきた。まだ幼さが残る十二歳の少年から六十四歳の年長者まで、処刑地となる長崎まで約八百キロメートルの道のりを、手を縛られ、裸足で歩いていくという。

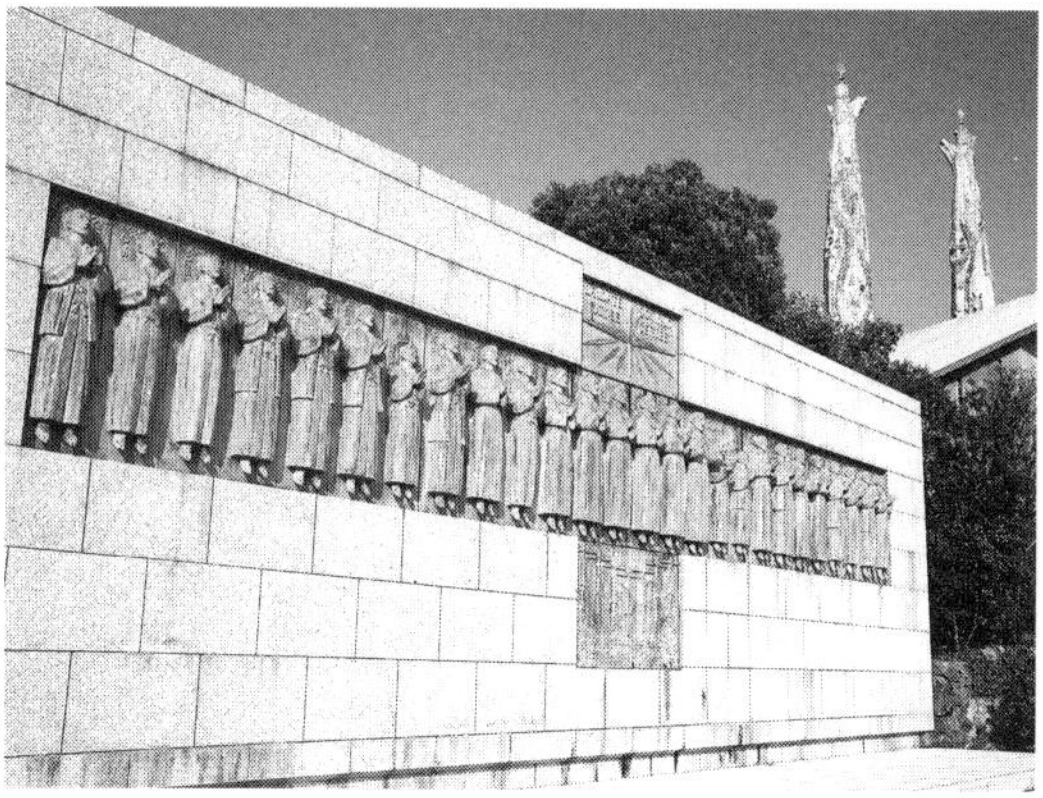

長崎、二十六聖人記念碑

今、その一人ひとりの右の耳朶《みみたぶ》が三成の面前で切り落とされた。ここでも三成は「両耳と鼻を切れ」という秀吉の命を軽くした。その後、三人ずつ荷車に乗せられ、京都の町を引き回されると、見物客の誰もが驚きでどよめいた。みなが笑みをたたえていたのだ。

この日まで何くれと彼らのために執り成してきた右近も、この二十四名の殉教者たちの姿を京の町のどこかで見つめていたことだろう。選ばれし者と、選ばれぬ者。もはやそんなことはどうでもよかった。右近も殉教者も見つめるものはただひとつ。十字架上で待つデウスの姿だった。

この日、京都で捕らえられた二十四名は約一カ月かけて長崎まで徒歩で移動。その道中で二人が加わり、最終的には二十六名が十字架にかけられた。慶長元年十二月十九日（一五九七年二月五日）、長崎の西坂の丘に二十六本の十字架が一列に並んだ。いずれも港と町のほうを向いていたという。

午前十時、執行人たちが二十六人全員を縛り終えると、十字架がいっせいに立ちあげられた。四千人の群衆の見守る中、パウロ三木は力強い声で最後の説教をし、十二歳のルドビコと十三歳のアントニオの高らかな歌声が西坂の丘に響き渡った。やがて槍を持った二人の役人が列の両側から一人ひとり刺し始め、正午にはすべてが終わったという。

第八章　不気味な足音

金沢にて

秀吉の死、利家の死

「どんなに揺るぎなく雄々しく見えるものにもいのちの定めがあり、それには逆らえない、とつくづく思うようになりました」

そう言うと、右近の長男ジョアンは視線を落とした。慶長三年（一五九八）、年の瀬を控えた伏見の右近邸は、何かとあわただしい空気に包まれていた。右近一家が生活の拠点を伏見に移して、はや五年あまり。一昨年、大和のキリシタン武士・トメの娘と結婚したジョアンもすでに二十三歳になり、今年は一児の父となった。

「されど……」

ジョアンはゆっくりと言葉を続けた。その端正な顔立ちは、能を舞うのに面はいらぬ、と言わしめるほど群を抜いている。

「死には二通りあるような気がいたします」

右近にはジョアンが何を言いたいのかわかるような気がしていた。

二年前、長崎の西坂で十字架にかかり喜びのうちに天に召された二十六人の殉教者たち。彼らの死は、

〝死にゆく者は敗者ではない〟と残された者に教える。対して三カ月前、くどいほどに跡継ぎの秀頼の行く末を徳川家康や前田利家に託し、無念のうちに伏見城でその六十三年の人生を閉じた秀吉。戦国の世を、突風のように走り抜けたひとりの権力者の死は、人々の心にいったい何を残していったのだろうか――。

慶長三年（一五九八）八月十八日、秀吉が亡くなったという知らせは、朝鮮に出兵していた大名たちのもとへもすぐさま届いた。その知らせに一番安堵したのは、小西行長だったかもしれない。これで秀吉にも明にも嘘に嘘を重ねてきた欺瞞工作にようやく終止符を打てるのだ。早速、豊臣政権は、秀吉の死を押し隠して撤退命令を出す。だが戦は始めるときより、終結するときのほうが数段難しい。朝鮮軍との激しい攻防戦をかいくぐり、いのちからがらの撤退がようやく完了したのはこの年の十一月末だった。

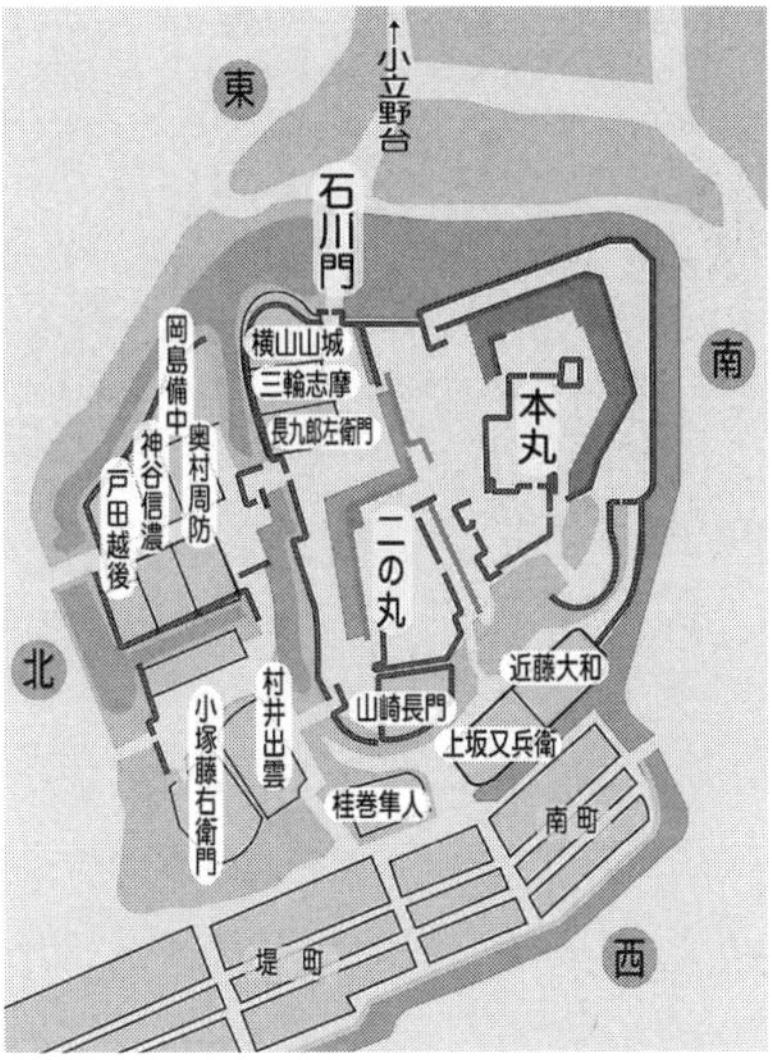

初期の金沢城地図

秀吉は息を引き取るまで、自身の亡き後の段取りに余念がなかった。諸大名には、秀頼に忠誠を誓う書状を徳川家康と前田利家宛てに差し出すことを求め、さらには、家康の二歳なる孫娘（後の千姫）と六歳の秀頼との婚約を急がせた。そこには年老いたひとりの老人の権力への執着と哀れさだけが漂っていた。

だが、秀吉が亡くなってわずか七カ月後、新たな衝撃が豊臣政権に走った。慶長四年（一五九九）閏三月

石川門と百間堀

三日、前田利家が亡くなったのだ。六十二歳だった。

「南坊殿、人の世は愚かなことの繰り返しばかりじゃのう」

亡くなる少し前、床に伏した利家は右近にそうつぶやいたことがある。

「かれこれ二十年あまり前になるじゃろうか、そなたと最初に出会ったのは。荒木村重の謀叛で、わしは信長殿のもと高槻城を包囲しておった。所詮は青二才の築城した城とあなどっておったが、とんでもない、なんと手強い城だったことか。油断ならぬ武将がでてきおったわと度肝を抜かれたことを昨日のように覚えておる」

今にも起き上がりそうになる利家を右近は穏やかに制した。

「あの日のことはわたくしもよう覚えております。織田軍最強と誉高い利家殿までも御出陣と知り、無数の前田軍の旗差物を前にしたときには、もはや人の力ではどうにもならぬ、ただただ祈るしかない、と覚悟いたしました」

「ほう、そうであったか。この世は不思議な縁《えにし》で結ばれておるものよのう。実に愉快じゃ」

そう言って天井を見つめる利家の目がにわかに鋭くになった。

「利長は親のわしが言うのもなんだが、多少一途に思い込むところはあるものの情もある、真面目過ぎるくらい真面目な武将じゃ。だが……。何ごとも過ぎたるは中心を失い、場合によっては足元をすくわれかねない。今後、家康殿が台頭してくることは必至。どうか南坊殿、これまで以上に利長を支えていただきたい」

ここまで一気に語ると、利家はようやく安堵したように、大きく息をひとつ吐いた。そんな利家を右近はしっかりと見つめると、その場に深々とひれ伏した。

「利家殿は我が生涯の恩人。おっしゃられるまでもなく、ずっとそのつもりでおりました」

「そなたというやつは……実に……大馬鹿者じゃ」

金沢城の大修復

「高山南坊、世上をもせず、我等一人を守り、律義人にて候間、小宛茶代をも遣し、情を懸られ可然存候」

利家が臨終を前に利長に託した遺言には、右近は律義な人ゆえ、これからも茶代として禄を授け、情けをかけるようにと、書かれてあったという。また利長へは、自分が亡き後、三年間は大坂を去らぬようにと認められてあった。

だが家康は一枚も二枚も上手だった。秀吉の遺言に従って伏見城に入った家康は、「利長殿、御父上も亡くなられ、さぞや藩主として加賀の御国のこともお気がかりであろう。ここはいったん、戻られたらいかがであろう」と促した。こうして家康から体よくあしらわれた利長は、利家が亡くなってわずか三カ月半後には金沢へ引き揚げることになる。右近もまた利長とともに伏見を離れるのだった。

「利長殿、これをご覧くださいませ」

右近は金沢城と城下が描かれた見取り図を、利長の前に広げた。金沢城の大改修。これらすべては対

卯辰山からの金沢市街を臨む

徳川戦となった場合の備えだった。というのも利長が伏見から金沢へ戻ってくるとまもなく「利長が家康を襲う」という流言がどこからともなく聞こえるようになったのだ。それを信じた家康が、十月には加賀征伐の軍を起こすという。その真偽は明らかではないが、こうなったら一刻も早く家康のもとへ参じ、そのような意図がないことを弁明しなければならない。右近、および前田家家老筆頭の横山長知《ながちか》らがその大任を引き受けることになった。

　と同時に、万が一に備え、金沢城を早急に本格的な城郭へ改修する必要もでてきた。それを頼めるのは築城の名手であり、利長が全幅の信頼をおく右近以外には考えられなかった。

　おそらくこのとき右近は大改修の構想を練るため、城の東に位置する卯辰山に登って全景を把握したに違いない。実際に登ってみると、今日のように目の前を遮る木々や建造物がなかったら、手前に浅野川、その奥には犀川が平行に流れ、この二つの河川の間に開かれた平地の中央を東から西へ小立野台地が舌状に伸びている様子がより明確に確認できたはずだ。その舌先に位置する金沢城を右近はどう見たか。ここからは想像だが、おそらく右近は、東に位置する大手門（石川門）が登り台地と連結していることに不安を覚えたに違いない。

　そこで右近は金沢城の北側の城地に、新たに新丸を設け、これまで東にあった大手門を北に移す（尾坂門）。さらには、城の周囲を全長三キロメートルの内惣構《そうがまえ》でぐるりと囲い込んだ。これら大事業を右近はわずか二十七日間でやってのけたのだ。その指導力と築城技術の高さに、当時の人々は誰もが驚いたという。

そうしたなかで右近は家康への弁明にも奔走する。大坂へ出向くこと二回。だがいずれも家康は右近とは会おうとはしなかった。利長譜代の者として唯一、必見に応じたのは横山長知のみ。右近の才を誰よりもいち早く見抜き、恐れていたのは家康だったのかもしれない。結局、この弁明が受け入れられるのは翌年の慶長五年（一六〇〇）三月。実に半年近く家康を説得するのにかかったことになる。

その間、金沢では何度となく重苦しい会議がもたれた。

「人質？ 誰を出すというのだ」

利長の目が不安気に泳ぐ。

「……芳春院《ほうしゅんいん》さま……を」

「なに、母上さまを！ それだけはならぬ。誰がなんと言おうと、受け入れるわけにはいかぬ！」

「利長殿！」

そのとき、これまで耳にしたこともないような右近の厳しい声が利長の上におよんだ。ここは前田家の運命の分かれ道。時勢は確実に徳川家に向いている以上、一致団結してこの危機を乗り越えなければならない。

「痛むほどにつらいお方を差し出してこそ、初めて家康殿も納得されようというもの」

と、その瞬間、奥の部屋の襖が音もなく開かれた。その向こうにはすでに母・芳春院（まつ）が静かに座っていた。

「利長殿、何もかも南坊殿のおっしゃられるとおりです」

「…………」

「利長殿、まだわかりませぬか。この母を捨てよ！」

家康の次なる標的

天下を狙う家康の計画は、恐ろしいまでに緻密だった。前田、毛利、上杉、宇喜多の五大老もすでに国へ帰し終わった。

「あとは兵を出す口実さえあれば……」

利長が誘いに乗らなかった以上、次の標的を探すしかない。日本地図の上をなぞるように動かしていた家康の指がついに止まった。

「会津の上杉景勝……」

関ヶ原の合戦の火ぶたが落とされるまで残り五カ月。この戦いに巻き込まれる日が刻々と近づいていることを、右近もまた戦国武将独特の嗅覚で感じとっていた。

鎧櫃《よろいびつ》に納められた具足をしばし見つめると、右近は一つひとつ手際よく身につけていった。以前にもましてその重さがずしりとこたえる。小田原の北条攻めから約十年。

「再び戦に出ることになろうとは……」

右近のもらした言葉をユスタはそっと聞き流した。秀吉が亡くなってから約二年、豊臣家が分裂して戦にならないよう、特に徳川家康の動きには細心の注意を払い、用心してきたつもりだった。そのため前田利家亡き後、家督を継いだ利長も母・芳春院を人質に出すことに断腸の思いで応じたのだ。

人の心の危うさを、代え難き者のいのちと差し替えに、揺るぎないものにしようとする人間の浅はかさ、哀しさ。右近はそこに人間の限界を感じる。キリストが自身のいのちを投げ出して我々と関係を結ぼうとするのに対して、この世の征服者たちは、人のいのちを踏み台にして支配しようとする。そして今、前田家もこの世のあらがうことのできぬ波にのみこまれようとしていた。


天下分け目の合戦として名高い関ヶ原の戦いに至るまでの道のりにはいくつかの伏線があった。秀吉亡き後、家康の独走が日ごと激しくなっていくと、秀吉の遺児・秀頼を擁護する石田三成らがいきり出した。そんな三成を家康は巧みに戦に誘い出す。

慶長五年（一六〇〇）六月二十七日、家康は会津の上杉景勝に謀叛の動きありとして、福島正則や細川忠興ら豊臣家に恩ある諸大名らとともに会津を目指し、伏見の城を出立したのだ。これを好機とみた三成が七月十七日、ついに立ち上がった。

三成に勝算はあった。明らかに理は自分の側にある、二十年にわたる秀吉への恩もそれぞれの武将にはあろう。今、自分が兵をあげれば、必ずや豊臣の家臣のほとんどが我が方につく、と。三成はその見とおしを確固たるものにするため、各諸侯の奥方を人質にとり大坂城に集結するよう命じた。多くの大名の妻たちが身を隠すなか、細川忠興の妻、玉は屋敷から一歩も出ようとしなかった。そして人質になることも拒んだ。残された道はひとつしかなかった。

散りぬべき　時知りてこそ　世の中の
　花も花なれ　人も人なれ

三成が挙兵した七月十七日の夜、玉は家臣に槍で胸を突かせて果てた。自害をゆるされぬキリシタンの、三十八年の生涯だった。

「ガラシャ殿……」

右近には、〝恩寵《おんちょう》〟という意味をもつガラシャの洗礼名が、今日ほど酷《むご》く聞こえたことはなかった。細川家に嫁いでまもなく、父・明智光秀が信長を倒し、謀叛人の子として嫁ぎ先の細川家でひっそりと暮らすしかなかった玉。その玉の人生に一条の光をもたらしたのが、夫、忠興をとおして伝えられる右近のキリシタンとしての生き方であり、教えだった。そして伴天連追放令が出てまもなく、誰もがキリシタンになることを恐れたあのとき、玉はあえて受洗を決意する。夫・忠興には何も告げずに。

「散りぬべき時知りてこそ……」

ガラシャの遺句が右近の中で何度も共鳴する。と同時にガラシャの透きとおるような姿がありありと脳裏に浮かんだ。その顔は哀しいぐらいに平安に包まれていた。

大聖寺攻め

そのガラシャの死からわずか九日後、北陸では関ヶ原の合戦の前哨戦ともいえる戦いが起きた。この戦は越前・加賀の各将が家康方の東軍につくか、三成方の西軍につくかを明らかにせざるをえない戦でもあった。小松城の丹羽長重《にわながしげ》、大聖寺《だいじょうじ》の山口玄蕃《げんば》、その先の北庄（福井市）の青木一矩《かずのり》、敦賀の大谷吉継……と錚々たる北陸の武将たちが西軍につくなか、前田家は東軍を表明。すでに母を徳川家に差し出している以上、利長に選択の余地はなかった。利長は秀吉の配下でともに修羅場をくぐってきた同僚と袂を分かつかたちで戦に突入していくことになる。

こうして慶長五年（一六〇〇）七月二十六日、総勢二万五千の前田軍は西へ向かった。軍奉行を命じられた右近はすでに四十八歳、当時としては老境とされる年齢にさしかかっていた。

陣営をはった松任《まっとう》で、利長は再度、小松城の丹羽長重を倒すことを重臣たちに伝えた。だが右近は押し黙ったまま首を縦に振らない。

大聖寺川と大聖寺城跡

「畏れながら……」

右近がようやく切り出す。

「小松城は小さな城とはいえ、明智光秀殿からも北陸一堅固な城と呼ばれしめたほど。また長重殿は、小牧長久手の戦いの折、巧みな戦ぶりを見せた名将でもあります。ここで力を削がれては、動きが鈍くなろうかと思われますが……」

利長の顔に一瞬、不快な表情が走った。だが右近は動じない。ちらりと右近を見ると、次の瞬間、利長の命が陣中に轟いた。

「目指すは大聖寺城の……、山口玄蕃！」

こうして前田軍は、石川県と福井県の県境に位置する大聖寺城へ進軍する。丹羽長重の小松城は素通りしたのである。

実際に大聖寺城址を訪ねてみると、標高七十メートルほどの錦城山にたつこの城が意外にも手強く感じられる。曲輪《くるわ》は土を削っ

六条河原

た急斜面で登山道も急角度のため、登っていく足が重たく感じられる。どう見てもそう簡単に落とせるような城には思えない。右近がこの城攻めを推した真意はどこにあったのだろうか。

『小松軍談』によると、山口玄蕃は日ごろから金欲が強く、しっかりとした家臣を召し抱えておらず、この日も充分な軍勢を整えることができなかった。そのため急場しのぎの兵を寄せ集めて千二百ほどの兵で、前田軍二万五千を迎え撃つことになったという。

八月三日明け方、大聖寺城に総攻撃をかけた前田軍は、圧倒的な兵力差でその日の夕刻には攻め落とした。右近の読みが当たったのだ。人々は右近の思慮深さに「さすが老巧《ろうこう》なり」と感心したという。

ところがその後の、前田軍の動きは理解に苦しむ点が多い。利長は急に金沢城への引き揚げを命じ、その途中、小松城下の浅井畷で丹羽勢の猛攻撃をうけてしまう。前田軍は這う這うの体で窮地を脱出、かろうじて負け戦の難を逃れた。

このときも右近は浅井畷の戦いの前日に、「長重殿は必ず明日、打ち掛けてくるだろう。誰が一番槍になるか」（『備前老人物語』）とすでに危険を予想していた。後日、この戦いについて尋ねられたとき、右近はただ一言「失敗だった」と言うだけで多くを語ろうとはしなかったという。

こうして九月十五日。時代は天下分け目の関ヶ原の合戦へと突入していく。日本全土の名武将たちが徳川家康率いる東軍と、石田三成率いる西軍に分かれて激突。午前八時に始まった戦いは、一進一退が続くなか、西軍の小早川秀秋の寝返りによって一気に東軍の優勢に傾き、わずか一日で決着する。八千近くの屍が関ヶ原の地を累々と埋め尽くした。

この戦いに敗れた西軍の首謀者石田三成、小西行長、安国寺恵瓊《あんこくじえけい》の処刑が十月一日に決まった。鉄の首枷をはめられた三人が、大坂と堺で引き廻されたのち、刑場となる六条河原に連れて来られると、沿道や河原に詰め寄せた数万人の群衆から、いっせいにどよめきや罵声が湧き起こった。

そうしたなか処刑前の高僧の経を行長は断る。かわりにロザリオを手に祈りをささげ、肌身離さず持っていたキリストと聖母の絵を頭上に掲げると、じっと見つめてから、介錯人の前に首を差し出した。

それはずっと右近の生き方に魅せられながらも、右近のようには生きられなかった一人の武将が、ようやく神のもとへ立ち帰ることができた瞬間でもあった。

右近は一人、金沢の自邸の茶室にこもると、マリア像を置き、一服の茶を点《た》てた。その茶を右近は誰もいない席にそっと差し出した。そこに、右近は確かにアゴスティーノ小西行長の気配を感じていた。

関ヶ原の戦いは、確かにこの世の酷さをむき出しにした戦いだった。だが彼はこの世の権力者にいのちをもぎ取られたのではない。デウスの手にすべてを委《ゆだ》ね、永遠のいのちのなかに帰っていったのだ。

右近は静かに目を閉じた。彼もまた殉教者だった。

結局、前田軍は北陸の局地戦の後、関ヶ原の地を踏むことはなかった。だが得るものは大きく、前田家は八十三万五千石から、一挙に百十九万五千石の大々名にのしあがる。ここに加賀百万石の礎が誕生した。と同時に、その後、前田家における右近の立場は一層強固なものになっていく。そしてこの北陸戦を最後に、右近が戦場に出ることは二度となかった。

変貌していく時代とキリスト教

北国《ほっこく》の布教開始

「まあ、なんと愛くるしいこと」

慶長六年（一六〇一）、数え年わずか三歳の花嫁は、ゆるりゆるりと三カ月かけて江戸からここ金沢城へやってきた。昨年の関ヶ原の戦いの後、家康は徳川政権を揺るぎないものとするため、さまざまな布石を打つようになる。二代将軍・徳川秀忠の娘・珠姫と、利長の異母弟・利常（七歳）との縁談もそのひとつだった。これは子のいない利長に、跡継ぎを義弟の利常に定めよという家康からの無言の圧力でもあった。利長は多くを語らず承諾した。

さらに翌年には、徳川の重臣・本多正信の二男・政重を金沢へ送りこみたいと利長に通達してきた。前田藩の老臣たちは、さすがにこの申し出には危険を感じ、利長に思いとどまるよう迫った。だが利長はこれにも耳を貸さず、国家老として政重を迎え入れた。すべては徳川家との結束を揺るぎないものとし、前田家存続のため盤石の構えをとる利長の覚悟のあらわれだった。

この時期、パードレのなかには家康の政権のもと、再び右近が大名に返り咲くのではないかと期待する声もあった。だが右近は一切、家康に近づこうとはしなかった。また家康のほうも右近の武将としての才覚やその人格に一目も二目も置きながら、決して用いようとはしなかった。家康は、キリシタンたちの本当の姿をいまだ掴みきれていないような気がしてならなかった。わからぬうえで、決断を下すは早計。じっくりと観察したうえでも遅くはなかろう。

こうして家康は事実上布教を黙認するというかたちで、新しい政権を船出させる。秀吉の伴天連追放令は撤回しないままで――。

井戸の水がにわかにぬるんだと右近は感じた。朝起きがけの水浴びを日課とする右近には、金沢の季節の移り変わりをこんなところからも感じられる。

高槻、明石、小豆島、肥後（熊本）と転々としてきた右近が、前田利家に招かれて金沢へやってきたのは三十六歳のとき。その後も前田家の客将として小田原や九州へ出兵し、伏見での滞在も思いのほか長引くことになる。結局、金沢にゆっくり落ち着くことができたのは、秀吉が亡くなってからだった。

「ようやく始まる……」

いよいよ本格的に加賀・越前・能登三国の北国に福音の種を蒔くときが来たのだ。右近は、体に残った水滴を手早く拭うと、木刀で一気に風を切った。

この日も右近が自費で建てた金沢の聖堂に、祈りの声が響き渡った。四旬節には、右近をはじめ妻のユスタ、長男のジョアン夫婦に孫たち、娘のルチアら右近の一族一人ひとりがキリストの受難を思い、敬虔な祈りをささげる。教会の決めた断食を守り、必要ならば肉体的な苦業も厭わなかった。

真のキリスト者として生きる。行いこそ無言の布教と考える右近は、自身はもちろん家族や家中の者にまで、異教徒のつまずきとなるようなことはどんな些細なことでも禁じていた。おかげで最初のうちは警戒していた人々も次第に心をゆるし、敬意を示すようになっていく。

こうして慶長六年（一六〇一）。長年の念願だった北国の布教は、ここ金沢の右近の教会から始まる。京都から一人の宣教師を招き、数回にわたって福音を述べ伝え、合計百七十一名が受洗。そのうち三十数名は利長の重臣だった。右近を兄のように尊敬する利長が家臣たちに神父の説教を聞くよう強く促したことも功を成した。イエズス会年報によれば三年後には、信者数は千五百名に達したという。

「おお、よう来られた。首を長くして待っておりましたぞ」

右近はそう言うと、内藤飛騨守如安《じょあん》を自ら先だって室内へ案内した。それまで金沢城の南側にあった屋敷が手狭になったこともあり、利長の強い勧めで、甚右衛門坂下に二万五千石の身分にふさわしい屋敷を構えて一年ほど。まだ木の香りが残る室内を、如安はひとつひとつ感心しながら、右近の後ろについて歩みを進めた。

対座した右近は自分より三歳年上の如安の顔を改めて見つめ直した。五十四歳になった如安の顔には年相応の皺《しわ》が刻まれているものの、そのまなざしには揺るぎない光が宿されている。それは幾多の患

能登　志賀町の右近像

難を越えてきた信仰者の目だと右近は思う。かつて丹波・八木城の城主だった如安は、十六歳でフロイスから洗礼を受け、キリシタンになったと以前聞いたことがある。だがその後の人生は決して平坦ではなかった。

足利義昭が信長に兵を挙げたとき、如安は義昭を支援。結局、領土は信長に召しあげられ、内藤一族は急速にその力を減衰させていった。その後、同じキリシタンの小西行長に召し抱えられるが、その行長が関ヶ原の戦いに敗れ処刑されると如安は財産を没収され、流浪の身となった。そうした如安に、子トマスとともに金沢へ来ぬかと声をかけたのが右近だった。

慶長八年（一六〇三）、如安という力強い信仰の同志を得た右近の喜びは大きかった。この年の金沢の教会は一気に活気をおび、洗礼者数は数百名にもおよんだという。

右近の熱心な働きかけのおかげで慶長十年（一六〇五）からは一人の司祭（ジェロニモ・ロドリゲス神父）と一人の修道士が金沢に常駐し、加賀および能登の司牧を担当。これらにかかる費用のすべても右近が負担した。さらに慶長十二年（一六〇七）には、キリシタンの宇喜多休閑も右近の執り成しで金沢に根をおろし、右近や如安とともに教会の中心人物になっていく。それに合わすように教会関係の建物も次々建てられていった。

金沢の聖堂一カ所と大きな司祭館、右近の能登の知行地の聖堂二カ所が右近の自費で建立される。このほかにも利長がキリシタンの妹・豪姫のために金沢城の石川門近くに南蛮寺を新たに建てた。こうしてキリスト教の伝道は次第に実を結び、一六一四年日本年報によれば「金沢は日本で最も栄えた教会のひとつ」と言われるまでになる。

ただかつての高槻時代のように短期間に集団洗礼が行われるようなところまでは至らなかった。

「それにしても無念ですのう」

如安と休閑は先ほどから洗礼者名簿を見つめながら、何度かため息をついた。デウスの教えに興味を示す人々は多いのだが、いざ洗礼となると尻込みしてしまう人が多いのだ。というのも今なお金沢では一向衆が庶民層に大きな力をもっているうえ、領主利長がキリスト教に深い理解を示しながら洗礼をためらっているのも気になるのだろう。さらに徳川幕府のキリシタンへの警戒心がひしひしと強くなってきていることも大きかった。

高岡城の縄張り

慶長一〇年（一六〇五）、金沢城は江戸からもたらされた知らせで騒然となっていた。何でも江戸に幕府を開いた家康が、わずか二年で長子・秀忠に征夷大将軍の職を譲り、駿河国駿府城へ移るというのだ。それを受けて利長も家督を十二歳になったばかりの利常に譲り、富山城へ移り住む決意をする。その決断を右近は見事だとも思う。

「南坊殿、わたくしは結局、ずっと父上の背中を追い続けてきたのかもしれません。こんなとき、父上ならどうされるか、父上ならなんと申されるか……と」

右近は大きく頷くと、笑みを含んだまま、城の東に位置する卯辰山に目をやった。天正十六年（一五八八）、右近が初めて金沢へ足を踏み入れたとき、この地には一人のキリシタンもいなかった。てっきり北国はキリシタン未踏の地とばかり思い込んでいた右近に思いがけない知らせが飛び込んでくる。かつて北庄に五十人ほどの小さなキリシタン団ができ、そしてその信仰が、今も受け継がれている、と。

「父上……」

天正七年（一五七九）、荒木村重の謀叛にかかわった罪で、父ダリオは信長の命のもと、柴田勝家の元へ配流される。そのとき父は不自由な境遇でありながらも、ゆるされるかぎり酷暑の日も、根雪に足をとられながらも嬉々として布教に走り回ったという。三十年前に蒔かれた種と、父の思いとの懐かしい再会だった。

娘ルチアの結婚

慶長一〇年（一六〇五）、初春。右近は飴色の果肉にうっすら粉をふいた枯露柿《ころがき》をひとくち口に含むと、丁寧に味わいながら、しばし押し黙った。その様子を横山長知《ながちか》の嫡男・康玄《やすはる》と右近の娘ルチアは先ほどからはらはらしながら見守っている。

父の好物は干し柿だと、常日頃からルチアに聞かされていたのだろう。康玄は能登特産の枯露柿を手に入れると、早速、金沢の右近の邸へ持参した。それにしても干し柿は、つくづく不思議な果実だと右近は思う。もともと甘みの強い甘柿より、渋みが強く残る渋柿のほうが、陽に当てると一層甘みを増すという。

「これはこれは何という美味。奥深い甘さは今まで食したなかでもことさら心にしみるのう」

右近の言葉に、ふたりはようやく安堵したように目を見合わせ、微笑んだ。

「よい夫婦《めおと》となった……」

右近はふたりの姿に、二年前、この縁談に躊躇した自分を軽く恥じ入るのだった。慶長八年（一六〇三）、当時、元服したばかりの十三歳の康玄に、十二歳になったルチアをぜひとも嫁にという縁談が横山長知からもたらされた。これは十五年前、追放の身となり、客将として加賀へ召し抱えられた右近が、ついに前田家の家臣団からも認められるようになったということでもある。

だが正直言って、右近は返事に窮した。横山家といえば長知の父・長隆《ながたか》が前田利家に仕えるようになって以来、代々前田家の家老役を務めている重臣。一方、自分は衆知のとおりキリシタンとしてかつての領地を失い、今も支配者によって追放されている身だ。右近は横山家の立場、および信仰(横山家は禅宗)のことを思うとき、将来、横山家に迷惑をかけることになるのではないかと案じた。そんな右近に長知はさらに一層、この縁談を望むようになる。

「南坊殿、信仰についてはなんの心配もいらぬ。もしも康玄がキリシタンの教えを聴いた上でそれを己が救いと受け止め、受洗を願い出るならば、自分はなんの妨げもしない、安心されよ」

右近と長知は、利家亡きあと、「利長、家康に謀叛の動きあり」という根も葉もない噂が広まったとき、ともに家康の元へ事実無根を訴えに出向いた旧知の仲でもある。右近は長知の熱意に真実を感じた。こうして康玄とルチアの縁談はめでたく成立したのだった。

「康玄殿、ルチアにやりこめられてはおらぬか?」

二つ目の枯露柿を懐紙に受け、右近が康玄に笑いながら問うと、

「あっ、いえ、あの、デウスのことを、日々、ルチアから教わっております」

しどろもどろに答える康玄の姿がなんとも初々しく、同座している妻のユスタも笑いをかみ殺すのに必死だった。結婚して二年たった今もまだ康玄は受洗には至っていないが、右近のなかにそれを追いたてる気持ちはなかった。すべてにデウスのときがある。康玄が心からデウスと出会うそのときを自分も

祈り、待ち望みたいと思うのだった。

と、そのとき、にわかに玄関口があわただしくなった。城から遣われた急使に、ただならぬ気配が入り混じっていた。

「南坊殿、即刻、ご登城願いたいとのことでございます！」

高岡城築城

慶長十四年（一六〇九）三月一八日、利長の隠居地・富山が空前の大火に見舞われ、城と町が炎上したというのだ。利長はとりあえず魚津城に非難しているという。利長が異母弟・利常に家督を譲り、金沢城から富山城へ退いたのが四年前。十六歳になった利常を利長は約十一里（四十四キロ）離れた富山から治世を後見していた。それだけに富山城を失った痛手は大きい。

利長は風が強く火事の多いこの富山の地に城を再建するのではなく、心機一転、新たな土地に城と城下町を築きたいと考えているという。そこで選地、縄張り（設計）、築城の総指揮をぜひ右近に頼みたいといってきたのだ。

「おお、こうして関野の平野を一望していると、若き日の志が再び我を奮い立たせてくれるようじゃ」

右近に促されて射水郡《いみずぐん》関野《せきの》（後に高岡に改名）より北へ約一里（四キロ）、二上山の山中に建つ守山城にあがってきた利長は、眼下に広がる景色に思わず声をあげた。

利長は天正十三年から慶長二年までの十三年間、この守山城に居城していたことがある。二十四歳から三十六歳までの血気盛んな時期を過ごしたこの城は、利長にとって特別な場所でもあった。

「南坊、さすがじゃ」

利長は、自分もかねてより、この関野の地に目を付けていたと言う。関野は前田家の領国、加賀・能登・越中の政治・軍事・経済の中心地であり、周辺の城と連携をとれば防御網が容易に築ける。また千《せん》保川《ぼがわ》（当時は庄川の本流）・小矢部川《おやべがわ》が、背後の砺波《となみ》・射水平野の穀倉地帯や、伏木《ふしき》・放生津《ほうじょうづ》といった富山湾港とも密接に結ばれており、舟での輸送にも利がある。

守山城跡

「ところで、築城までにどれほどの日数がかかるであろう」

その声には利長の焦りが滲んでいた。父・利家の時代より仕えてきた豊臣家はいまだ大坂に健在、片や徳川家は関ヶ原の戦いのあと、圧倒的な勢力を伸ばし始めているとはいえ、まだ完全に天下統一するまでには至っていない。となると前田家は徳川家との和平を保ちつつも、一方では有事に備え前線基地ともなる堅固な城を早急に完成させなければならなかった。そうした利長の意図を誰よりも理解しているのも右近だった。

「半年ほどいただきたく……」

利長の目に驚きが走った。まったく新しい土地に新しい城をつくるのだ。おそらく地均《じなら》しから始めなければならないだろう。果たして、そんなに早く竣工できるものなのだろうか。利長は慄然《りつぜん》と立つ右近の横顔を食い入るように見つめた。

高岡城の堀

利長は早速、徳川幕府の秀忠と駿府《すんぷ》に隠居した家康に人を遣わし、築城を願い出、四月六日付けで家康より許可を得る。四月十二日、加賀、越中、能登の三国から集められた木材、石材などの資材上げ陸地として「木町」建設を指示。それ以降、本格的に新しい町づくりが始まっていく。

防衛力が弱いといわれる平城のいのちは「堀と土塁《どるい》」。そのため右近は、高槻城のときと同様、広大な水堀を高岡城の周囲にめぐらす。総面積約二一万平方メートルのうち約三割が人口の水堀で占められ、しかもその水位は現在までほとんど変わっていないという。豊富な庄川の伏流水を水源に利用し、そこから堀出された大量の土で五つの曲輪を造成し、その周囲に土塁や石垣が築かれた。築城後、わずか五年で廃城となり、明治維新まで放置されたことも幸いし、ほぼ原型のままで現在まで至る。まさに右近の頭脳を覗き込むような貴重な名城だ。

この高岡城に利長は主だった家臣四百三十四名を従え、九月十三日、無事入城を果たした。今回も誰もが驚くはやさで、右近は竣工へこぎつけたのだった。高岡城築城という大任を無事果たし、ようやく金沢の自邸で右近がほっとひと息つけたのは、秋もずいぶん深まったころだった。

「またたく間に過ぎ去った一年であった……」

「……まことに」

右近は、妻ユスタの言葉に胸底に沈む思いを垣間見たような気がした。そういえばあの日以来、ユスタの手からロザリオが片時も離されることはなかった。

あの日――。右近が家族を残して高岡へ出立する少し前、右近たち家族に、「まさか！」という不幸が相次いで襲いかかった。祈りの人として多くの人々から尊敬されていた右近の母マリアが亡くなり、その後を追うように長男ジョアン、そしてジョアンの妻もまたたく間にこの世を去った。なんらかの事故か、伝染病か、教会の記録には記されていない。

上は十一歳、下は三歳の五人の右近の孫たちは、突如孤児となった。憔悴しきったユスタは、ただただ祈り続けるだけで、右近はかける言葉もなかった。

「されど……」

デウスがゆるしたまわぬことは何ひとつこの世には起こらないとしたら、この試練にもきっと何か意味があるに違いない。失った三人のいのちを決して無駄にしてはならない。

「右近はこの不幸でさえ少しも動揺せず、信仰と忍耐を失わなかったばかりでなく、その葬儀にあたって、すべてを盛大に行い、できるだけの荘厳さを尽くした。このような外面的行事は自分にとっても死者自体にとっても必要ではないが、参列した異教徒がなんらかの知識を得、今までとは違った見解を抱くのにおおいに役立ったことを心から喜んでいる、と言った」（一六〇九年三月十四日　ロドリゲス・ジランの書簡）

その翌年、ルチアの夫・横山康玄が受洗を決意。結婚して七年目のことだった。絶望のなかに小さく芽生えた光だった。

茶人として、キリシタンとして

右近は手元の茶碗にそっと目を落とした。行燈《あんどん》に照らし出された暗緑色《あんりよくしょく》に光る艶《つや》やかな茶は、ともすると山々の谷底にひっそりと佇む湖のようにも思えなくもない。その茶を口に含むと、ねっとりとほろ苦く、そのあとを追うように甘みが次々と押し寄せてきた。

前田利家に招かれ加賀へやってきておよそ二十年。五十七歳となった右近にとって茶はもはや単なる遊びではなかった、単なる芸術でもなかった。いつしかひとり座す茶室は、自身の生き方を振り返り、これまでデウスがどのように自分を導いてきたのかを見つめ、これからの残りの人生をいかに生きていくべきかを識別する、祈りの場、観想の場となっていた。

次第に右近の目が懐かしさに包まれていく。二十二年前、追放され隠れ住んだ小豆島での八カ月間は、オルガンティーノ神父とふたりで殉教について真剣に語りあった日々でもあった。

この世のことはすべて虚しく、またたく間に過ぎ去ること、キリストに従って歩むことこそ真に生きる道につながること。そしてあの静けさと孤独……。

「結局、わたしは茶室のなかに、あの日の小豆島を見ているのかもしれない……」

この夜も右近はひとり金沢の茶室でキリストの受難を黙想する。十字架を担ぎ、ごつごつしたと石畳の道を一歩一歩足を引きずりながら刑場となるゴルゴの丘へ向かうイエス・キリスト。その背は鞭に打たれてすっかり皮膚は破れ、肉がむき出しになっている。その上に荒削りの十字架が容赦《ようしゃ》なく食い込む。想像を絶する痛みは頭上にも走った。茨《いばら》の冠をかぶせられた頭に茨の鋭いトゲが突き刺さり、幾筋もの血が顔にしたたり落ちる。イエスは幾度かよろめくと、ついに道の途中上でうずくまった。道の両側を埋め尽くした群衆からイエスに向けていっせいに罵声が浴びせかけられる。イエスは最後の力を振り絞って立ちあがろうとした。その瞬間だった、イエスがまっすぐに右近を見上げたのだ。

その目は壮絶な苦しみに喘ぎながらも、右近にこう言う。

「一切の苦悩をこの身に委ねよ、すべてを引き受けよう」

右近の肩が震えだす。涙がとめどもなくこぼれてくる。握りしめたこぶしはいつまでも右近の太股を打ち続けるのだった。

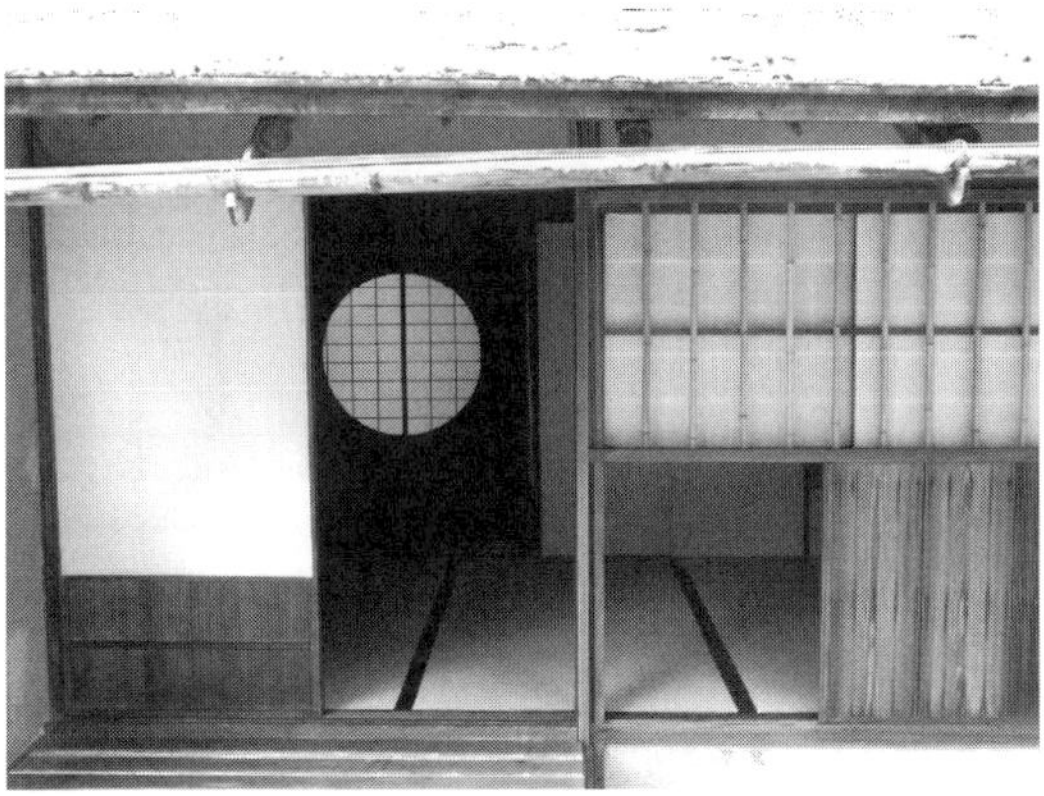

皆如庵　右近が前田家にいた当時に建てた茶室という説もある

いつのころからだっただろう。何か得体のしれぬ圧迫感を右近は感じ始めていた。

「やはりあの年が分け目だったのかもしれぬ……」

関ヶ原の戦いで東軍の家康側が圧勝した慶長五年（一六〇〇）。ここから時代は大きく変わり始めていく。家康は江戸に幕府を開設し、いまだ従順とはいえぬ豊臣家を牽制しながら幕府の基礎を着々と固めていた。右近には関ヶ原から九年たった今もキリシタンを黙認している家康が不気味だった。秀吉は激情しても、ふとしたきっかけで、きれいさっぱり笑い飛ばす単純さがあったが、家康は違う。物陰から虎視眈々《こしたんたん》と機会を狙っている執拗さがある。

さらに、世界の海洋事情も大きく変わろうとしていた。発端となったのは、関ヶ原の戦いの数カ月前のひとつの事件だった。九州豊後の海岸に一隻のオランダ船が漂着した。リーフデ号と称するその帆船には航海士としてウィリアム・アダムスというイギリス人も乗船していた。これまでキリスト教宣教師を介してポルトガル人に限って貿易をゆるしてきた日本にとっては、まったく新しいヨーロッパ人の出現だった。

実は当時、イギリスとオランダの両国は相次いで東インド会社を設立し、ポルトガルとスペインにとってかわり日本をはじめアジア海域で旺盛な通商活動を始めようと画策していた。いち早くこの変貌を悟った家康は、アダムスに三浦安針《みうらあんじん》という日本名を与えてを外交顧問として迎え入れ、海外の情報収集にも力を入れていく。

「ほう、西欧では同じキリシタン同士が反目しおうておるというのか？」

家康は三浦安針の話にわずかに身を乗り出した。当時オランダとイギリスはプロテスタントの国で、スペインなどカトリックの国と対立。しかもプロテスタントの国々は、宗教と貿易を切り離して考えているというのだ。つまり宣教師がいなくても貿易ができる時代がやってくる。それはキリシタンにとって、特にイエズス会にとっては大きな脅威だった。

「同じ菓子（キリスト教）でも違う紙に包めば、まったく異なるモノになるということか……」

家康は手にしていた扇子をパタリと閉じた。

慶長のクリスマス

「まあ、なんと美しい。夜の雪に栄える南蛮寺は、デウスの花嫁のようじゃ」

列をなした大勢の人々はそれぞれに感嘆の言葉を口にしながら、三年前建てられた南蛮寺へと急いでいた。

紺屋坂

南蛮寺は木造三階建てで、現在の兼六園下交差点から兼六園、石川橋へと続く紺屋坂の坂下に建てられていた。イエズス会年報によると、一人の司祭と一人の修道士が金沢に在住。最初の司祭はロドリゲス神父、その後、トルレス神父が金沢の担当になったという。

慶長十三年（一六〇八）、これからその南蛮寺で盛大なクリスマスが催されるというのだ。これは右近のたっての望みで実現した。この日のために、右近は各方面に自筆で立派な招待状を出し、荘厳な雰囲気のなか深夜聖祭が終わると、自身のもてなしで招待客全員にご馳走をふるまった。

この夜、右近はいくつかの願いをデウスに強く祈り求めた。そう遠くない日に起きるに違いない迫害に備えて、キリシタンたちの信仰がさらに強められること、迫害下でも喜びをもってひとつの共同体となり、団結心を強められること。そうした組織をここ金沢に編成することがゆるされること。その思いが伝わったかのように、聖堂は大勢の人々の熱気で埋め尽くされた。そのなかのひとりの女性が右近の姿を見つけると、にわかに歩を速め、近づいてきた。

「南坊殿、ありがとうございます。このように喜びで心震える日が再びこようとは、夢にも思っておりませんでした」

すでに三十路半ばを過ぎたマリア備前（豪姫）は、それだけ言うとふっと遠いまなざしになった。豪姫のこれまでの数奇な運命を思うと、右近も次の言葉を探しあぐねた。

前田利家と正室まつとの間に四女として生まれた豪姫は、生後まもなく利家と仲がよかった秀吉の養女となり、十五歳で秀吉の信頼厚い岡山城主・宇喜多秀家のもとへ嫁いだ。そんな豪姫の人生を大きく変えたのが、関ヶ原の戦いだった。

秀家は秀吉への恩義から関ヶ原の戦いで西軍に加わるが、家康率いる東軍に敗れ、その結果、ふたりの息子とともに八丈島へ流刑となったのだ。

残された豪姫は兄・前田利長のもとへ身を寄せ、生き別れとなった夫・秀家とふたりの息子の無事をひたすら祈る日々を今も送っている。

「ただ……わたくしは数々の苦しみをとおしてデウスと出会うことができました……」

かつて豪姫は京都にいたころ、内藤如安の妹、内藤ジュリアに自身の苦しい胸のうちを打ち明けたことがある。そのとき、キリシタン・ジュリアのうちに、本当の救いを見た豪姫は、次第にキリスト教に惹かれていき、まもなく受洗を決意。オルガンティーノ神父の代理としてジュリア本人から洗礼を受けたのだった。

「不思議な縁《えにし》でございます」

そう言うと、豪姫の視線は先ほどから聖堂内で忙しく立ち働くジュリアの兄・内藤如安の上にとまった。

「マリア殿」

右近の慈愛に満ちた声だった。

「三年前、利長殿がここ金沢を離れられるに際して、なんと申されてこの南蛮寺をお建てになられたか、ご存知でしょう」

豪姫はわずかに小首をかしげた。

「兄上さまが……?」

「(豪姫の) 元気な姿をもう一度、見てみたいものじゃ、と」

豪姫の目がみるみる涙で潤んでいく。

むろんそれだけが南蛮寺建立の理由ではないことは豪姫にもよくわかっている。いまだに一向宗の勢力が強い金沢では、その抑えとしてこの南蛮寺が必要だったともあろう。それでもこのように自分のことを気遣ってくれる兄がいることのありがたさ、それは家族ばらばらとなった今の豪姫には叫び出したいほど嬉しいことだった。


「やはりそうであったか……」

あの日のクリスマスから一年後の慶長十四年 (一六〇九)、オランダ東インド会社の船が九州平戸に到着。ついに日本とオランダの貿易が開始されることになった。家康の腹が決まったのだ。あとは時間の問題だ。家康はこれから、キリシタンを弾圧する口実をじっくりと探しまわるに違いない……。

そう思う間もなく、この年の暮れ、ひとつの事件が右近の耳に飛び込んでくる。真冬にもかかわらず右近の額に汗が滲《にじ》む。

「迫害の日は近い……」

第九章　右近、追放！

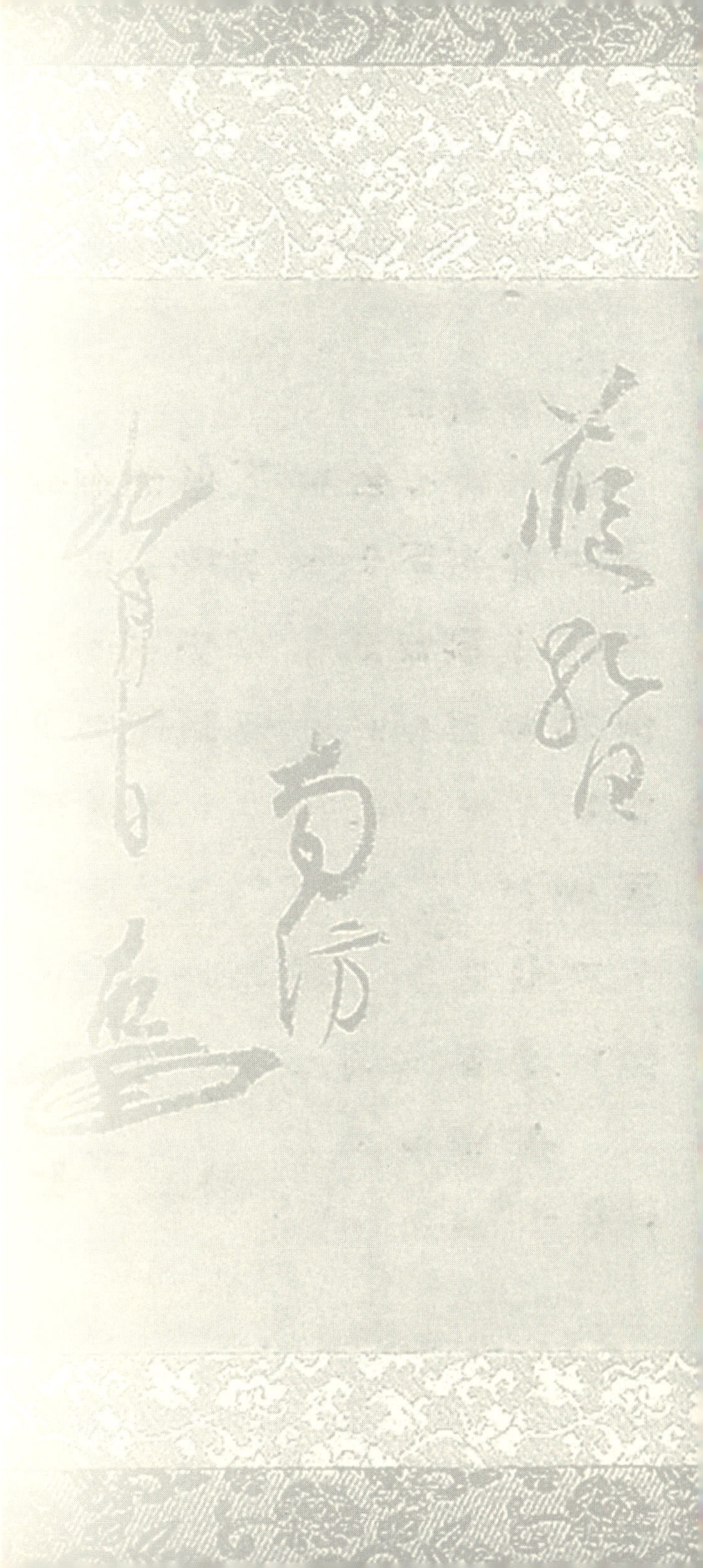

殉教への道のり

マードレ・デ・デウス号事件

その話を耳にしたとき、右近のなかに何かどんよりとした胸騒ぎが走った。

慶長十三年（一六〇八）十一月、当時ポルトガル領だったマカオに有馬晴信《ありまはるのぶ》の朱印船《しゅいんせん》が寄港。このとき晴信の家臣である朱印船乗務員とポルトガル船の水夫たちがひょんなことから酒場で口論となり、数十余名の日本人が殺害された。

翌年五月、そのポルトガル船（マードレ・デ・デウス号）が、この事件に関与したペッソアを乗せて何食わぬ顔で長崎に来港したことがわかると、晴信は徳川家康に公式の報復の許可を願い出る。家康は晴信にペッソアを召喚させようとするが、ペッソアはこれに応ぜず、デウス号に乗り込んで出帆しようとした。それを見た晴信は、この年の暮れ、デウス号を包囲、猛攻撃を加え、四日目にはデウス号を沈没させたのである。このとき幕府の目付役としてついていたのが、家康の懐刀として名高い本多正純の与力・岡本大八《だいはち》だった。

「有馬晴信も岡本大八も同じキリシタン。しかも大八は家康公のお膝元、駿府の教会管理者……」

ふと右近のなかにどっしりと川岸に腰をおろす家康の姿が浮かぶ。その家康は釣り糸を垂らし、じっと川面を見つめたまま動かない。稚魚が近寄ってきても微動だにしない。

いったい、家康は何を待っているのか。右近はハッとする。晴信や大八は釣り糸に仕掛けられた餌にすぎぬ。家康が狙っているのは、もっと大きな獲物なのだ。もっと大量の収穫なのだ。


「なに、有馬領をそれがしに！まことに家康公がそうおっしゃられたのか！」

「はい、確かに。このたびのデウス号撃沈の恩賞として、豊臣時代に失われた領地を再び有馬晴信殿にお戻しになられるご意向があるとのことでございます」

果たしてこの話は本当なのか。晴信は大八の目を覗くように見つめる。なんと言っても家康の信頼を一身に受けている本多正純がからんでいる話なのだ。間違いはない。こうして晴信は大八に賄賂として六千両（現在の約六億円）もの大金を渡した。ところが待てど暮らせど、恩賞の話はいっこうに晴信のもとに届かない。不審に思った晴信はとうとうしびれを切らし、直々に本多正純に問うてみた。

「一切、存ぜぬ！」

正純の尖った声が晴信のなかで何度も撹拌され、拡散していく。すべては大八の虚偽《きょぎ》だったのだ。世に言う「岡本大八事件」だった。

禁教への道

「キリシタンは、言うてることと、やっていることがあまりにも違い過ぎるではないか！」

激しい怒りを露わにした家康はこの事件の首謀者、岡本大八を見せしめのため慶長十七年（一六一二）

有馬晴信謫居《たっきょ》の碑（山梨県甲州市）

三月二十一日、駿府市街を引き廻しのうえ安倍河原で火刑にした。さらに家康はこの日、「キリシタン禁教令」を駿府から発布する。有馬晴信も甲斐国に追放、その後、死罪へと追いやった。

家康の怒りはこれだけにとどまらなかった。これを皮切りに幕府直轄領にも布告。諸大名にもキリスト教を禁止させる。関ヶ原の戦いの後、十年以上もキリシタンを静観し続けてきた家康が、眠りから覚めた獅子のごとく巨体をゆっくり揺すりながらようやく立ちあがったのだ。

「南坊殿」

右近が紺屋坂の教会を出たところを見計らって、内藤如安がそっと声をかけてきた。

「すでにお聞きおよびと思いますが、駿府に引き続き、京都でもキリシタンの名簿作成が始まったとのこと」

右近は黙って頷いた。その後、京阪地区の宣教師全員はただちに長崎へ連行され、そこで次の命令を待つことになるという。まだ加賀には禁教令は届いていないが、いずれも時間の問題。そう遠くない将来、金沢のパードレたちにも追放の命が下ることになろう。そして自分たちキリシタンの上にもなんらかの仕置きが下ることは必至。

ザビエルがキリスト教布教のため日本の土を初めて踏んでから六十年あまり。禁教令直前には全国に三十七万人ほどの信者がいたキリスト教は、ここへきて一気に冬の時代に突入していくのだった。

慶長十八年十二月（一六一四年一月）、江戸で起草された「伴天連追放之令」がいっせいに全国へ発布。慶長十九年正月四日（一六一四年二月十二日）、京都のパードレに追放令が届く。二日後、長崎へ追放。同年正月（一六一四年二月二十日）、ついに加賀にも禁教令が布告される。幕府から高岡の前田利長に下された命は、ただちに金沢の利常のもとへ届けられた。

「南坊殿、火急の知らせじゃ」

右近の邸まであわてて馬を飛ばしてきたのだろう。横山長知の息がまだ荒い。

「いよいよ、でございますか」

と尋ねる右近に返答するかわりに、長知は追放令の写しを懐からもぎ取ると右近の前にぐっと突き出した。

「乾《けん》を父となし、坤《こん》を母となし、人その中間に生まれ、三歳ここに定まる」をもって始まる禁制は、禅僧・崇伝《すうでん》によって江戸で一夜にして起草されたという。その内容は、秀吉の禁教令より格段に厳しい。武士のみならず一般庶民にまでキリスト教信仰を禁止するというものだった。

「これとは別にパードレとイルマン（修道士）を即刻京都へ送るようにという命令つきじゃ。しかも明日中には出立せよとある。ただ、それ以外の信者たちへの幕命は記されておらぬ。不可解じゃ」

「…………長知殿」

それは右近の静かな声だった。

「どちらにしようとわたくしへのお咎めは避けられないでしょう。正直、安堵いたしました」

「安堵？」

「はい。もはやわたしに残された道は一つだけとなりました。あとはこの道をまっすぐ歩いていけばよいだけのこと。今、確かな手に委ねられている安堵に包まれております」

そう言うと、右近はしわがれた手のうえに視線を落とした。過去に何度か殉教を望みながらも、叶えられなかったその理由が、今ようやくわかったような気がする。デウスはわかっておられたのだ。デウスのためにと言いながら、実は己の力により頼み、勇ましくもぎ取る殉教だったことを。

六十二歳の老人となった今、病が右近の体を蝕み、足腰もずいぶんと弱くなった。だがこうなって初めて見えてくる景色がある。自分の力でやり遂げたつもりでいたすべてのことにデウスの助けがあったことを。デウスの涙があったことを。デウスの犠牲があったことを。

「殉教もまたデウスの恵みなのです」

長知は返す言葉もなかった。戦国時代を生き抜いてきた長知には、死は敗北以外のなにものでもなかった。だが右近はその死に向かって、今、自ら歩き出そうとしている。その死は戦場での死とは明らかに違っていた。

「ところでルチアのことでございますが……」

右近はさりげなく話題を変えた。長知の嫡男・康玄に嫁いでいる娘ルチアを、これまでどおり横山家の人間として据え置くつもりだというかねてからの長知の申し出を右近は緩やかに制した。

「ルチアを引き取ることをどうかおゆるしいただきたい」

長知の前にひれ伏した右近の脳裏に先日のルチアの思いつめた顔が蘇る。

「康玄さまと離婚させていただきとうございます」

はっきりとしたルチアの声だった。おそらく最初に禁教令が下されたころから、ずっとルチアなりに考えてきたに違いない。加賀藩の家老・横山家にキリシタンの自分がいることがどれほど夫や舅を苦しめることになるのか。さらにこの迫害下で信仰をもち続ける道はひとつしかない――。

「康玄殿も同意されておるのか？」

「…………」

ルチアはわずかに首を横に振ると、それまで必死でこらえていた涙が一気に溢れ出てきた。

金沢城黒門跡

追放！

この日、長知が帰ったあとの右近は多忙を極めた。パードレたちを匿《かくま》おうと必死に走り回ったが、さすがに一日では手の打ちようがなかった。翌日、パードレたちは護衛数人と右近の部下二人に付き添われ、降り積もった雪の上を静かに京へ出立していった。それから二日後、横山長知が右近の邸に再び入った。だが今回は前回とは異なり、前田利常の正式な使者としての出で立ちだった。

「上意！」

長知の太い声が屋敷内に響く。幕命は、右近および妻子一族、金沢より京へ護送。出立は正月十七日、午前十時。集合は金沢城、黒門前。出立までに残された時間はわずか一日だった。

慶長十九年（一六一四）正月十七日、この日は朝から金沢城の北、黒門前は大勢の見物客で埋め尽くされていた。

「おい、あれは……」

群衆の一人が指をさした方向に目をやると、黒門からまっすぐのびた道の先に白装束の群れが垣間見えた。白い群れは右近を先頭に、夫人ユスタ、娘ルチア、そして亡くなった長男ジョアンの子どもたち五人、上は十六歳、下は八歳だった。それに内藤如安と妻と三人の子、長男トマスの子四人。加えて道中の世話をする右近の家臣および下男・下女も数人付き従っていた。

黒門前に集結した右近たち一同は、ただちに物々しい出で立ちの役人に取り囲まれ、大小はもちろん、懐刀までも取り上げられた。その後の衣類検めでは、女子どもも容赦なかった。あらかじめ用意された罪人用の駕籠の前に右近が乗り込もうとしたその瞬間だった。

「待たれよ！」

太い声が黒門前に走った。


「いよいよじゃ」

昨日、自分たち家族と内藤如安一家が幕府の命により京都所司代・板倉勝重に引き渡されることになったことを、右近が真っ先に妻のユスタに告げると、ユスタは穏やかな顔で頷いた。思えば金沢へ来てからの二十六年間は殉教に備えての一日一日だった。おかげで平素から整理整頓は怠りなく、いつ追放になってもよいよう旅に必要な最低限の身の回り品が整えられていた。

右近は手箱から黄金六十枚を取り出すと、使いの者を呼び、主君利常のもとへ届けさせた。それはその年に、受けた知行の収入だったが、もはやご奉公できぬ身となった以上、受けるわけにはいかぬという思いからだった。

また高岡の利長には、長年の御礼の印として秘蔵の茶器を届けさせた。だが利長はどうしても受け取ろうとはしなかったという。昨年、駿府で禁教令が発布されると、利長は茶友右近を失うことがばれ、表向きだけでも棄教するよう横山長知に説得させようとした。だが長知は右近の性格を熟知しているだけに、首を縦に振ろうとはしなかった。

返されてきた茶器を見つめながら、病に伏す利長の青白い顔が浮かぶ。

「……罪人」

自分はいよいよこの世の罪人となったのだと右近は思う。それはキリストが歩いた道でもあった。


午前十時。いよいよ出立のときがきた。黒門前で響いた太い声の主は、前田家の家老で、家中でも重鎮として名高い篠原出羽守一孝だった。今回、右近たちを京都まで護送する総指揮官を務めるという。つくづく不思議な縁だと右近は思う。かつて出羽守とは石川門や大手門の石垣の件で少々対立したことがあり、それ以来、何となく表だってかかわることもなかった。その篠原出羽守が罪人用の駕籠に「待った」をかけたのだ。

「高山殿は長年にわたって加賀藩にご尽力くださったお方である。貴人用の駕籠を用意せい！」

だが右近は、その心遣いに深く感謝しながらも、丁寧に辞退した。右近の思いは、ただひとつ。キリストに倣いて、一歩一歩、己の足でデウスが示す地へ歩いていく、ただそれだけだった。

馬上の篠原出羽守を先頭に、白い群れがゆっくりと動きだした。群衆のざわめきが一段と大きくなった。すすり泣く声もいたるところから聞こえてくる。

右近たち一行は一人ひとりに感謝の意をこめ丁寧に頭を下げながら、小雪が舞うなか、金沢の地を去っていった。

過酷な北国《ほっこく》の道行《みちゆき》

犀川《さいがわ》大橋を渡ると、いよいよ金沢の町も最後だという思いが一行の胸にひしひしと迫ってきた。しばらくすると人家もなくなり、目に入ってくるのは北国の荒涼とした雪原だけとなった。ここから先は、ひたすら北国街道《ほっこくかいどう》を南西へ向かうことになる。

この時期特有の日本海からの乾いた風が容赦なく右近たちの右の頬を打ち、それぞれの頬はたちまち真っ赤に腫れあがった。一歩踏みこむたび、水分を多く含んだ雪のなかにずぶずぶと足が沈み、たちまち足先の感覚が失われていく。天気がよければ左手には、加賀白山の山並みを一望できるはずだが、この空模様ではそれも叶わぬことだった。

ふと右近はかつて父ダリオと、冬のこの北国の道を急いだ日のことを思い出していた。天正十八年(一五九〇)、ヴァリニャーノが天正少年遣欧使節の一行を伴い再び来日した知らせを受けて、右近たちは京に滞在中のヴァリニャーノに会うためこの道を嬉々と急いだ。あの日の父は、今の自分とほぼ同じ年齢だったはずだ……。浅井畷《あさいなわて》の合戦、大聖寺攻めで見覚えのある小松や大聖寺を過ぎ、その先の府中を越えたあたりからめっきり雪が深くなってきた。

眠る場所も、食事も凍えるような寒さとの戦いだった。運がよければ無人の宿で、辿りつけぬときは雪を掘りその穴に身を埋めるようにして仮眠をとる。食事も戦のときと同様、干飯や梅干し、わずかな干物などで空腹をしのいだ。未踏の雪道は想像以上に体力を消耗させる。一番手が新雪を踏み、続く男たちがさらに雪を固めていく。一歩間違えれば、深い谷底へ落ちかねない切り立った断崖では男たちが子どもを背負い、恐怖で足をすくませる馬をだましだまし引っ張り上げた。

「あ、これは！」

十六歳になる右近の孫・十太郎が、ところどころに残っている足跡に気づいた。おそらく右近たちより数日前に金沢を追放となったパードレたちのものに違いない。

あたたかい気持ちに包まれた右近たち一行の誰からともなく、神を賛美する歌がこぼれ始めた。その歌声は次第に大きくなり、山間に響き渡っていく。いつしか弱々しかったそれぞれの足取りに不思議な力が宿っていくのを誰もが感じとっていた。デウスもともに歩いてくださっている……。

右近の道行

こうして越前と近江の国境にある板取の関所に到着した一同は、あと一里と少し先からは下り坂になると聞き、ようやくほっとした。

「やはりわたくしには、わかりませぬ」

つぶやくような篠原出羽守の声だった。その声は、どうしてキリシタンたちは自分のいのちをい

板取宿跡

とも簡単に捨てるのか、神は我々を慈しむために存在するのではないか、こんな幼子まで巻き添えにする意味がどこにあるのか、と言っていた。それは右近たちとともに金沢から苦しい旅を続けてきた者だからこそ言える、右近たちを惜しむ思いでもあった。

「出羽守殿……」

右近は冷え切った囲炉裏に小枝をくべながら、静かに微笑んだ。戦国の世に生まれ、生き延びるために権力に服従し、多くのいのちを踏みにじり、やがては見苦しい自己顕示に走って、目先の栄誉をほしがるようになる。だがどんなに栄えようとそのなかに長く留まることはできない。そんな憐れでみじめな存在のわたしたちを永遠に支配される方は、裏切られても裏切られても慈しみのなかでじっと見つめておられる。

「わたしはそのお方にどのようにこのご恩を返していったらよいのでしょうか……」

もはや死ぬも生きるも自分の力ではない。殉教とは死を望むことでも、死に急ぐことでもなく、その悠遠のまなざしのなかに帰っていくこと――。

「ただそれだけなのです」

兵《つわもの》たちの夢のあと

金沢から琵琶湖畔の坂本までは、全長約二百五十キロメートル。現在でも冬場は通行止めになる箇所があるこの雪深く険しい道を、右近たち一行は誰ひとり脱落することなく約十日間で歩ききった。

思えばこの追放の道行は、右近が武将として生き抜いた日々を遡る旅でもあった。三十一年前、賤ヶ岳の戦いで死を覚悟して見つめた余呉《よご》湖、信長から大名にとりたてられた秀吉が喜び勇んで築城した長浜城が誇らしげに建っていた長浜、番場まで下ると佐和山城の城主だった石田三成の生真面目な顔が思い起こされた。最後まで豊臣家の家臣として義をとおし、長崎の二十六人の殉教の際、筆頭にあった右近の名を無言で墨で塗りつぶしたのもこの三成だった。だがその長浜城も佐和山城も今やすっかり破壊され見る影もない。

「南坊殿、安土ですぞ」

如安の声に、右近はかつて天守閣のあった山頂に目をやった。ヴァリニャーノを歓待し、オルガンティーノにセミナリオの建設をゆるした信長も安土城もすでにこの世のものではない。頭上の雲がゆっくりと流れていく。それはかつてこの地をいのちをかけて疾《はし》り抜けていった兵たちの無言の行進のようにも思えた。

街道の賑わいが一段と増してきた。いよいよ坂本の地が近づいてきたのだ。この後、右近たちに待ち受けているものは何なのか。十字架刑か、斬首か火あぶりか、追放か——。

それを知るものは誰ひとりいなかった。琵琶湖の湖面は静か過ぎるほど静かだった。

西教寺総門

慶長十九年（一六一四）正月十八日、比叡の麓の坂本の街道には、金沢から追放されてきた右近たち一行を一目見ようと多くの人々が詰めかけていた。憐れみや嘲笑、好奇心の入り混じった視線が容赦なく白装束の一行に向けられる。ルチアは右近の末の娘孫（八歳）の小さな手を思わず握りしめた。

「群衆に交ざって、幾人かのキリシタンの姿が見受けられますのう。いずれも豊臣方に走り、大坂城に入った者たち……。徳川方と決戦となった暁には、我らにも豊臣方につくよう説得するために遣われた者たちかもしれません」

何食わぬ顔をして列の先頭を右近とともに歩いている内藤如安だったが、さすがは小西行長の配下として北京に渡り、明の皇帝と和平交渉をめぐって渡り合った人物だけのことはある。如安はちょっとした異変を感じるたび右近にそっと耳打ちをしてきた。右近自身、金沢から坂本までの道中、刺客《しかく》の気配を感じない日はなかった。誰の指図によるものかはわからないが、右近は別段騒ぎたてることもなかった。仮に、今ここで刺客の手におちれば、我らは殉教の恵みにあずかれるのだ。右近にしてみれば願ったり叶ったりだった。

逆に右近たち一行が坂本に入った知らせを受けて頭を抱えたのは京都所司代・板倉勝重のほうだった。もしも彼らがこのまま都に入れば、京のキリシタン四千人は勇気を得るばかりか、すでに棄教した者たちの信仰も再熱しかねない。板倉は家康の命令が下るまで右近たち一行を坂本に留まらせておくよう命じるほかなかった。

坂本城跡付近より臨む琵琶湖

西教寺の鐘の音だろうか。入相の鐘が驚くほど間近に聞こえるような気がした。かつて信長の命で、比叡山の麓の町まで焼きはらった明智光秀は、その後、何度もこの寺を訪れ、斬り捨てた多くのいのちを弔ったという。

思えば右近たちが留め置かれている坂本は、かつて光秀の居城、坂本城があった場所でもある。琵琶湖を挟んで信長の安土城とは舟で往来するほど密接な関係が結ばれていた。だが今はその坂本城も安土城も跡かたもない。右近のこの地での軟禁生活は、祈りと黙想、霊的書物の読書にその大半が費やされ、ゆっくりと一日が過ぎていく。残された時間がわずかだからだろうか、今ほど心が研ぎ澄まされ、鮮明になったことはないような気がする。

ふと右近は、この先、誰が天下を治めることになろうと、もはや心動かされることはないだろうと思った。関心がないというのではない。まもなくこの世を去る身にとっては、それらは遠い世界のことのようにしか思えないのだった。

「おそらく道は三つ……」

如安は読みかけの漢籍を閉じると、右近の言葉に耳を傾けた。

「三つと申しますと……？」

一つは、ここ坂本で全員処刑、二つ目は駿府（静岡県）か江戸に送られ見せしめとして市中引き回しのうえ処刑される、そして三つ目は、家族をばらばらに追放したうえで、それぞれの信仰を棄てさせる。右近はこの先、自分たちを待ち受けているであろう可能性をひとつひとつ提示していった。

「最後の道だけはなんとしても避けたいところですが……」

如安の言葉に、右近も大きく頷いた。だが果たして幼子たちが大人たちの讒言《かんげん》に惑わされず信仰を守り抜くことができるかどうか。やはりここは一度きちんと話しておいたほうがいい。右近にしては珍しく一同を集め、幼子たちにもわかりやすい言葉で、ゆっくりと語り出した。

「敵《サタン》の仕掛ける罠に常に気をつけていなさい。仮に我々全員が引き離され、ひとりになったところで爺《じじ》や婆《ばば》は転んだと聞かされても、それは巧妙な策略なので、絶対に信じてはならぬ。よいか、みなの心はひとつじゃ。それを決して決して忘れぬように」

長い三十日間だった。坂本に留まる右近たちのもとへ、ようやく幕府からの命令が届いた。男たちは長崎へ送られ、女子どもは希望するなら京に留まってもよいという。なお、今まで伴ってきた召し使いは誰ひとり同行することはゆるされない。

京都所司代の名代が帰ったあと、右近はただちにそのことをみなに伝えた。女子《おんなこ》どものいのちが助かる道があるなら、それを閉ざしたくはないと、右近はつけ加えた。ふとユスタのなかに、右近のもとへ嫁いだ日のことが鮮やかに蘇っていく。あの日、右近は言ったのだ。

『――いかなることがあっても側室や妾をもつことはない。終生、わたしの妻はそなたひとりじゃ。

よいな』

「わたくしは……」

ユスタの声がわずかに震えた。

「どこまでもご一緒に参りとうございます」

その言葉を追いかけるように、ルチア、孫たちも、右近とともに行くと言う。如安の妻や子ども、孫たちも同様だった。

慶長十九年（一六一四）二月十六日、いよいよ右近たち一行が坂本を発つ日がやってきた。まずは陸路十五里を徒歩《かち》で大坂へ向かうという。今回の旅は、身の周りの世話をする者を同行することがゆるされぬため、食事を用意するだけでも手間取ることは覚悟のうえだった。右近も孫たちに教えてもらいながら、見よう見まねで川の水で米を研いだ。

そうした右近を八歳の孫娘はさきほどからくいいるように見つめ、片時も離れようとはしなかった。

「お爺さまは、お城をつくるのは上手いと聞くのに、米を研ぐのは初めてか？」

「米を研ぐのは難しいでのう」

「ふ～ん」

されば米を研ぐのが上手な婆さまは、爺さまより偉いということになるが……。

「そうじゃ、この爺より婆さまのほうがずっとずっと偉い」

みなの笑い声がいっせいに川面に跳ねていった。

こうして東海道を京の東寺口まで目指し、その後、西国街道に入ると、しばらくして右手に見覚えのある山が姿を現した。そう、天王山だ。秀吉に属し、明智光秀の陣に真っ先に斬り込んでいった山崎の合戦の地だった。ここから高槻までは約三里半。この道を幾度、馬で駆け抜けたことだろう。遠くに城が垣間見えたような気がした。もしや……。

右近の足が止まった。今は徳川氏の直轄地となり、徳川方の代官が城主となっているため遠目でしか見ることしかできないが、それは確かに高槻城だった。一五八一年、この地にヴァリニャーノ神父を迎え、復活祭を祝ったことが昨日のように思い出される。次の瞬間、右近は何やら指を折り始めた。

「あっ」

右近は小さく声をあげた。今年の復活祭はグレゴリオ暦で三月三十日。まもなくだ。震えるような思いが、体のなかを突き抜けていった。

長崎から

長崎

右近たち一行が河口の港大坂に到着すると、すでにそこは各地から流されてきていた宣教師や修道士、同宿でごったがえしていた。

「兄上さま！」

小柄なひとりの老女が、宣教師たちの間を縫って、内藤如安のほうへ駆け寄ってきた。

「ジュリアではないか！」

如安の妹ジュリアは、日本に初めての女子修道会「都のベアタス」を創立。今回、幕府から京へ送られてきた大久保忠隣《ただちか》の厳しい弾圧にも屈せず棄教しなかったため、十三人の修道女とともに長崎へ送られることになったという。

二月二十五日、いよいよ長崎へ向かうときがきた。みな、キリストのために流されていく者たちだった。追放される人々は七隻の舟に分乗させられ、そのほかに護衛の武士たちの舟が二隻ほど加わって、見事な船団をつくり、大坂を出港していく。瀬戸内の海を通過するとき、右近の胸に去来したものは何だったろうか。天気が良ければ、右手には明石、室津、左手には小豆島が見えたに違いない。秀吉の「伴天連追放令」により一夜にして明石城主から放浪の身となったあの日。夜の海を小豆島へ渡っていった右近の激動の日々をこの海は知っているのだ。

「おお！」

いっせいに舟の上から大きな歓声があがった。大坂を出航して十八日目。右近たちの前に長崎の山々や丘が現れた。右近も宣教師たちとともに西坂の丘を食い入るように見つめる。二十八年前、あの丘に二十六本の十字架が立ち、殉教していった友がいたのだ。そして間もなく自分たちも彼らのあとを追うことになる――。

右近たちを乗せた舟は長崎湾に吸い込まれるように、ゆっくりと港に近づいていった。

三度目の長崎だった。二十二年ぶりの長崎との再会だった。初めてこの地を訪れたのは二十六年前。追放の身となった右近は肥後へ転封となった小西行長のもとへ下る途中、小豆島から有馬へ立ち寄った。次はマカオへ帰るヴァリニャーノ神父を見送るため蒲生氏郷とともに名護屋から長崎へ。そして今回、再び追放となった右近は、岬の先端に建つ「被昇天《ひしょうてん》のサンタ・マリア教会」に導かれるように長崎の港に入っていく。

陸に上がった右近たち一行は、港から少し奥まった高台にあるトードス・オス・サントス教会でひと息つくと、長崎奉行所が用意した上町の鳥ノ羽屋敷に移った。一カ月前から全国の宣教師たちが長崎に集合してきているため、各教会関係の建物はどこもみな満員だという。

長崎は、ここ四十五年で急速に大きくなった町だった。一五七〇年に長崎港が開港すると、またたく間に長崎の港はポルトガル人との貿易の拠点となり、町の人口は一気に増えた。約二万五千人のうち、そのほとんどがキリシタンだったという。禁教令後も、長崎の教会はほとんど破壊されなかったため、小ローマのような美しい町並みは今もそのまま残されていた。

右近たち一行は長崎に落ち着くと、早速、キリストの教えである隣人愛を実践する慈善・福祉事業のミゼルコルディアの組に繋がり、病院で身寄りのない者、貧しい者のために働き始めた。現在の長崎銀行本店あたりに建っていたサンチャゴ病院にも右近は足繁く通ったことだろう。妻ユスタ、娘のルチアも右近に影響を受けて、病人の世話を喜んで手伝い始めるようになった。

「父上、何ごとでございましょうか。続々と人が通りにでてきております」

ルチアは不思議そうな顔をしながら右近のほうへ視線を送った。

四月末日の水曜日、長崎は異様な興奮に包まれていた。幕府に禁教令の緩和を求めて、ついに長崎のキリシタンたちが立ちあがったのだ。右近から事情を聞かされたルチアは、長崎という町がもつ底力にあらためて驚かされた。

トードス・オス・サントス教会から出発した行列は坂道を下り、長崎の町へ繰り出していく。次第に人は増えていき、数えきれないほどの人々が行列をなしていた。ある者は石で胸を打ち、ある者は十字架に自分の体をはりつけ、ある者は血まみれになるまで鞭打ちを受けている。右近たちは周囲への影響も考え、この行列に参加することは差し控えていたが、通りを練り歩く人々の熱気は家の中にいても充分伝わってきた。

「お爺さま、みなが一丸となってことを成す長崎のキリシタンのお姿は、わたくしにも大きな励みとなります」

孫の十太郎（十六歳）は右近からゆるしがでれば、今にも行列に加わらんばかりの勢いだった。こ苦行の抗議行列はその後、八日間続けられた。

「一丸となって……」

右近の顔がわずかに曇っていった。

周到な家康

駿府城の天守から望む富士の山は、今日も朝陽に照らされて神々しかった。徳川家康はいつものように富士山に願をかけ、じっと手を合わせた。家康にとって天下統一の総仕上げともなる豊臣家討伐は秒読みの段階に入っていた。なんとしても負けられぬ戦いだった。そのためには懸念となることはどんな些細なことでも取り除いておかねばならぬ。

「高山長房（右近）……」

家康はゆっくりと目を見開いた。何を思ったかもう一度富士の山を食い入るように見つめると、家康はおもむろに立ちあがった。

「お目どおりをゆるされ、いたく光栄に存じあげます」

慶長十九年（一六一四）八月二十一日、ぎこちない日本語で家康の前にはべるのは、つい先日支那から長崎港に到着したばかりのポルトガル船の船長代理だった。たくさんの珍しい品々を持参してわざわざ駿河までやってきたのは、おそらく長崎のキリシタンたちに懇願されて禁教令の緩和を願い立てに来たのであろう。家康はそうした推測はおくびにも出さず、軽い雑談で座を和ませる。

「ところで呂宋《ルソン》から長崎まではいく日ほどかかると思われるかのう？」

「季節にもよりますが、およそ十日間ほどでございましょう。今の時期ですと順風に煽《あお》られ、比較的快適な航程となります。ただ十月にはいりますと、呂宋上空は厚い霧や豪雨をともなった北風が吹き荒れ、航海は非常に困難となりますゆえ、船を出す者はまずございません」

「ほう、十月以降の海は荒れる。海はまるで生きもののようじゃのう……」

だがこのあと、船長代理が禁教令の話題に移っていくと、家康はまたたく間に表情を硬くした。家康の腹は決まった。仮に右近を一刀両断のもといのちを奪えば、キリシタンたちは殉教の光栄にすがろうと奮起し、徳川幕府打倒に立ちあがることは必至。国内追放とて安心はならぬ。キリシタンの結束は国の隅々まで行き渡っている。となれば残る道はひとつ……。

長崎の教会、分裂！

「セルケイラ司教さまのお人柄が、今さらながら偲ばれます」

右近が長崎へ来てから、何度この言葉を聞かされたかわからない。長崎のキリシタンはイエズス会士によって切り開かれ、イエズス会士の働きによって発展してきた町だった。イエズス会にしてみれば、豊臣政権下の迫害を乗り越えて、家康の時代に入りようやく待ち望んだ平安を得てほっとしたところだった。ところが一六〇八年、九年と相次いでフランシスコ会、ドミニコ会、アウグスチノ会といった修道会が長崎に参入。四修道会の日本布教本部の所在地になったあたりから雲行きがあやしくなっていく。

「不幸中の幸いは、イエズス会のセルケイラ司教さまがどの修道会の方々にも丁寧な態度で接しておられることです。そのおかげで、大きな諍《いさか》いも起こらずにすんでいるといっても過言ではございません」

春徳寺（トードス・オス・サントス教会跡）

パードレたちは口ぐちにそう言って、セルケイラ司教の功績を称えた。そのセルケイラ司教が右近たちが長崎に到着する二カ月ほど前に帰天したのだ。ここで、これまでくすぶり続けてきた問題が一気に噴き出してくる。ポルトガル貿易と密接な関係を結んできたイエズス会と、スペイン貿易を擁護する三修道会といった構図もこれに拍車をかけた。

家康の禁教令によって、今まで以上に教会が一致しなければならないときに、教会の指導者たちが争っている。それを信者たちも知っている。またイエズス会が統治する「内町」と、他の修道会が統治する「外町」といった長崎独特の「町並び問題」のなかで信者同士も争いに巻き込まれていく。

こうして慶長十九年（一六一四）、長崎のキリシタン共同体はついに分裂した。カトリック教会はこれまでにも大小多くの分裂を繰り返してきたが、日本のキリスト教会もここへきて初めてそれを経験したのだ。多くの苦難を越え、金沢から長崎へようやく辿りついた右近の前に待っていたのは、人の弱さ、教会の弱さだった。幕府からの迫害が外からなら、教会の分裂は内からの揺さぶりだった。連日、右近に指針を求めて訪ねてくる信者たちも絶えなかった。そうしたなかで今、自分は何をすべきなのか、右近は静かに自身に問いかけていくのだった。

高台にあるトードス・オス・サントス教会への坂道を右近はゆっくりと登って行く。坂を登りつめたところに立つクスノキが今日はやけに遠くに感じられた。やはり寄る年波には勝てぬ。息を切らしながらようやく教会前の門に辿り着くと、すでにそこにはペドロ・モレホン神父が立って待っていた。

これから数日間、モレホン神父の指導のもとで行うことになるイグナチオの霊操《れいそう》は、イエズス会の創始者イグナチオ・デ・ロヨラが自らの体験をもとに編み出した、神と真に出会い、神の意志を見いだしていく霊の目覚めであり、鍛練だった。

右近は過去に一度、秀吉から信仰のため追放されたとき、有家《ありえ》（長崎県）のイエズス会修練院でイエズス会の司祭によって霊操を行ったことがある。問題は外にあるのではない、常に自身の内側にある。モレホン神父はゆっくりとこれまでの右近の魂の変遷に連れ添っていく。自分の内側に渦巻く感情、喜怒哀楽や不安、意地、突っ張り、虚栄などをありのままに見つめながら、その底に潜むより深い自分との出会い……。

右近は記憶の海を遡りながら、できるだけ詳細に、正確に、己の弱い部分、欠けた部分、みじめな部分を赤裸々に告白していく。そして自分がどのような人間かを正しく知ったあと、自分を無にしてすべてを与え尽くしたキリストの復活と栄光を黙想した。右近は、十字架にかかり、すべてをデウスに託したキリストの姿をはっきりとこの目で見た。このお方を前にして自分は何を望むというのか——。

「わたくしのすべて、わたくしの自由意志さへも取り去りたまえ。すべてはデウスよりくるものであり、すべてをデウスにお返しいたします」

右近の顔が、みるみる光り輝いていく。モレホン神父もその光に包まれ、深い感動のなかに入っていった。

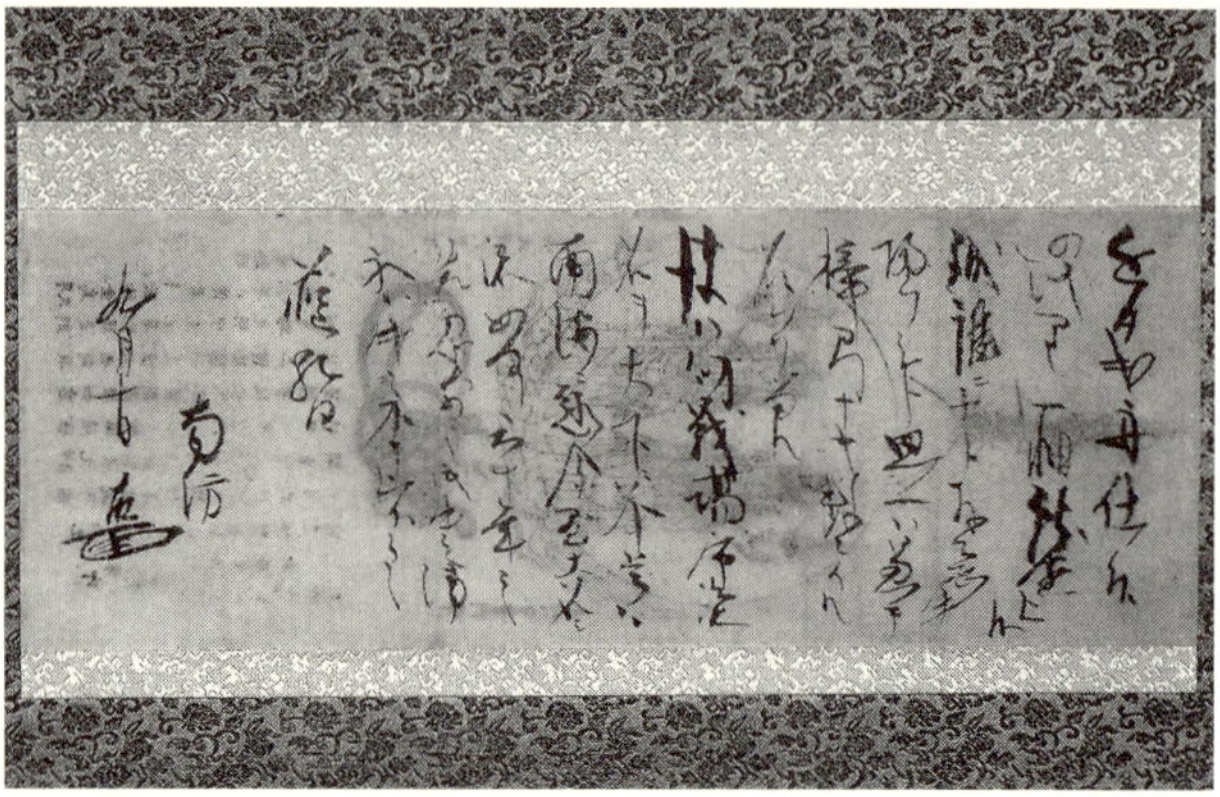
細川忠興への書簡（本行寺）

「右近はもはや地上のいかなるものにも執着することがなかった。人生の最後は、祈りと瞑想、霊的読書にそのすべての時間をあてた」

この日、生涯で二度目の霊操を終えた右近をモレホン神父はのちにこう証言したのだった。

家康が大坂城討伐を決意するまで、残り一カ月を切ろうとしていた……。追放令が出されると、細川忠興は家康に取り入って右近追放のゆるしを乞おうとした。だが右近は、「自分に残された短いいのちをすべてデウスにささげたい」と言って、忠興の提案を丁寧に断った。追放直前にその長年の親友・忠興に宛てた書状が今も残る。

「まもなく日本を去っていきます。さてこれに際して一つの掛け軸をどなたかに差しあげたいと思いました。その昔、楠木正行は死を覚悟して弓を引き、戦場に散っていきました。彼こそは武士のなかの武士。その名を後世に残します。わたしは南の海に流されていき、その名は忘れ去られることでしょう。六十年間の苦しみも終わりになりました。その間の御礼は口に出して申し上げることはできません」

第十章　永遠のいのちへ

船上の聖人

イエズス会の決断

「宣教師をはじめすべてを国外追放とする。ただのひとりも国内に居残ることは相成らぬ！」

ついに徳川家康は決断した。慶長十九年（一六一四）九月初め、長崎に届いた幕命は、日本人の右近も神父たちと同様、国外追放に処するという前代未聞のものだった。これまでにも日本人のキリシタンの追放はあったが、いずれも送られた先は、津軽（青森）や伊豆諸島の遠島など国内に留まっていた。だが今回だけは、別だった。右近追放には、もっと深刻な問題が秘められていたのだった。

「追放先は、マカオかマニラ。どちらにするかはそれぞれの自由に任せる。なお、このひと月の間に準備が整い次第、決行となるゆえ、しかと心得ておくよう」

長崎奉行所の役人は眉ひとつ動かさず、右近たちに幕命を下知した。これを受けてただちにイエズス会では長崎で管区会議が開かれた。緊迫した空気の中、次のことが決定された。正副ふたりの神父を選んで、それぞれ違うルートからローマに入り、今回の日本の迫害、教会の現状についてつぶさに報告する。

「マルコス神父、モレホン神父……」

二人は名を呼ばれると、すっと立ちあがった。ポルトガル人のマルコス神父はマカオに追放される船に乗り、その後ゴア（インド）を経由してローマへ。一方、スペイン人のモレホン神父はいったん、マニラに追放された後、メキシコ、スペインを経由してローマに入る。二人の神父はいくぶん緊張した顔で力強く頷いた。

このとき、日本に滞在するイエズス会の宣教師は百十五名。そのうち神父十八名と幾人かの修道士が、キリシタンに力を添えるため、すでに日本各地に忍びこんでいったことも、この日、合わせて伝えられた。

「やはりこちらでしたか」

西坂の丘に立つ右近のもとへ、ゆっくりと近づいてきたのはモレホン神父だった。国外追放が命じられた以上、これまでのように自由に長崎の町を歩くことはできなくなると思った右近は、どうしてもこの丘を見おさめておきたかった。

秀吉の命により厳冬の京都からここ長崎まで後ろ手に縛られ、裸足でこの丘まで歩いてきて、十字架にかかった二十六名の宣教師とキリシタン。そのなかのひとり、摂津国出身の三木パウロは安土セミナリオの第一期生だった。右近の姿を見かけるといつも走り寄ってきては、熱心にデウスの話を聞きたがった。その三木パウロがこの丘から四千人あまりの群衆に向けて、死の直前まで力強く説教をしたという。

あれから十八年。刑場跡には当時を偲ばせるものは何ひとつ残っていない。ただ一面雑草で覆われた地面を丹念に見ていくと、ところどころに凹《へこ》みが認められた。一直線に並ぶ窪《くぼ》みをひとつ、ひとつ数えていくとちょうど二十六。おそらくここに十字架が立てられたのだろう。この凹みはデウスを信じ、殉教していった者たちのいのちの重たさでもあった。

「……あの日、ジョアン五島は、わたしの身代わりとなって大坂で捕らえられ、この地で殉教しました」

常に沈着冷静、学者のような雰囲気が漂うモレホン神父の声がわずかに震えた。右近もまたこの丘で十字架にかかり、果てるはずだった。だが名簿の筆頭に記された右近の名はなぜか墨で消された。生涯で何度かあった殉教の機会。デウスはそのいずれもゆるされなかった。だが今日、右近の心の深いところで疼いていた傷が少しずつ溶かし出されていくような気がした。

「デウスはじっと待っておられたのだ……」

ひとまわり小さい十字架に架けられた十二歳のルドビコの光り輝く顔が、六十二歳の老人となった右近を見つめているような気がした。

Laudate Dominum（主をほめたたえよ～♪）

あの日のルドビコの美しい歌声が右近の胸に大きく広がっていく。いのちをかけて彼らから託されたものを、また自分もいのちをかけて次に託していく――。

マニラへ

慶長十九年十月七日（一六一四年十一月八日）、この日の福田港は夜が明ける前から、物々しい空気に包まれていた。長崎の西側、直接外海に面するこの港は風波が激しく、待機する二隻のジャンク船も大小の波に煽られ、揺らいでいた。

金沢から長崎へ送られてから約八カ月半。先の見えなかった右近たちの周りが急にあわただしくなってきた。それは、家康の天下統一の総仕上げとも微妙に折り重なっていた。

九月二十四日（十月二十七日）、幕府からの使いが西下して、右近たちの国外追放を早急に実施するよう命じ、右近たちはただちに長崎を去り、福田港の海辺の藁小屋へ移された。

十月一日（十一月二日）、家康は大坂征伐（大坂冬の陣）の命を発し、伊勢、美濃、尾張の諸将に出陣を命じる。

十月二日（十一月三日）、（豊臣）秀頼は徳川家との対戦に向けて、秀吉に旧恩ある諸大名に大坂城に集結するよう申し送る。この日、家康は、長崎の全教会の破壊を命じている。

十月六日（十一月七日）、マカオへ追放される宣教師やキリシタンを乗せた三隻のジャンク船が福田港から出港していった。


「どうしてもマニラへ行く決心はお変わりありませんか」

右近が追放先をマニラ決めたとき、マカオに向かうポルトガル人たちは名残惜しそうに右近に尋ねた。

「日本人であるわたくしがマカオへ行けば、ポルトガル人と現地の人々、ポルトガル人と日本人の関係を面倒なものにします。わたくしはこれまで霊的指導をしてくださったモレホン神父さまに従ってマニラに行くことにしたいと思います」

穏やかに答える右近の胸のうちに、いくつかの思いが走った。当時、マカオはポルトガル人たちにとって中国や日本に対する貿易拠点であると同時に、カトリック教会の布教の拠点でもあった。もしも自分がマカオ行きを選んだら、日本に敵意をもつ人々が団結して家康に復讐する計画があるとも疑われかねない。それは、家康が国内での迫害を一層厳しくしていくことにもつながると右近は考えていたのだった。

福田港

「あげんこんまか、古か船でマニラまでいくと？」

二隻の老朽船に三百五十人以上が分乗して詰め込まれることを知って、見送りにきていた人々は口ぐちにささやき合った。実際、見かねた神父の一人が、貨客が多過ぎると役人に申したてると、「女子《おんなこ》どもは船べりに縛ればよい」と憎々しげに答えたという。

そうしたなか、福田港が一望できる突き出した断崖の上に陣取っていた群衆の一部からどよめきが湧き起こった。右近たちが港へ向かって歩いてくる姿が見えたのだ。右近たちが乗る船には、内藤如安とその家族、如安の妹ジュリアが率いる都の比丘尼《びくに》たち（日本最初の女子修道会）、それにモレホン神父と二十三人のイエズス会員、フランシスコ会、ドミニコ会、アウグスチノ会、約百五十名が詰め込まれるという。

狭い入り江は、追放されていく約三百五十人、長崎奉行の役人たち、見送りの人々で騒然としていた。

いよいよ右近たちが船に乗り込むときがきた。群衆からいっせいに声があがる。右近はその声に向かって、深々と頭を下げた。

ついに曳《ひ》き船に先導されて、膨れ上がった船が動きだした。甲板はこぼれんばかりの人々であふれかえっている。そのなかに右近の姿もあった。群衆が少しずつ遠のいていく船に向かって、ありったけの気持ちをこめて声をあげた。こたえるように甲板の人々も大きく手を振り返す。陸と海から轟く声は悲鳴となり、次第にすすり泣く声に変わっていった。やがてそのなかから小さな旋律が聞こえ始めた。それはどんどん大きくなり、海を挟んで聖歌はついに一つとなった。その歌声は高く、高く、長崎の上空にいつまでもとどまるのだった。

右近は少しずつ小さくなっていく長崎を見つめていた。もう二度と戻ってくることはない、この長崎の、日本の、すべてをその目に焼きつけておきたかった。長崎に眠る修道士ロレンソ、フロイス神父、オルガンティーノ神父……。ほかにもヴァリニャーノ神父、小西行長、蒲生氏郷、細川忠興、前田利家・利長、千利休……。そして父ダリオ。血で血を洗う戦国の世で、心を通わせ、友情を築いていった人々の顔が次々と航跡の果てに浮かびあがる。

福田港を出た船は、海上に浮かぶ高島や端島《はしま》に見守られるように野母崎《のもざき》までやってくると、いっせいに帆を広げた。ここから先は白い帆いっぱいに風を受け、南の海へ向かって進んでいく。目をこらすと左手に雲仙の山がおぼろげに見えた。右近が最後に別れを告げた長崎だった。

潜伏していった神父たち

右近の孫、十太郎は一瞬言葉を失った。ジャンク船のなかは想像を絶する人、人、人であふれかえっている。定員の数倍もの人々が貨物のように詰め込まれたのだ。無理からぬことだった。右近たちも内藤如安一行とともに大部屋の隅になんとか腰を落ち着けると、ようやくひと息つくことができた。

「パードレたちは無事、潜伏できましたでしょうか」

如安にしては珍しくくぐもった声だった。

この日、右近たち一行を乗せた追放船が沖に出て役人の視界からはずれると、三隻の小舟がすーっと近づいてきた。おそらく事前に打ち合わせがなされていたのだろう。日本人司祭二人とフランシスコ会、ドミニコ会の神父数名をジャンク船から段取りよく引き下ろすと、小舟に乗せかえ、何ごともなかったように長崎へ戻っていったのだ。

ふと右近の脳裏に、今朝方、船上から見た長崎の風景がよぎる。小ローマと称えられた長崎の美しい教会のほとんどが破壊され、無残な姿を晒していたのだ。我々に見せつけるためもあったかもしれぬが、キリシタンへの仕置きはこれまで経験したこともないような厳しい時代に入っていくことは誰の目にも明らかだった。実際、右近たちの出帆を見届けた長崎奉行・長谷川佐兵衛《さひょうえ》は、ただちに島原半島の一斉弾圧に着手する。殉教者二十二人、瀕死の重傷者多数、そして相次ぐ棄教者……。

だからこそ、と右近は思う。

「本気で立ち向かう者をデウスがお見捨てにはなるはずがない、そうであろう？　如安殿」

家康の懸念

「その一手が命取りでございました……」

家康は思わず布団をはねのけた。その顔は驚くほど青ざめている。

慶長十九年十月一日（一六一四年十一月二日）。家康は大坂征伐の命を発した。すでに伊勢、美濃、尾張の諸将には出陣を命じている。自らも十一日にはここ駿府《すんぷ》城から軍勢を率いて京都二条城へ入るつもりだった。賽《さい》は投げられたのだ。

なに、先ほどの夢など気にすることはない。そもそもマニラに流された右近が、再び大海を渡って宣教師たちとともに日本を襲ってくることなどありえるはずがない。だが万が一……。

「確か右近たちの国外追放は十月七日（十一月八日）。まだ間に合うかも知れぬ」

港を出たところで右近を乗せたジャンク船を沈めよという家康の命を受けた使者は、早馬で福田港までの道を駆け抜けた。だが時はすでに遅し。一足違いで右近たちを乗せた船は出航し、沖のかなただった。その三日後には大坂から豊臣秀頼の使者が同じく長崎に到着する。懐には間近に差し迫った戦いに右近を総大将として招きたいという書簡が忍ばされていた。

右近作の彫像（神奈川県大磯町澤田美喜記念館蔵）

仮に秀頼の知らせが間に合ったとしても、右近がこの招きに応じることはなかっただろう。すでにこの世の執着から解き放たれた右近には、殉教の光栄を得ること以外、何ひとつ望むことはなかった。

マニラへの航海は相当な困難を極めた。特に最初のうちはほとんどの者が極度の船酔いに苦しめられた。食事は喉を通らず、苦酸っぱい胃液ばかりがむせ上がってくる。船内にところどころ置かれた壺は、またたく間に吐瀉物や糞尿であふれかえり、交代で海に捨てに行こうにも船が揺れるたびよろめき、その場にうずくまるしかなかった。空腹、喉の渇き、悪臭、湿気、不眠、不潔、絶えることのない揺れ……。最初のうちは威勢のよかった者も、日がたつにつれ、目に見えて精気が失われていった。

そうしたなかで右近の日々の生活は次第にみなの畏敬の的となっていく。一言の愚痴も苦情も発することはなく、絶えず祈り、霊的書物に触れ、パードレたちとの霊的な談話に心の癒しを求めた。その姿はあたかも自分に残されたわずかな時間を余すことなくデウスにささげようとする修道者のようだった。

あるとき、突然、右近の体が激しく床に叩きつけられた。他の人々も樽のように床をころげている。大嵐に突入したのだ。急潮と大波がひと息に老朽船をのみ込もうとする、その瞬間だった。上部から大量の海水がどっと船内に流れ込んできた。

「申し訳ございませんでした!」

水浸しになった書物はいずれも二度と手には入らぬ貴重な宗教書ばかりだった。それらを孫たちと一緒に一枚一枚丁寧に甲板で干している右近のもとへ船長がやってきて今回の不始末を詫びた。右近には船の上部が充分密閉されていなかったことが原因だろうとおおよその見当はついていたが、一言も責めることはなかった。

「思い出し笑いでございますか?」

「あ、いや、別に」

「これは水臭い。こうなるとますます伺いとうなる」

風に当たるため甲板に上がってきた右近の傍らにいつの間にか如安が肩を並べていた。大小の波がともに六十の坂を越えたふたりを軽く揺する。右近は観念した。三好《みよし》三人衆の乱が勃発し、沢城から生まれ故郷の摂津高山へ命からがら逃れていった日のことをぽつりぽつりと語り始めた。

「洗礼を受けてまもなくのことだっただけに、思わず父に食ってかかってのう。仏教を信じていたころは、こんな苦しみには出合わなかった。それがデウスを信じたとたん、なぜこのようなみじめな負け方をしなければならないのかと」

「ほう、それは勇ましい。で、父上はなんと？」

「今はわからずとも、のちに必ずわかるときがくるはずじゃ、と笑い飛ばされたわ」

「必ずわかるときがくる……のう」

そのまま二人は黙って大海原を見つめ続けた。あのとき、「勝てぬ神ならいりませぬ」とつぶやいた十三歳の少年は、五十年の時を経て、デウスにすべてをささげ、マニラへ流されていこうとしている。父の言ったことは正しかったのだ。洗礼を受けたあの瞬間《とき》からデウスは片時も目を離さず、自分を見つめていたのだ。ようやくこれまでの出来事がすべて繋がっていくような気がした。

右近は懐に忍ばせた羽箒にそっと手をやった。それは千利休が切腹して果てる二カ月ほど前、右近にさりげなく手渡した羽箒だった。あのとき確かに利休は自分のいのちがそう長くないことを知っていた。

人には譲れないものがある——。

この羽箒にはそうした利休の思いが滲んでいた。右近は利休のいのちの影に自身のいのちをそっと重ね合せてみるのだった。

懐かしい声

老朽船の遠く前方に、ようやくルソン島の山々が水平線に姿を現し始めた。長く苦しい航海もあともう少しで終わろうとしている。ところがここへきて四人の神父が病に倒れた。うち三人はマニラ上陸後まもなく亡くなり、老齢のクリタナ神父は、マニラまであと五十キロメートルというところでとうとう力尽きてしまった。

右近の体調も思わしくなかった。金沢を立つときから病を患っていた身には、今回の航海は相当こたえたのだろう。高熱が続き、右近の体力をどんどん奪っていった。

どれぐらいの時間がたったのだろう。右近は目をこらして周囲を見渡す。あたりは霧がたちこめていて何も見えない。ふとどこからか声がしたような気がした。

「我が愛する子よ……」

それは四十一年ぶりに耳にした懐かしい声だった。和田惟長《これなが》との戦いで深手を負い、昏睡状態に陥った右近に静かに語りかけてきた、あのときの声だった。

「立ち上がりなさい」

あのときも、その声は確かにそう言ったのだ。右近は朦朧《もうろう》とする意識のなかで、眩《まぶ》しい光の先をくいいるように見つめた。

「おお、意識が戻られたぞ!」

部屋じゅうに大歓声が起こった。ゆっくり目を開けると、そこにはユスタ、ルチア、孫たち、ほかにも大勢の心配する顔があった。右近は支えの手を制して、自力で立ちあがった。そして力強く言った。

「甲板へ……」

船はマニラ港を前にしてわずか二十キロメートルというところで逆風を受け、容易に進むことができなくなっていた。これ以上、待っていてもこの季節特有の逆風はやみそうにない。モレホン神父とヴィエラ神父は決断した。二人は小舟にクリタナ神父の遺骸を移し、海岸近くの村に葬った後、徒歩でマニラまで向かい、右近たち一行がやがて到着することを知らせてくるという。まもなく神父たちを乗せた小舟は風に煽《あお》られながら、どんどん小さくなっていった。右近は連日、甲板に立ち、モレホン神父たちの無事を祈り続けた。

慶長十九年十一月十一日（一六一四年十二月十一日）、マニラ港を背に巨大帆船・ガレウタ船が、満身創痍の老朽船のもとへゆっくりと近づいてくる。そのガレウタ船の前方に立っているのはまぎれもなくモレホン神父とヴィエラ神父だった。マニラ湾上空の雲の切れ間から何条もの光が降り注ぎ、やがて右近とともにジャンク船をすっぽり包みこんだ。あの懐かしい声が再び右近におよぶ。それは今まで聞いたどの声よりも力強い声だった。

「あなたは失ったのではない、得たのだ！」

ひこばえ

マニラ上陸

右近たちを乗せた船はスペイン総督が手配したガレウタ船に曳行されながらマニラ湾へ入港。砲台からはいっせいに祝砲が放たれ、岸壁にあふれたマニラ市民からは大きな歓声が湧きあがった。小舟に乗り替え、パッシグ川をさかのぼっていく右近たちの眼前に、頑強な石造りの城壁が姿を現すと、小舟はマニラの城塞都市に吸い込まれるようにゆっくりと着岸していった。

当時、スペインの支配下に置かれていたフィリピンは、熱心なカトリック教徒の国でもあった。十六世紀末、外敵の侵入を防ぐため周囲をぐるりと城壁で取り囲まれた城塞都市のなかには、荘厳な教会や宮殿、病院、貴族たちの住居などが建ち並ぶ。このなかに居住できるのは、スペイン人と今はスペイン領となったポルトガル人、そして彼らの召し使いと客人のみだった。フィリピン人、中国人、日本人はすべて城壁の外に追いやられていた。右近はこのイントラムロスで生活することがゆるされた初めての日本人だったという。

これから右近たち一行は儀仗兵《ぎじょうへい》に護衛されて、馬車でスペイン総督官邸（王宮）へ向かうという。ここでも信仰のためすべてを捨て、遠く日本から追放されてきた英雄を一目見ようと、道の両側には着飾ったスペイン人や召し使いたちが押し寄せ、熱狂的な歓声で右近たちを出迎えた。

「おお、ユスト殿！」

官邸で待ちかねていたファン・デ・シルバ総督は両手を大きく広げ右近を強く抱きしめると、感動のあまり一瞬、言葉を失った。総督は、日本のキリシタン大名としてこれまで受けてきた右近の苦難の数々が、ここマニラにも伝えられていることを熱く語ると、市をあげて歓迎したいと申し出た。

右近はその厚意に感謝しつつも、どうかそれだけはおゆるしいただきたい。わたくしはそのような名誉に値する人間ではないのです、と丁重に辞退した。

イントラムロス地図

その後、一行は馬車でマニラ大聖堂、サン・オーガスチン教会でデウスに感謝の祈りをささげるとイエズス会の神学院（サン・ホセ学院、聖アンナ教会）へ向かった。学校の門には管区長、院長、修道士、学生らが立ち並び、ここでも右近たちは敬意をもって迎えられる。荘厳な讃美歌テ・デウムが聖堂に響き渡った。

♪聖なるかな　聖なるかな　聖なるかな　万軍の天主……

右近の疲れきった体に讃美歌が優しく沁みわたっていく。右近は静かに目を閉じた。そのまぶたに映るのは、これまでの神の愛、神の奇跡、そして日本各地に潜伏していった宣教師たちであり、迫害に屈せず信仰を守り続ける信徒たちの姿だった。
右近はその場にひざまずき、執り成しの祈りをささげるのだった。

「長い一日だった……」

右近は、神学院と通りを隔てた真向かいにある宿泊施設に案内されると、ようやくひと息ついた。頭上にはひときわ光彩を放つ南十字星がまたたいている。北半球の日本では見られない星だという。ついさきほどまで神学院の大食堂で催されていた歓迎会の賑やかさが嘘のような静けさだった

「ユスト殿、身分相応の生活ができるよう、どうかわたくしどもに支援をさせていただきたい」

先ほどの宴会の席でもシルバ総督はそう右近に申し出たのだった。これに対して右近は、総督から俸禄をいただいても、自分はなんの奉公もできないので、受け取ることはできない、わたくしは追放されてきた身ゆえ、貧しいキリストに倣って、それにふさわしい質素な生活を送りたいのです。それぐらいの準備はあるので、どうかご心配なさらぬようお願いしたい、と正直な気持ちを伝えた。

そうした右近に総督はますます惹かれ、私用でもたびたび右近を訪ねるようになる。身分の高い貴族たちもこの偉大な信仰者、右近をもてなしたいと申し出る者があとをたたなかった。だがすでにこの世の執着から完全に解き放たれている右近には、人々からの称賛も自分からほど遠いものに思えた。むしろそう遠くない日に訪れるであろう最後の長い旅に備えて、祈り、整えていきたい、という気持ちで心は占められていた。

こうした右近の望みは思いがけず、早く叶うことになる。マニラに到着して約四十日後、右近は重い熱病に冒される。金沢から長崎への過酷な長旅、劣悪な環境下での船旅、慣れない食べ物や気候……、

老年の右近の体はすでに限界に達していた。

あわてて医者を呼びに行こうとする孫の十太郎を、床に伏した右近は押しとどめた。そのかわり「モレホン神父を……」。

「私は自分の死が近づいていることがわかります。ただ家族を悲しませないように、言わないでいます」

右近はモレホン神父とふたりになると、自分の想いを語り始めた。

「デウスがそれを希望されるのですから、私は喜び慰められています。今より幸せなときがこれまであったでしょうか。私は妻や娘、孫たちについては何も心配していません。彼らが私と共にこの地まで来てくれたことに深く感謝しています。デウスへの信仰ゆえに追放されてここまで来たのですから、これから先はデウスが彼らの真実の父となって彼らを守ってくれることでしょう。だから私がいなくなっても心配はないのです」

ここまで言うと右近はほっとした様子でモレホンを見上げた。数日後、病状は悪化。枕元に集まっていた家族に、右近は最期の言葉を贈る。

「どうして泣いているのか。死によって私を失うとでも思っているのですか。だとしたらそれは間違っている。私たちは祖国を追放されましたが、辿りついた先は天の御国のようなところだった。これこそデウスの御業、私が亡くなってからも続くことでしょう。どのようなことがあっても信仰を失わず、悪魔の働きにも屈せず、デウスの教えに従って生きなさい」

次第に息苦しさが募ってきた。右近は五人の孫たちを近くに呼び寄せると、最後のいのちを振り絞って彼らに言いきかせる。

「家族の中からひとりでもデウスの教えに反する者がでたなら、みなでその者を正しい道に連れ戻しなさい。それでも従わない場合は、（心を鬼にして）家の名からはずしなさい。私はその者を孫とも親族とも思わない」

常に模範的なキリシタンであれ。それが右近から孫たちへの、未来へ続くまだ見ぬいのちへの切なる願いであり、約束だった。

光のなかへ

死が近づいているのだろう。視界がおぼつかない。視力が失われ始めているのだ。

「今は……昼か、夜か」

「ご安心なさいませ。昼でございます」

右近の耳元にユスタの声が響く。なんと愛おしい声だろう。自分の一生はこの声と共にあったのだ。

「わたしの魂はデウスを待ち焦がれる」

しきりに右近はこの言葉を繰り返すようになった。モレホン神父は終油の秘跡を授ける準備に入った。右近の額、手に聖別されたオリーブ油が丁寧にすりこまれていく。高熱にもかかわらず、最後まではっきりとした意識がある右近は自身のいのちが閉じていくさまをひとつひとつ感じとっていた。

かなたに小さな光が見えたような気がした。ゆっくりとその光が近づいてくる。もう少しであの光のなかに完全に入ることができる。

その瞬間、右近の目の前にこれまでの六十三年間の人生がまざまざと蘇った。父の背中を追って強い武将になることを夢みていた幼き日——、「正義の人」という洗礼名ユストを授かった沢城でのあの日——、ユスタとの祝言、五人の子を授かり、三人の子を天に返したあの日——、高槻、明石の城主として、多くの家臣の前に立った日——、ヴァリニャーノ神父を迎えて行われた高槻での盛大な復活祭——、秀吉に追放され、一夜にして明石城城主から一介の浪人となったあの日——。そしてローマから贈られた教皇の書簡……。

私の愛する　ユスト高山右近殿へ

私の愛する子であるあなたに、私の挨拶と教皇の祝福を贈ります。滅びることのない天国の富はあなたが地上で取り上げられ、失った富とは比べものになりません。揺らぐことのない信念を盾に、情熱的な愛を剣にして、あなたは天の国の富を得ることになるでしょう。

ローマ聖ペテロ聖堂の傍らにて

一五九〇年四月二十四日

教皇シスト五世

（古巣馨『ユスト高山右近　いま、降りていく人へ』より）

ああ、なんと恵み多き人生だったことだろう。その喜び、悲しみ、苦しみのとき、いつも傍らにはデウスの姿があった。右近は感謝をもって再びその光を見つめた。

「さあ、戻ってこられよ」とその光は言う。

右近はひとつ大きく息を吸うと、最後の一歩を踏み出した。その瞬間、眩しいほどの光が右近を覆った。これまで経験したこともない平安が右近を包みこんだ。右近の頬にとめどもなく涙が伝わりおちていく。右近は差しのべられた手の先を見上げた。それはまぎれもなくあのお方の姿だった。

「イエス……マリア……」

慶長二十年正月六日（一六一五年二月三日）未明、この地上での右近の最期の言葉だった。

悲しみに包まれたマニラ

マニラ中の教会の鐘の音が、幾重にも折り重なり天空に広がっていく。ひとりの聖人が亡くなったことを知らせる鐘の音に、町行く人々は足を止め、天を仰ぎ、涙を流した。

マニラで過ごした日々はわずか四十日あまり。だがマニラの人々の心に、右近の面影はあまりにも強烈な光彩を放ち、誰もが大切な肉親を失ったかのように嘆き悲しむのだった。

「まことにユスト殿は殉教者だった……」

先ほどから幾度同じ言葉をファン・デ・シルバ総督は繰り返したことだろう。すべてをデウスにささげ、遠く異国の地へ流されてきた人生は言葉にはできぬ苦しみ、忍耐、試練の連続だったに違いない。在りし日の右近の周りには常に死を覚悟した者の清々しいいのちの余韻が漂っていた。血こそ流さぬが、殉教そのものだったとシルバ総督は思う。

総督官邸の広間に置かれた美しい黒塗りの棺の中におさめられた右近は日本武士の正装で整えられ、頭《こうべ》には出家した人がかぶる小さな頭巾が載せられている。その表情は、長い旅を終え故郷に戻った旅人のように穏やかだった。今となってはこの手であの方の手に触れ、言葉を交わしたことさえ奇跡に思えてくる。失った悲しみと、出会えた喜びが交錯するなか、できるだけ盛大な葬儀で右近を見送ることだけが今の自分にできる最高のことだとシルバ総督は思うのだった。

まもなく総督官邸はおびただしい数の群衆であふれかえった。みな一目でいい、右近の姿をこの目に焼きつけ、殉教者にするようにその足元に口づけをしたいと願う者ばかりだった。多くの修道士たちも競って彼らと同じようにしたため、マニラに住む日本人たちは同胞がこのような丁重な扱いを受けることに驚くとともに、抑えられない感動を覚えるのだった。これを機に教会の門を叩き、洗礼を受ける者も少なくなかった。

亡骸はこのあと、イエズス会の管区長が葬られるサンタ・アンナ聖堂の主祭壇の傍らに埋められるために移動。このときも最高位高官の人々やミゼリコルディアの組員が右近の棺を教会まで運ぶ名誉を得るために競い合ったので、総督はその分担を決めなければならなかったほどだった。

盛大な埋葬の儀式が終わると、ついに右近の遺骸が地中に降ろされるときがきた。修道者、教区の司祭たちによって棺の上に丁寧に土がかけられていく。少しずつ姿を消していく棺。それをユスタもルチアも五人の孫たちもじっと見つめている。そしてついに最後のひと土がかけられた。

翌日からの追悼ミサは九日間毎日執り行われた。最終日の荘厳な葬送ミサでは、教会のすべての壁が黒い絹布で覆われ、そこには生前、右近が愛した聖句がラテン語、スペイン語、日本語、漢文で掲げられた。イエズス会神学院の学院長が、右近の犠牲に満ちた生涯を約一時間にわたって語り追悼の辞としたが、マニラの人々はそれでは納得しなかった。類まれなる右近の生き方にもっと触れたい、右近のうちに働かれるデウスにもっと近づきたい、と切々と管区長のレデスマに訴える。レデスマも会葬者と同じ気持ちだったので、生前の右近を最もよく知るモレホン神父に詳細な伝記を書き残すよう指示した。
これを受けて、モレホン神父は早速、伝記執筆にとりかかる。高山右近列聖への道の始まりだった。

激しさを増す日本国内の迫害

一方、右近が亡くなった後の日本のキリスト教は坂道を転げ落ちるように、その姿を潜めていった。関ヶ原の戦いの後、キリスト教を黙認し続けてきた徳川家康は、右近たちが福田港から追放されたほぼ同時期に豊臣政権を倒すために立ちあがった。二度にわたる戦（大坂冬の陣、夏の陣）により、豊臣家を完全に征服した家康は、ついに徳川政権を樹立する。と同時にキリスト教に対しても次第にその態度を硬化させていった。

元和二年（一六一六）に家康が没した後もその意志は代々引き継がれ、特に三代将軍家光はキリスト教を幕府政治に有害なものと断じ、徹底的な弾圧を開始。寛永七年（一六三〇）前後には踏み絵が始まり、寛永十四年（一六三七）に島原の乱を鎮圧すると、幕府はさらに強力な禁教政策を実施するようになる。信者はもとよりその縁者までも死罪、流刑、一家一類断絶という厳しい掟がキリシタンの前に突きつけられた。さらにキリスト教に関係の深い品々は言うまでもなく、それらしきものまですべて取り上げられ、徹底的に破壊された。キリシタンに残された道は、転んで仏教徒になるか、仏教徒を装って隠れキリシタンになるか、そのどちらかしかなかった。

こうして寛永二十年（一六四三）、マンショ小西神父の殉教を最後に、日本にはひとりの神父もいなくなった。マンショ小西神父の祖父は小西行長と伝えられている。幾度もこの世の権力と信仰との間で揺らぎ、そのたびに右近の姿を眩しく見つめてきた行長の孫が日本で最後の殉教者となったことを行長はどんな思いで天から見つめていたことだろう。

天文十八年（一五四九）、聖フランシスコ・ザビエルによって初めて日本にもたらされたキリスト教は、最盛期には五十万人とも言われるキリシタンで賑わうまでに成長。だが多くの人の心を捕らえたキリスト教は、正保元年（一六四四）、幕府の鎖国体制の完成とともに急速に閉じていった。

これまでの教えとはまったく異なる価値観で、人が真に生きる道を説いたキリスト教に魅せられ、いのちを投げ出して次の時代へ繋げようとした右近の努力も、ここへきてすべてが無駄に終わった。

そしていつしか深い眠りのなかに沈んでいったキリスト教は人々の記憶から完全に消え去ったかのようにみえた。だが……。

二百五十年の時を越えて

慶応元年二月二十日（一八六五年三月十七日）金曜日の昼下がり。真黒に日やけした貧しい身なりの浦上の農民たち十四、五人の一団が、恐る恐る長崎の大浦天主堂の重たい扉を開けた。

マニラ　プラザ・ディラオ比日友好公園の右近像

プチジャン神父は「もしや」と逸る気持ちを抑え、できるだけ平静を保って彼らに微笑みかけ、聖堂のなかへ招き入れた。彼らはしばらくきょろきょろしていたが、役人らしい人影がないのを確認すると何かを言いたげにもぞもぞし始めた。

するとひとりの中年の女性が意を決したようにプチジャン神父のそばまでやってくると、耳元にささやいた。

「ワレラノムネ、アナタノムネトオナジ」（私たちの心〔信仰〕は、あなたさまと同じ心〔信仰〕でございます）

二百五十年という気が遠くなるような時間のなかで、地下に潜伏していた日本のキリシタンたちの復活だった。これを契機に日本各地で潜伏していた信徒たちが次々と発見されていく。かつて右近の領地だった茨木市の山間部ある千提寺・下音羽地区にも、また右近の生まれ故郷の豊能でも貧しき人々によって守られてきた信仰がそこには確かに息づいていた。

霊的指導者の神父も、心のよりどころとなる教会もないところで、親から子、子から孫へと口伝えでつながれていった信仰のともしび。それは死と背中合わせのいのちがけの伝承だった。

右近の切なる思いは確かに受け継がれていたのだった。一度は切り倒され、朽ちたかのように見えた大木に、やがて切り株からひとつまたひとつとひこばえ（若芽）が天に向かって新たないのちを吹き返していくように……。

ユスト高山右近。

追放先のマニラで果て、四〇二年の時を経て、二〇一七年二月七日、ローマ教皇庁より福者の列に加えられた。

殉教者として……。

信じる者たちとともに……。


（完）

付記
・サンタ・アンナ教会に安置された右近の遺骸はその後、元管区長たちの遺骨と共にサン・イグナチオ教会に移されたが、先の太平洋戦争で破壊されたため、一九四五年ケソン市北部ノバリチェスのイエズス会修道院墓地へ移されたという。その際、遺骨の破壊が激しく、一人ひとりの遺骨を判別するのは困難だったため二つのグループに分けて埋葬された。今後、遺骨のＤＮＡ鑑定が進めば右近の遺骨が発見される日も夢ではないかもしれない。
・右近没後、右近の家族や内藤如安家族は、シルバ総督の厚意により国会から年俸を受け、マニラ郊外サンミゲルの日本人町に平穏に暮らしたという。なお、右近の妻ユスタ、娘ルチア、孫の一人が日本へ戻っていたことが、長崎発信書簡（ポルトガル語文）によって近年明らかになった。

おわりに

この本は、ドン・ボスコ社の月刊誌「カトリック生活」で、二〇一三年二月号から二〇一六年十二月号まで連載した「悠遠の人　高山右近」をまとめたものです。

まる四年の長い連載となりました。その間に高山右近の列福がローマ教皇庁より正式発表され、物語のラストを列福で締めくくることができたことに、言葉にはならない想いが駆け巡っていきます。

実は、かなり以前から右近という一人の戦国武将の生き方が気になり、ことあるごとにひっかかってきました。戦国大名から一夜にして一介の浪人へ。おそらく現代の私たちの想像などおよびもつかないほど当時の人々にとっては壮絶な出来事だったはずです。手放したものは地位、名誉、領地はもとより、多くの非難、悲鳴、涙を背に受けての決断でした。死は当然覚悟のうえです。それも一度だけではなく、三度も時の為政者である信長、秀吉、家康によって試されていきます。まるで神からこれでもか、これでもかと試されているかのようです。

それでも右近は三回ともデウスへの道を選んでいく。多くのキリシタン大名が信仰とこの世の権力の狭間でなんとか折り合いをつけ、生き延びていこうとするなか、右近の生き方はある意味、斬新です。この時代、ここまですべてを捨てきった大名は右近ただ一人です。何がそうさせたのでしょう。そうせざるをえない何があったのでしょうか。

そこで私は自分なりにある仮説をたててみました。連載はそれをたどる旅でもあったのです。

十年前の十一月から右近の取材は始まりました。ちょうど百八十八人の列福の前年で、その取材のため長崎に行く「カトリック生活」の編集長と編集者に同行させてもらえることになりました。二十六聖人記念館の二階の隅の大きなテーブルに結城了悟神父、編集長、編集者と私が席につき、約二時間にわたり密な時間をいただきました。まさかその一年後に結城神父が亡くなられるとは、夢にも思っていませんでした。

結城師は最後に、連載を書くときの資料になるでしょうと言って、何冊かの本をリストアップしてくださいました。その本が連載の中核になっていきます。

そしてもう一つ。お話のなかに何回か出てきた聞き慣れない言葉が、私をとらえました。

「右近は霊操をしていた……」

その後、近くの食堂に入った私たち三人は、カキフライ定食を食べながら、「ねえ、霊操って言っていたよね」「そうそう、言ってた」「霊操って?」「それは霊の体操という意味で……」と、おおいに盛り上がったわけです。と同時に、私は内心、これはちょっと大変なことになってきたぞと思っていました。私がこれまで一人で細々と調べてきたことなど入り口も入り口で、どうやらこの先にはとんでもない奥深い世界が待っているらしい……。こうなった以上、できる限り現地を訪ね、見て、聞いて、触れて、感じながら右近に一ミリでも近づいていくしかない。これ以外に私にできそうなことはまったく思い浮かびませんでした。

取材は予算が限られていたため、日程を凝縮して、過密スケジュールで動くしかありませんでした。

私はまず右近がどのような土地で生まれ、どのような少年時代を送ったのかが気になりました。こうして高槻から少し奥まったところにある「豊能」、その後、移り住んだ奈良県の「沢城」から訪ねていくことになります。

このころの私は山城を甘く考えていて、タウンシューズで出かけていました。しかも普段は晴れ女なのに、必ずといっていいほど大雨に見舞われる。沢城を訪ねた日は、前の予定が押して、現地入りが大幅に遅れ、午後三時ごろから登り始めました。あとでわかるのですが、これはとても危険なことでした。下山したとたん、陽が落ち、あたり一面真っ暗になりました。

そんなことも知らずに、雨のなか山道を登っていくのですが、道はぬかるんで滑りやすく、途中、何カ所か倒木により道が塞がれていて、それらを乗り越えていくだけでも息があがります、でもこうして自分の足で登ってみると、やはり何か当時の人たちの息吹を感じるのです。ああ、この道をわっせわっせと言いながら、水を運び、馬を引き上げ、そしてこの山頂の城でダリオに見守られながら右近も洗礼を受けたんだなあと思うだけで、胸に迫ってくるものがあります。こういう日の取材は成功です。

反対にいくら名所旧跡を訪ねても、何も感じない日もあります。そういうときは何かがずれているのです。少しでも情報がほしいと焦っていたり、自分のなかに思い込みがあったりする。そういう場合は思い切って諦め、日を改めて再び訪ねることにしました。

こうして私のなかに蓄積していった右近を訪ねる旅は、次第に忘れ難い人々のいのちの記録になっていきます。

右近の父ダリオの高山城、高槻芥川城、高槻城、石田三成の佐和山城、信長の安土城、明智光秀の坂本城、秀吉の肥前名護屋城……。そして明石、室津、箱崎（福岡県）、能古島、小豆島、金沢、能登、京都、伏見、長崎……。

金沢ではどうしても右近たち一行が追放される日の朝、ここから出発したといわれる金沢城の黒門（西丁口門）に立ってみたかったし、長崎ではマニラへ追放されていく同じ日に福田港を訪ね、この手でじかに海水に触れてみたかった。

そうこうするうち私の仮説は次第に確信へと変わっていきました。右近は生涯のどこかで神と一対一で出会った決定的な瞬間があったのではないか。観念的にではなく決定的に、です。そのときの衝撃的な記憶が、他のキリシタン大名と一線を画して、右近を生涯、揺るぎない信仰者へと導いていった──。

すると、自ずとあの日に戻っていきます。高槻城で和田惟長との死闘のあと、生死をさまよった二十一歳のあのときです。のちに奇跡的に病が癒され、人々の前に立ったとき、以前の右近とはまるで別人のようだったと宣教師も記しています。

このとき右近は何か決定的な神の言葉を聞いたとは考えられないでしょうか。イグナチオやマザー・テレサが、洞窟や列車のなかで神からの確かな声を聞いたように。

そして右近がマニラへ追放されていくことは、別な視点から見ると神の国へ戻っていくことであり、若き日に聞いたあの「懐かしい声」との再会だったのではないか、と思うようになっていきました。

取材は多岐にわたりました。実に多くの方々に助けていただきました。右近の旅は山城も多く、女性一人では心もとない場所も多々あります。そうしたときは登山家でもある編集長の関谷義樹神父が仕事を終えてから徹夜で東京から車で駆けつけ、取材が終わると再び夜の道を東京へ戻っていくという強行軍で支えてくれました。

また私は思い立ったら、原稿締め切りが迫っていても朝一番の新幹線に飛び乗り現地を見に行ったりするものですから、毎回入稿はぎりぎりでした。そんな私を編集者の金澤康子さんやカトリック生活のデザイナーの森野富美子さんは二十四時間態勢で待っていてくれたのです。

ほかにも右近の性格を方向づけるうえで大変参考となる資料を教えてくださった当時二十六聖人記念館長だったデ・ルカ・レンゾ神父さま、情報の入手方法がわからず困っていると、膨大な資料のなかから的確な箇所を抜粋して即座に送ってくださった元「キリシタン文庫」の筒井砂さん、そしてこちらが驚くほど丁寧に連載を読んでくださり、一度も欠かさず感想を送ってくださった方など、もったいないほど多くの方々に支えられながら連載「悠遠の人　高山右近」は最終回を迎えることができました。感謝の言葉もありません。

最後にこのお話をして終わりにしたいと思います。

二〇一六年の正月が明けて間もなく、私は京都の望洋庵の一室にいました。かねてより溝部脩司教に右近について教えていただきたいことがあり、お話をうかがう機会を願っていたのですが、病床にあった溝部師の病状が思わしくない日々が続き、のびのびになっていました。そうしたなか、溝部師から突然、速達が届きました。京都へいらっしゃいませんか、右近について分かち合いをしましょうと。

実はきちんとしたかたちでお目にかかるのは、この日が初めてでした。溝部司教と私の一対一での分かち合い、というより講和が始まりました。私が椅子に腰を下ろしたとたん、挨拶をする間もなく、「さて本題に入りますが」と始まりました。その場の空気を斬ったら血が噴き出すんじゃないかと思えるような緊張感がそこにはありました。

人生の残り時間がわずかなことを悟られていた溝部師には一分一秒が貴重だったのだと思います。そんな溝部師が、話がひと段落したところで、「いいなぁ、私も小説を書いてみたかったなあ」と、ふともらされたのです。どうして今まで書かれなかったのですかと尋ねると、「ずっと忙しかったからね」と言って、列福申請手続きの大変さをぽつりぽつりと話されました。史実のなかの年代一つとっても、それを一つひとつ検証していくのは大変な労力と時間を要したとも言われていました。

そして帰りがけに、「一六一四年の長崎を調べてごらんなさい」と言って、手書きのノートを貸してくださったのです。

一六一四年。それは右近がマニラへ追放されていった年です。そのとき、長崎では何があったのか。キリシタン共同体の分裂です。日本で初めて起きた分裂でした。金沢から追放されて、ようやく長崎に辿りついた右近を待っていたのは、この教会の弱さだったのです。

なぜ溝部司教はここに注目してごらんなさいと言われたのでしょうか。今となっては答えをうかがう術もありませんが、もしかしたら何かが崩れていくときは、外側からではなく内側からだと伝えたかったのかもしれません。だからこそ右近は、追放直前の長崎で霊操を行い、自身の内側を厳しいまでに見つめていった。九年前、結城神父が言われた「右近は霊操をしていました……」と見事に重なっていく瞬間でした。

この分かち合いからわずか一カ月半後、溝部司教は静かに天に帰っていきました。まさに一期一会でした。

こうして連載「悠遠の人　高山右近」は、結城神父さまに始まり、溝部司教さままで閉じることになりました。

振り返れば、右近と長い旅をしてきたように思います。どのシーンも私にとっては忘れ難く、愛おしいものばかりです。またそれは右近をとおして多くの方々と出会っていく旅でもありました。一番の恵みをいただいたのは、実はこの私だったのかもしれません。

今回、全四十七回の連載を本にまとめる労苦のすべてを引き受けてくださったドン・ボスコ社代表関谷義樹神父、同編集部の金澤康子さん、武井利得さん、そして、すばらしい装幀をしてくださったデザイナーの幅雅臣さんに、あらためてお礼を申し上げます。

高山右近という一人の人物にはまだまだ奥があるような気がしてなりません。

その答えを求め続ける限り、右近を訪ねる旅に終わりはありません。またいつかどこかでお目にかかれることを心から楽しみにしています。

祈りつつ……。

二〇一七年二月三日　ユスト高山右近帰天の日に

塩見弘子

〈参考文献〉

片岡弥吉『高山右近の生涯』(大村純心出版部、1947)

ヨハネス・ラウレス『高山右近の生涯』(エンデルレ書店、1948)

フェデリコ・バルバロ『キリストにならう』(ドン・ボスコ社、1953)

遠藤周作『鉄の首枷』(中央公論社、1977)

フーベルト・チースリク『高山右近史話』(聖母の騎士社、1995)

海老沢有道『高山右近』(吉川弘文館、1958)

結城了悟『キリシタンになった大名』(聖母の騎士社、1999)

アントニオ・ペタンコール著、英隆一朗訳『イグナチオの足跡をたどって』(夢窓庵、1999)

ルイス・フロイス著、松田毅一・川崎桃太訳『完訳フロイス日本史』1〜12巻(中央公論新社、2000)

茨木市教育委員会編集・発行『千提寺・下音羽のキリシタン遺跡』(2000)

明石城史編さん実行委員会『講座　明石城史』(神戸新聞総合出版センター、2000)

結城了悟『二十六聖人と長崎物語』(聖母の騎士社、2002)

尾原悟『コンテムツスムンジヂ』(教文館、2002)

見瀬和雄『利家・利長・利常』(北国新聞社、2002)

川村信三『時のしるしを読み解いて』(ドン・ボスコ社、2006)

木越邦子『キリシタンの記憶』(桂書房、2006)

横山高治『北摂歴史散歩』(創元社、2006)

五野井隆史、デ・ルカ・レンゾ、片岡瑠美子監修『旅する長崎学　キリシタン文化Ⅰ〜Ⅴ』(長崎文献社、2006)

財団法人滋賀県文化財保護協会『琵琶湖をめぐる交通と経済力』(サンライズ出版、2009)

オンライン三成会『三成伝説』(サンライズ出版、2009)

澤宮優『廃墟となった戦国名城』(河出書房、2010)

高橋敏夫『高山右近を追え!』(いのちのことば社、フォレストブックス、2011)

五野井隆史『キリシタンの文化』(吉川弘文館、2012)

高槻市しろあと歴史館編集・発行『発掘　戦国武将伝　高山右近の生涯』(2013)

古巣馨『ユスト高山右近(ドン・ボスコ社、2014)

木鎌耕一郎『青森キリスト者の残像』(イー・ピックス、2015)

❖著者略歴

塩見弘子（しおみ・ひろこ）

鹿児島県生まれ。共立女子大学文芸学部英文科を卒業後、国内外の人物取材を中心に執筆。1982年から7年間高槻に在住、そのときから高山右近の人生に興味をもちはじめる。ガエタノ・コンプリ監修『聖骸布の男〜あなたはイエス・キリストですか?』（講談社）では文・構成を担当。現在、フリーライターとして活躍中。

悠遠《ゆうえん》の人《ひと》 高山《たかやま》右近《うこん》

2017年2月7日　初版発行

著　者　塩見弘子

発行者　関谷義樹

発行所　ドン・ボスコ社
〒160-0004 東京都新宿区四谷1-9-7
TEL03-3351-7041 FAX03-3351-5430

装　幀　幅 雅臣

印刷所　株式会社平文社

ISBN978-4-88626-615-6
（乱丁・落丁はお取替えいたします）